关于边缘的情感、自由与生命。

ANNIVERSARY
游离态辖区十周年插图纪念版

游离态辖区

刘 辰希 著

序

高三那年《游离态辖区》出版，距今正好十年，虽然之后写了很多东西，但我想写作者往往会对自己的处女作情有独钟，所以这是我为什么在后来写了续篇《终极游离》，又在今年与摄影师卢根合作，出版《游离态辖区》的十周年纪念图文版。诚然，现在回头去读这篇小说，也会觉得行文结构的简单和遣词造句的幼稚，但在新版中，我几乎没有对文字做过多的改动，因为这些略显幼稚的文字里，饱含着年少时炙热的情感和丰富的回忆，小说里面，有小说人物们的青春，也有我自己的青春点滴。这一版的《游离态辖区》，我想和读者再次重温单纯的、热血的、充满码头气息的青春岁月；和小说主人公们，再一次体验"真实"的不羁与无奈，这就是我全部的目的和愿景。

插图中的小模特们，正值我当年创作的年纪，和他们一起工作的那几天，我仿佛也年轻了十岁，和这些小朋友们是同学，是老友。至于那些被拔高的，关于家庭、校园和社会对青少年成长的探讨，关于责任缺失抑或是教育方向，这些话题的探讨，也就不在这一版之中讨论了，一本属于热血青春的小说，你只需要用它来唤回你的青春记忆就好了。为了体现出这是纪念版的序，我觉得应该对一些人表达一些感谢，感谢我老爸容忍我在高中时代"不务正业"，而且自愿成为我的第一位编辑；感谢我的老师，黄济人先生，没有他的帮助，也不会有这部作品的面世，也感谢贾平凹先生在初版中为我题写书名，总之我是挺幸运的，比书中的许多角色要幸运太多。每个人都有每个人的青春，辖区少年的青春就是那句话："好兄弟，讲义气，两肋插刀，在所不惜！"

刘辰希
2015.9.18

1

在中学时代的最后一个秋天，我开始发奋读书，每天用英语单词数学公式填满自己的大脑，一不小心有空闲的时候历史政治地理就替补上场。我的行动被学校的铃声规律地划分开来，上课下课，吃饭睡觉，在铃声的伴随下由一种状态的结束过渡到另一种状态的开始。这就是学生的生活，铃声对我们充满了约束力。而在以前，只有一道铃声伴随着我状态的改变，那就是从上学到放学。

这几个月，爸妈嘴里都不说，但从他们话语之间也能听出来他们多少觉得欣慰。他们想，这孩子是懂事了，惹那么多事，走那么多弯路，如今总算是浪子回头了。

爸妈心里高兴些，我也安下心来准备高考了。为我转到这所新的学校，爸妈也是废了不少神，伤了不少心。我是该集中精力，好好读些书，在明年的春末夏初考个好成绩。

我把关于以前的回忆封了起来，把该暂时忘记的人忘记，把该甩掉的牵挂甩掉，我整天地学习，不再去烦恼其他的事，我对外面的花花世界已变得麻木了。

但有一件与过去有关的事情不能忘掉，每个月得去看月滴，给她带去刚刚采下，点缀着露水的菊花。我不是一个人去看她呀，我带着正在日本学习漫画，背负着月滴梦想的寄希，远在他乡拼搏的影子和蛮狗，我是带着那么多兄弟姐妹的祈祷去看她的。当然，还有洪申，那个身在高墙之内的兄弟的思念与寄托，也让我在她墓前诉说吧。

每每在这个时候，那些仿佛是过去很久很久的故事，那些其实并不遥远的记忆就会在我脑中播放，那些混乱却温暖的岁月在我心头如涟漪般荡漾开来。

每每又在我踏上学校的归途之时，我总会在心里问，洪申，我的兄弟，你现在好吗？

2

小学一毕业，我爸爸妈妈就双双被公司调到了外地去工作，对于他们来说，这是事业上的大机会，他们为了这个家，为了我有一个更好的未来，更坚强的后盾，他们没有放弃这次机会。我也不愿意他们放弃这次机会，因为这可是我自由的机会，我像个懂事的乖孩子一样，又是保证又是发誓，说他们去外地以后，我要怎样努力学习，锻炼自己独立自主生活的能力，学会关心体贴家人，一不耽误学习，二要为家人分忧。

妈妈说，"你不要把你外婆家房顶掀了就不错了。"

这样，在那个夏天，我被搬到了外婆家，被扔进了蜜罐子里。外婆烧得一手好菜，变着法给我做好吃的，一个星期就把我吃成了油人儿。外婆什么都想着我，上个街看到与我有关的，不管是玩具、书籍还是生活方面的东西，总要带几样回来给我才心安。住在外婆那里，就跟住在天堂似的。

外婆家在中区的观音路。邻近大街的是一排拔地而起的高楼，在大楼后面的低洼地是一片红砖房与棚屋组成的棚户区，其中小道盘根交错，地形复杂，便成了那里小孩游戏的胜地。桥城这四五年发展迅速，外来民工大量涌入，三教九流就此杂居，街道喧闹嘈杂，混乱不堪。一到夜晚，小商贩把摊子都摆到马路中央，车辆根本无法通过，这里永远有川流不息的人群，操着各种地方口音，时而吆喝叫卖，时而笑声朗朗，时而破口大骂。中区是桥城的政治经济文化中心，而中区的繁华的观音路的后街腹地，却还没有摆脱贫穷，摆脱混乱。这里就是有那么一种气息，无序、浮躁和慌乱。

外婆家就在观音路后街的对面，确是一排愈显安静的楼房。沿着外婆家向高处再走上两百米左右，就到了中区的最高处，中心公园。

小的时候，我喜欢到公园去玩，喜欢在葱郁的树木与石山间穿梭，那些斑驳的石墙和隐秘的山洞，对年幼的我有无穷的吸引力。公园里的揽星亭，能看到整个中区，甚至是南区的风景，那些高高矮矮的楼房，那些蜿蜒曲折、时起时伏的道路，那静静环抱着中区的扬子江，在我眼中是那么壮美，那么宽阔。

但从有一天起，我很久都不敢再去那个公园。那是我小学三年级的事，我在公园看见两个大女孩将一个小女孩扔进了池塘，她们一手拿着刀，一手点着烟。那是在冬天，冰冷的池水冻得小女孩哭喊不止，她一往岸上爬，那大女孩就用烟头烧她的手。

"嘿，那小子！"大女孩看见了目瞪口呆的我，"你看着我干吗？过来嘛，抽两口。"

"你们为什么要整她？"我摇摇头，再小心翼翼地试探着问。

"她？她偷我东西，被我逮到了，也不问问老子是哪个？我的东西也敢偷。今天就是小小地惩罚惩罚她。"

我转过身跑回了外婆家，把这事告诉了外婆。

外婆摇摇头，她的眼睛习惯性地流出泪水，这是她的老毛病了，外婆告诉过我，坐月子的时候流过泪，就要流一辈子的眼泪。外婆说，"这真是造孽呀。"

直到我初中才又去中区公园玩耍，那时我和洪申他们一起，经常去那里。有一次，我们在揽星亭逮住了一个想偷我钱包的小孩。蛮狗二话不说走上去就是一巴掌把他扇了个转体两周摔在地上。

"我们的东西也敢偷，你他妈出去问问我们是哪个？这次给你一个教训，下次再见到你，就打到死为止。"

3

我的初中是在观音路的一所中学里度过的，这里谈不上什么学习环境，校风校纪也很糟糕，只是离外婆家近，图个方便。

"我看你这样子很老实，肯定在这个学校没后台。"我在新教室刚一坐下，身边的男生就抹着鼻涕凑了过来。

"我来读个书，要什么后台。"

"你不懂，我哥就是这所中学毕业的，在这里有很多厉害人物，你没后台就要被欺负的。"

我一听吓了一跳，但还是故作镇静，"我不去招惹他们，他们怎么会欺负我。"

"你这说得倒也对，但你还是要小心，看见头发长的，戴耳环的，眼神充满杀气的，成群结队的就躲得远远的。"

正说得起劲，一个少年走过我们身边，在我们身后的位子坐下，他头发很长，刘海隐约遮住眼睛，眼神忧郁。他用食指轻轻敲击桌面，不看任何人，他只是这样静静地坐在那里，看起来像是武侠电影里的剑客。

我身旁的同学狠狠吞了一口口水，"看到了没，就这样的，别惹。"

我仔细地看他，他的脸轮廓分明，一枚耳环闪闪发亮，脱掉稚气的英俊中又透出几分邪邪的霸气。大多在教室里的同学都侧目去看他，他们的眼神中透出好奇与畏惧，我知道，他们看到了电影里的人物，我想我也是。

"我认识他，他是红星二小的洪申。"有一个女生得意地告诉她身边的几个同学。

这个时候有几个高年级的学生，堵在了门口嚷嚷，"谁是洪申？洪申是不是这个班的？洪申，你出来一下。"

洪申走了出去，他的双手插在裤袋里，走得帅气逼人，有几个女生都看呆了。

"你是洪申？"一个长得虎背熊腰的学生问他，足足高了洪申一个头。

"他，那个大个子，看见没？初三的，我认识。"我身边的同学骄傲地对我说。

"你哥哥？"

"不是，我认识他，他不认识我。他要是我哥哥，我还坐这里吗？他可是这所学校的校霸，外面认识好多人，老师都忍着他三分，厉害得

很。"

"洪申，我知道你小子，小小年纪能混成这样有本事。这几个都是我兄弟，大家交个朋友。"那大个子掏出一根烟，递到洪申手里。

"不得了，那个叫洪申的不得了。"身旁的男生看得下巴都要掉桌上了。

4

洪申从一开始就被神话了，大家都对他充满了畏惧，老师也不管他，从来不过问他的头发和耳钉的问题。那些老师早已经司空见惯了，这些小混混只要不杀人放火，无法无天，德行上社会一点也没关系，他们也觉得这不是什么好学生，一年能有几个争气的就不错了。

班上几乎没有人敢主动和洪申说话，除了学习委员林晓媛，她每天都要例行公事地去讨作业，但每次都是一讨一个空。老师都放弃了，她还不放弃。她每天都会从容地走到洪申的课桌前，严肃地叫他交作业。

"洪申，你已经连续十一次没有交作业了。"

"那你还叫我交。"洪申终于憋不住了。

"我是学习委员，我当然该催你交作业。"

"我不交，我没做，我以后也不会交。麻烦你以后不要每天都来烦我。"

"我就不知道你这种人到学校来是干吗的。"林晓媛有些生气了，"一副没出息的样子还自以为了不起。"

"东西可以乱吃，话可不要乱说。"洪申也有点恼火了。

"哼，你就是没出息，你们这种人走到学校里简直是污染校园环境。"

"不要过分了。"洪申站了起来，眼神凶狠，林晓嫒的眼睛已经湿润了，说不出的委屈与害怕刻在她故作坚强的脸上。我就坐在他们前面，虽然我也有些忌怕洪申，但不劝总显得我很不爷们儿。

我站起来，赔着笑将手放在洪申胸前，示意他不要发火。

"洪申，算了。"

我话还没说完，洪申一拳已经打在我的脸上，这突如其来的一拳，让我倒了下去，掀翻几张桌椅。全班的同学都看得目瞪口呆。

我一肚子的火气涌上脑门，根本就没在思考洪申是谁，一个翻身跳起来，一脚向洪申踹去，紧跟着又是一阵乱拳，洪申根本没想到我会还手，接连吃了我好多拳。

这个时候我脑子有点清醒了，我想这些同学傻站在那里干吗，还不快来拉，非要打死一个才算数吗？林晓嫒已经哭上了，洪申的拳也像雨点一般跟了上来。

"暂停，说好这是单挑，有本事打完了你别找人来报复。"

"好，我们出去打。"

我和洪申向学校后门走去，那里是约架最适合的地方。路过的同学都侧目张望，他们中有许多人认识洪申，有的指指点点，猜想就要有好戏上演了。可惜却没人敢跟上来看，虽然遗憾，但心想不知天高地厚的我会被痛扁，也就觉得安慰了。

我和洪申来到了后门，这个时候已经上课了。走了那么大一段路，我心中澎湃的斗志已经退去，和斗志一起退去的还有对洪申的畏惧。我连你也打着了，我想你也不是好了不起的拳王。

"还打不打？"我问洪申。

"你说呢？臭小子。"洪申靠墙坐下，点上一根烟。

"不打啦！我打累了。"我在他的对面坐下来。

"不是怕我打输了，找人砍死你吧。"洪申轻轻笑了，这是我第一次看到他笑，倔强里有些调皮。

"来一口？"洪申把烟递给我。

"不用，抽不来。"

"迟早都要学。"洪申收回手，抽上一口，那动作很潇洒，似剑客拔剑般的潇洒。

"我偏不学。"

"呵呵，你这臭小子还挺倔呀。叫什么名字？"

"舒佳贤。"

"好听，就是记不住。"

"你会记住的，我也记住洪申了，死爱面子的小混混。"

"哈哈哈哈，就是就是，我死爱面子，你不一样？"

"你不想骂女孩子，就一拳打我脸上。"

"对不起，我一时冲动。"一听洪申这句对不起，我差点没吓死。

"你也会说对不起？你不是挺厉害吗？"

"厉害的人就不能说对不起啦？谁教你的，我还害你旷课，的确该说对不起才是呀。"洪申的微笑，像雨后的晴天般爽朗和干净。

"不打不相识，以后我们就做个朋友！"我笑着说。

"你是怕了吧，哈哈，知道我不好惹。"洪申站起来。

"谁说怕你了，来呀，再打呀。"我也站起来，摆出姿势。

"算了，今天晚上我们要去码头玩，你来吧。"

"去就去，我不怕你。"我揉揉开始疼痛的面颊，跟着洪申向教室方向走去。

5

那天晚上在码头，我认识了洪申那群和他一起长大的好兄弟：小安、川三、蛮狗、野猴子和烂葱，还有洪申的妹妹月滴。

月滴就像是粘在她哥哥身上似的，总是安静地坐在洪申身边，行走在洪申左右，她穿着白色长裙，柔顺的黑发披在肩头，微笑让人觉得格外温暖。

小安是个大家都爱逗着玩的活宝，成天过得稀里糊涂，说话也是天上一句地上一句的，不时自顾自地就乐起来。蛮狗是个大块头，长得很凶悍，但为人也十分耿直，从喝酒就可以看出来，大家都干一杯，就他干一瓶。而川三外貌英俊，像洪申一样酷酷的，大家说到他都少不了一句话，身手了得！川三曾经在武术学校学习过，基本功扎实，柔道和空手道都拿得出手。

我们一群人在江边喝酒聊天，天南地北，无所不谈，酒劲儿上来，也聊起各自的心事。

洪申最早不姓洪，很小的时候，他父亲就离家出走了，母亲让儿子随她姓林。林申的母亲是胜利牙膏厂的一名工人，家里又没什么亲戚，母子俩相依为命住在厂里的宿舍里。后来牙膏厂倒闭了，林申的母亲随即得了重病，没两年，林申的母亲就去世了。那时候，林申母亲生前要好的几个工友就为小林申该怎么办伤透了脑筋，大家都下了岗，而家里也都有孩子，哪一家都没经济实力再抚养林申。有人说把小林申送到孤儿院去，有人说送到厂长家去，就在这个时候，原来厂里传达室的洪叔站了出来："这么个虎头虎脑的小家伙，你们不要，我带回家啦！"

洪叔就这样带着小林申回家了，洪叔是个神秘人物，厂里没有人知道洪叔的过去，大家只知道洪叔的女儿女婿在几年前的一场车祸中不幸去世，留下一个乖巧的外孙女叫肖月滴，虽然洪叔没什么钱，但日子过得平平顺顺，家里也从没为钱发过愁。

洪叔收养了小林申，议论也纷纷而来。有人说洪叔的祖辈在解放前是当地很有背景的大人物，给他留下了万贯家财，洪叔一生节俭，但绝不愁吃穿。也有人说洪叔年轻的时候是黑道中人，靠吃刀口饭赚了不少钱，曾一度声震桥城，后来突然隐退，成为道上一大不解之谜。这些话传到洪叔的耳朵里，洪叔只是笑着摇头，置之不理。

洪叔拉着小林申的手告诉他："这是我外孙女，她叫肖月滴，她六岁，你七岁。从今往后，她就是你的妹妹，亲妹妹。我叫洪辉良，你以后就叫我洪叔，我们以后就是一家人啦！你也不要再姓林，你跟着我姓洪，免得外面那些人叽叽喳喳的烦得很。你只有一件事情得给我做好，那就是照顾好你的妹妹，她是你的亲人，我生前是，我死后也是，我死后她就是你唯一的亲人。"

"嗯！"小洪申点着头答应。

"别光点头，来，跪下，发誓，要立下重誓！"

月滴看着平时沉静的爷爷激动的样子，看着跪在她眼前的这个面目清秀、眉宇却十分忧郁的小男孩，她明白这个小哥哥会是她值得信赖的亲人，一个发誓要保护她一生一世的亲人，她忍不住憧憬身边多了一个哥哥陪伴的未来。小月滴忍不住偷瞄洪申，不知为何自己脸庞会发热，眼神会慌乱，心跳会加速。

洪叔带着他们来到了中区的观音路，这个混乱的地方，他找了一份在中区公园里的市图书馆大楼做看门员的工作。这是一份闲暇的工作，虽然收入甚微，但单位能提供一套不错的居室，洪叔很满意了。

洪申适应了新的生活，随着渐渐长大，洪叔教导他要学会忠义，对亲人要忠诚，对朋友要义气。洪申凭着这一股子自己都不太明白是怎么回事的忠义之气，在红星小学里结识了一大帮朋友，更交了像蛮狗、小安这样的铁哥们，后来又认识了川三、青明、烂葱和野猴子他们。大家都公认洪申的大哥地位，都心甘情愿地叫他一声"申哥"。

小申哥和他的伙伴们在观音路的背街小巷里穿行，观察着在这里来往的形形色色的人，模仿着他们的处事原则，总结着自己的人生信条，洪申从那时就想，要想保护月滴，保护自己，就要有实力，有威望，他不知道未来会走出一条什么路，他只知道，他必须变得强大，才能保护月滴，报答洪叔。

"在这个世界上，要想别人不欺负你，你就得拥有欺负别人的能力。"洪申对我这么说，但我一直不知道那是一种怎样可怕的无止境的能力。

听着他说话，看着他忧郁倔强的神情，我就越来越想走进他们的世界看个究竟。那是怎样的童年，又会有怎样的青春？是荒颓迷惘，还是豪情万丈？

"来，干了这一杯！"我举起啤酒，大家也举了起来，"我们以后就是兄弟了！"吹着凉爽的河风，我感觉自己已经醉了。

"对，我们以后就是兄弟了！哈哈！"蛮狗大笑起来。

"来，一、二、三！好兄弟，讲义气，两肋插刀，在所不惜！干！"我们一起喝下那杯酒，江风呼呼打在脸上，耳边传来轮船的汽笛声，远处是星星灼灼的万家灯火，那份自以为是的豪情，是我从未有过，而如今也不会再有的感觉。

6

我和洪申越来越聊得来，后来干脆坐到了一起。他还是不听课，成天睡觉，睡醒了就和我聊天。

"你白天睡觉，晚上干什么？"我忍不住问他。

"玩啊。"

"玩？有什么好玩的？"

"其实也没什么好玩的，就瞎逛，你哪天晚上跟我一起就知道了。"

"回家晚了婆婆会担心的。"

"就说和同学一起复习功课，不就可以晚些回家了。反正我们就是抽烟喝酒聊天，没事找事做……还有，只要你叼着烟，别人都要怕你三分，就没人敢下你的暴，在外面混的，没一个人不抽烟的。"洪申似乎想到了什么，转头对我苦笑，"还有打架，其实我一点都不喜欢打架。"

"有病，谁喜欢打架呀。"我听得有些发蒙。

"嘿，蛮狗就喜欢，睡觉啦！"

最开始接触洪申觉得他有时候莫名其妙，后来和他混得越来越近，发现身边的世界才是莫名其妙的。我不得不承认，我是容易受影响的人，特别是他们的世界那么具有感染力。

我也会给洪申讲一些东西，比如说谁的小说好看，谁的歌好听。打口CD三元一张，音质不赖。没到两个月，我和洪申买的CD就装了整整一箱，抽屉里全是电池，一半的课程变成了音乐，最让我们接受不了的，莫过于叹息零花钱太少。

还有恋爱，我们开始关注身边的异性，受各种因素的影响，驱使我们打开那个神秘的盒子。我们充满好奇、充满幻想，从王子与公主的童话到感伤，而美好的爱情故事都引人入胜，渴望尝试此间滋味，追逐那些想象中甜蜜的心跳的刺激肾上腺素的感觉，越是被束缚和禁止的，越是更迫切地需要。

我遇到了晓嫒，在懵懂的秋日里，饱含我们所憧憬与期待的浪漫。

晓嫒是学习委员，她具备学习委员的一切特质，连外貌也是，干净的衬衫、齐耳的短发、含蓄的笑容和眼镜镜片后明亮锐利的眸子。

"同学，谢谢你。"她难得地红了脸，低下头，万万想不到这么横的女孩也会害羞。

"谢我？谢什么？"

"谢……谢你那天帮我……害你受了伤……我……"

"哈哈哈……"我看着平时伶牙俐齿的学习委员此时吞吞吐吐的样子不禁笑出了声。

"你笑什么？"她抬起头，眉毛皱在一起，莫名其妙地看向我。

"没有，你很可爱，我看着高兴，就笑了。"也不知道这算哪门子理由，"我叫洪申来给你道歉，他也挺害羞的，不知他敢不敢，哈哈。"

"你和他……"林晓嫒略感惊讶。

"是啊，我们现在是好朋友了。"我走过去摸摸洪申的头，把他拉起来，"去给人家道歉。"

洪申看看我，又看看晓媛，站起身走到她面前，他面对晓媛的样子，像是让他面对着一头怪兽。

"对不起……上次……是我……这个……不对，你别介意。"洪申的脸已经红成了个番茄，话音刚落就一溜烟跑了。晓媛惊讶得连嘴都合不拢了，张着嘴望向我。

"其实洪申他也没有你想的那么吓人，你看，他比你还害羞。"

"要不，我……放学后……请你吃雪糕吧。"晓媛说话反倒是和洪申挺像的，说完又红了脸。

"好啊。"吃雪糕，我当然一口答应。

我也不知道那算不算我和晓媛的第一次约会，不过我们都显得特别紧张。

放学后，我们坐在一起做作业，等同学都走得差不多了，我们很有默契地一起走出门，一起走到学校门口的雪糕店。

"老板，要两支绿豆雪糕。"晓媛平时大大方方的，今天声音却小得像蜜蜂叫似的。

我们咬着美味的雪糕，一起来到滑梯上，黄昏的校园已经没几个人了，显得特别宁静。

"我们不会被老师看到吧？"晓媛坐在我的身旁，低着头问我。

"看到了又怎么样，我们又没什么。"

"那万一被同学看到了误会了怎么办？"

"误会什么，我们有什么好误会的。"

"呀，起风了，我有点冷。"晓媛往我这边靠了靠，这个剧情我懂，电视上看过几百次了。

"那我们走吧。"我不知什么时候牵起了晓媛的手，我们就这样牵着手，向回家的方向走去。

"要不，我请你吃三鲜米线吧，砂锅的，味道好极了。"我希望和晓媛再多待会儿，走到学校旁的商铺街，便开了口。

"回家晚了爸爸妈妈会担心的。"

"你就在学校门口的公共电话亭给他们打个电话吧。"

"那要是他们多心了呢？"

"有什么好多心的，我们又没什么。"我紧握着晓媛的手一直没有放开，晓媛想起什么似的脸一下红了，把手缩了回去。

晓媛给家里打了电话，我也给外婆挂了个电话，我们就去吃好吃的三鲜米线了。吃米线的时候我又牵住了晓媛的手，觉得自己像个小流氓似的。我真怕晓媛又挣开，可她没有，她乖乖地把小手放在我的手掌里，低着头吃着米线。我也开心地吃着，吃得心里暖洋洋的，吃得我咯咯地笑起来。

吃完后，我送晓媛回家。有人的时候我们就分开，没人了我们又牵上。走到她家门口时我们都停住了脚步。

"我要上去了，你回去小心点。"

"嗯，好，那个，林晓媛，你是我女朋友了吧？"

"你胡说什么，才不是呢！"林晓媛红着脸窜上了楼。

回外婆家的路上我心里美滋滋地想，我真厉害，学习委员都是我女朋友了！我以后可以不交作业啦！我可以无法无天了！

一年后，林晓媛不是学习委员了，她当上了校学生会副主席。我抱着晓媛说："你现在官当大了，但是你不分管交作业了，你去给学习委员说一声，说我不交作业特权该予以保留。"

晓媛随即猛揪我一把："做梦！"

7

我和林晓媛，从一起坐在滑梯上吃雪糕开始，一起聊天，一起上学放学，一起吹河风，一起看电影，通电话，在一个杯子里喝水，在一个盒子里吃饭，嘴碰到一起，然后拥抱。我们也吵架，提出分手，提出绝交，再写信和好。有时不说话，戴着耳机，听着轻松的歌曲，静静地望着对方。我帮她系鞋带，她喂我吃冰激凌。一双笔盒，一对球鞋，一晃就待一起三年。

晓媛喜欢撒娇，喜欢打扮自己，喜欢买衣服，喜欢问我好不好看，裙子好不好看，文具好不好看，发型好不好看，眼睛好不好看。有一次上课的时候，她突然问我她的小腿好不好看，平时像茶馆一般闹的教室也不知道怎么那一瞬间鸦雀无声，延续三秒的沉寂后是一阵狂笑，我真想把脑袋放肚子里。

晓媛成绩优异，一直是全班前两名，晓媛喜欢给我补课，也喜欢看我写的歌词，晓媛嘲讽我成绩不好脑子笨，又称赞我的作文与歌词写得好。晓媛讨厌我打架，也讨厌我和洪申他们混在一起。

"你想永远和我在一起吗？"晓媛总是这样问我。

"想啊，当然想。"我也总是这样回答。

"那就要努力学习，和我一起考重点高中，和我一起考重点大学。"

"我考不上呢？"

晓媛不说话了，她看着我，说不清那眼神。

晓媛是个有志气有理想的女孩，她思考她的未来。而我和洪申他们一样，和大多数少年一样，不曾想过未来，未来离我们还太远。

晓媛在初三时经过长期的死磨硬泡终于把我弄成了她的同桌。我们上课拉着手，我一睡觉，她就用书敲我的头。

因为初三学习比较紧张，晓媛的父母在学校旁边租了房子。她的父母也是长期在外工作，所以我晚上常住在她那里，这样她既可以帮我复习功课，又可以管住我少和洪申他们出去混。但我还是贪玩，经常出现状况。

"佳贤，几点了？"

"十一点半……今晚挺早的欸，是不是？还被洪申那小子骂了。嘿嘿。"我干笑几声。

"哼！是不是又和别的女孩子喝酒了，哪个酒吧啊？再这么晚就别进这门了。"

"哦。"我转身就走。晓媛一个箭步冲到我面前，小嘴一瘪，作欲哭状，含情脉脉地看着我，见我没反应，随机轻轻一跃，跳入我怀中，搂着我，接着故作骄横状。

"进了这门，你就得听我的，叫你抱着我就得抱着我，叫你不许走就不许走，叫你给我看书就不许睡觉！"

后来，这一段话成为她的口头禅，成为她所有撒娇本领中的必杀绝技。

后来的后来，我没有女朋友的那个后来，我坐在汽车上，我听到有个女孩对她身旁的男生说："你就得听我的，叫你抱着我就得抱着我，叫你不许走就不许走！"

8

"要想不被别人欺负，你就得有欺负别人的本事。"

洪申对此深信不疑，他跟着阮寅叔叔，洪叔的朋友练习搏击，和观音路的混混们打交道。洪申比我们谁都能吃苦，天刚刚亮就绑着沙袋去跑操，练习拳法到深夜。洪申比我们谁都勇敢，每一次打架他都冲在最前面，不管别人有多少人，带了多少家伙，他都照打不误。洪申比我们谁都义气耿直，只要是兄弟的忙，再难也要帮。洪申比我们谁都原则分明，他从不欺负女孩和小朋友，手头再紧，也不会打其他人口袋的主意。

洪申虽然年纪小，但在观音路一带的小混混没人不知道洪申的，他也与这些少年打成了一片，成为了这一带实际上的"孩子头"。

"嘿，你们长大了想干什么？"

那是初二暑假的某一天，我们在洪申家门前的一块空坝子上打牌，小安忽然问。

"你今天怎么想起来问这个，没话找话吧？"我看着小安，他傻乎乎地咬着指甲，两眼发愣，一看就是在神游。

"啊？就随便问问。"小安回过神。

"哼哼，干什么？只要能赚大钱，我都干！"蛮狗起来伸个懒腰，得意地说。

"你看你这点出息，那要你抢银行你也去啊？"我也把牌丢在地上，仰面躺下，今天的阳光洒在脸上，特别舒服。

"佳贤你还别说，如果要我再去做数学，念英语，说不定我还就抢银行了呢，嘿嘿。"

"哈哈，你看你那傻样。"川三一脚踹在蛮狗屁股上，川三是我们这几个兄弟中最能打的，却也是最文雅的，但他这么轻轻一脚也差点没把蛮狗踹地上。

"嘿，川三你轻点，要不我们俩来个搭档怎么样？"

"佳贤你想干什么？不会是想当诗人吧？"

"好主意啊，读书读不下去了，可以考虑。"我笑。

"林晓媛能同意吗？"小安说完，大家都笑了。

"你呢，申哥？"川三转头问洪申。

"这还用问，当然是扛把子啦！以后不止是我们叫了，一大帮子人会跟着叫申哥呢！"蛮狗笑着说，"要当就当大的，要当就当整个桥城黑社会的扛把子！"

"你知道什么叫黑社会吗？白痴。"洪申一只拖鞋扔在蛮狗头上。

蛮狗"哎哟"一声摔倒在地，一坨肉球在地上滚来滚去。

"酸梅汤做好了，大家来喝吧。"月滴站在门口微笑着，她的头发长长地披在肩头，一袭白衣在阳光的照射下泛出光晕。

"小月滴可是越来越漂亮了呢！"蛮狗傻笑，抱起搪瓷杯大口大口地喝起来，我们也走过去喝酸梅汤。

"请问，洪辉良住这里吗？"这时，一个中年男人站在了我们面前，他皮肤黝黑，西装革履，英气逼人但又不失和蔼。他的后面还站着一位身材魁梧，戴着金链子的大汉。

我们都吓了一跳，紧张得说不出话。

"是的，这是洪叔家。"洪申走到那男子面前。

"哦，好。"那男子上下打量洪申一眼，"你是洪申吧，我听说过你呢，你快去告诉你洪叔，就说康狼来看他了。"

"康狼！"洪申一时激动，情不自禁地叫了出来。

"怎么了？"

"没事，康狼叔叔您好，快请进。"洪申赶忙把男子带进了屋。

"你们快出去玩吧。"洪叔见了康狼，收起了平时的笑意，把我们叫了出去，随即关上了门。

"他是谁？"我们看着一脸惊讶的洪申好奇地问，"很出名吗？"

"扛把子……"洪申喝了一大口酸梅汤，半晌才冒出一句话，眼神里充满景仰与崇拜，"他就是中区的老大！"

9

时光如梭，太阳几个起落，我们的个头长高了，嗓音变得雄浑，我们也不会吵着闹着扮将军打仗了，思想也不知道是一天天更成熟还是更幼稚，总之这么一晃便到了初三。

一天，洪申、小安、川三、蛮狗和我在体育馆附近的一家迪厅里玩，嘈杂的音乐，乱七八糟的环境，其实我一直不喜欢这地方，耳朵受不了，空气也太糟糕。

而他们几个却是情有独钟。洪申喜欢被这喧嚣淹没，无须废话，一个人安静地喝酒抽烟，忘记童年的不幸与苦痛，忘记校内校外的无谓争斗，忘记不知所措的迷茫生活。这是他更爱的发泄方式，用酒精与沉默，取代叫嚣与鲜血。

　　小安喜欢这里，是因为可以嗅到漂亮的女孩。对，用嗅，太黑，眼睛不好使。这里的女孩很难分辨年龄，衣着性感，身材火辣，却难以辨清面目。许多女孩喝多了酒，嗑多了药，睡眠不足，疯疯癫癫甚至神志不清，所以小安很容易得手。其实小安该更自信，那时候的洪申已经是康狼点了名要罩的人了，没人敢惹，小混混们个个想巴结，自然我们的名气也不小了。再加上小安长得秀秀气气，漂亮的小妹自然不请自来。

　　蛮狗喜欢这里，单纯因为啤酒、可乐和爆米花管饱，而且不用他付钱。

　　几瓶啤酒下肚，大家却都觉得没什么兴致，决定转战到一家KTV唱歌。小安起身去结账，我和洪申正在争论要不要叫晓媛一起时，门外出现了骚动。看热闹位列我们诸多爱好之首，于是我们迫不及待地向门口奔去。

　　迪厅门口已经围了一圈人，十多个混混样儿的青年正围着一个女生又骂又打。其中一个我见过，是东哥的小弟，外号叫钢管。

　　"嘿，你们这么一群人欺负一个女生算什么本事。"洪申走上去，话已脱口而出，玩得正起兴的几个人扭过头来，一看是洪申便笑了。

　　"哟，阿申，来来来，这小妞不得了，偷东西偷到东哥头上去了，就昨天，东哥去按摩，被她按着按着就摸到了钱包，被逮了个正着，嘿嘿，交给我们处置了。"钢管咧着一嘴烂牙，十分猥琐。

　　彭东是康狼手下的人。这几年桥城的经济发展迅速，康狼也做起了风险小利润高的正当生意，道上的事很少过问，交给了几个亲信处理，彭东就是其中一人，听说是跟着康狼出生入死过来的元老级大哥，在中区半城颇有威望。

　　"也不用在这儿吧，太影响社会风气了。"蛮狗也跟了出来，开玩笑说。

　　"你们把她放了。再打可出人命了。"洪申瞥一眼蛮狗，转头看向钢管。

　　"阿申，这事儿你就别管了，东哥交代了，要认真严肃地处理这婊子。"

"放了她，她是我妹妹！"川三忽然挤进人堆，抛出这么一句话，听得大家目瞪口呆。

"你妹妹？就算是你妹妹，放了她我们怎么向东哥交代？"

"我去跟东哥说！"川三有些激动，他一向是我们之中最冷静的，还从没见过他这样恼火。

"你算什么东西？爬开！"钢管一下火气上来了。

"你再动她，先干掉老子差不多。"

川三话音未落，已一个箭步冲了上去，照着钢管面门就是一拳，钢管还未及反应，小腹又狠狠挨上一腿，川三看准空当紧接一个反手抱摔，钢管像蛤蟆一样摔了个四脚朝天，疼得嗷嗷直叫。

"钢管哥对不起，川三学过柔道和散打，你看他这身小肌肉，小学可是武校的打架王，下手难免狠点儿，您大人有大量，别介意。"小安蹲到钢管身边，一阵冷嘲热讽。

那边的混混见状便一拥而上，川三打得正兴起，迎上去便是一个扫腰拉倒一人，紧接一招大内刈又是一人，洪申和我也没见过川三火力全开，在旁边已然看傻了。

"好了，都他妈给我住手！"钢管从地上爬起来，"臭小子，你既然敢和老子动手，那肯定不把东哥放在眼里，洪申，别怪老子没警告你，我倒想看看是你洪申面子大，还是东哥面子大，走！"钢管说完，便一瘸一拐地带着他的人离开了。

"对不起啊。"川三喘着气看向我们，知道自己闯了祸。

"是兄弟，道什么鬼歉。"洪申走过去拍拍他的肩膀。

"就是，彭东？老子一脚还不是飞了！"我和洪申转头狠狠瞪蛮狗一眼，发现他还在往嘴里塞爆米花，我们都知道彭东在中区道上的分量，并不是我们这些毛头小子轻易可以惹的。

"话说回来，这女孩到底是什么人？没听说你有妹妹啊。"我问川三。我们看着这个坐在地上一脸颓废，衣服已是又脏又破，眼神无辜的女孩。

"她不是我妹妹，但是我认识她，是我的小学同学。"川三将她扶起来。

"去我那里好吗？"川三望着女孩，她轻轻点头，将脸埋入川三怀中，看来是受了太大的惊吓。

"申哥，佳贤哥，那我先带她回去了。"

"小心点。有什么需要就说。"

"谢谢申哥，我和青明一起没问题的。"

"你和青明两个一起我也放心，但还是小心点，不知道彭东是先找你还是先找我。"

"知道了，再见。"

看着川三远去，洪申知道一场麻烦在所难免，紧锁着眉头不发一语。事实是，彭东是大人，我们是小孩儿，不计较则罢了，若真的计较，我们就惨了。我知道洪申要强，他必然不想洪叔知道这事儿，也不想麻烦到康狼，洪叔似乎并不太愿意洪申多和康狼接触，这次和彭东结下梁子，我深知洪申打算靠自己摆平。

"阿申，放手去做吧，兄弟们不会怕的。"我对着默默不语的洪申说。

"哈，是吗？这可不是学校里打架，要是真出了事，你不怕晓媛把你废了？"

我下意识低头看手表。"哎呀，糟糕！"我大叫一声向晓媛家的方向奔去，身后是兄弟们夸张的笑声。

10

后来，我才知道那个女孩叫严序，我和洪申一致认为这是一个很不错的名字，很有诗意。她是川三的小学同学，也是川三最牵挂的女孩，曾经她在川三的生命里扮演不可或缺的角色，突然有一天人间蒸发，而当川三把她放进回忆的匣子里封藏起来时,她又从天而降,虚弱地躺在川三的床上,疲倦而安静。

川三喂严序喝葡萄糖水,坐在床边等她醒来,半年来第一次收拾乱七八糟的屋子。

第二天晚上九点多的时候严序才恢复了精神,从昏睡中起来。

"肚子饿了吗?"川三问。

严序轻轻点头。

"想吃点什么?"川三又问,他觉得很紧张,看着许多年不见的严序,有点窘迫。

"肯德基,可以吗?"严序的声音很轻很轻,像受了伤的小鸟,什么都害怕的样子。

"呵呵,在外地,那东西还没吃够呀。"川三想活跃气氛,却不想严序无言地低下了头,气氛尴尬到极点,"我……我马上去买……哦,对了,你住哪里?"

"我……"严序的声音小到听不清,"我没地方住。"

"啊?哦,那住我这里可以吗?"

"嗯……"川三走出家门的时候也不知道自己心里是什么感觉,既激动又茫然,既开心又害怕。

他去肯德基点了三人分量的餐,又顺道在小卖部买了新的牙刷、毛巾和被单枕套,路过一家饰品店时忍不住买了一对小巧的湖蓝色耳环。他心满意足地回家,打开门看见把自己收拾得整洁干净的女孩正穿着自己宽大的短袖衫坐在沙发上,随手翻弄着茶几上的几本旧杂志。严序再也不是数年前那个扎着小辫的邻家丫头了,她的身上带有超出同龄人气质的风韵,她洗完澡后没有干透的发丝,蜷缩在沙发一角的撩人身姿和小腿上的刺青,乃至那慵懒疲倦却楚楚动人的眼神都让川三感到不知所措。

"肚子饿了吧?快吃吧。"川三放下食物,独自去收拾房间。

"牙刷和毛巾放在浴室里了。"川三说。

"嗯……"严序低着头狂吃,顾不得川三说什么。

"序，你睡我的床吧，我睡外面的沙发。"

"好……"

"电视遥控器找不到了，你先将就看。"

"嗯……"

"还有……"

"我吃完了。"

"哦，吃完了。啊！吃完了？"川三上前一看，够三个人吃的食物已经荡然无存。

"啊？我吃太多了吗？"严序看到川三的表情，有点慌张。

"怎么会，本来就是给你买的，够吗？"

严序点点头。

川三一直守着严序，自己也没吃晚饭，所以故意多买了点，没想到严序的食量还真不小，川三想笑，但掠过心头的是一阵心酸。

川三为严序打开卧室的电视，然后跑到厨房煮面吃，吃完了回卧室一看，看见严序已经又睡着了，而电视还开着。

电视在床另一边的窗台上，川三爬上床去关电视，电视熄灭的一瞬间，严序从川三身后抱住了他，屋里一片漆黑，川三觉得全身僵在那里，只剩下心脏疯狂地跳动。

"我都快忘记我们几年没见了，你想过我吗？"严序哽咽着说。

"想……"川三有些哑然，他无法形容自己的思念，更无法形容自己是鼓起怎样的勇气去把思念尘封的，而面对突如其来的回忆的释放，川三仿佛失去了理清头绪的能力。

"川三，我一直都很想你。"

严序扭过他的头，当他们双唇相碰时，严序的眼泪也湿润了川三的眼睛。严序紧紧地抱住川三，像溺水的人抓住救命的稻草，指甲深深嵌进了川三的背胛里。川三不知道为什么会有那样的感觉，像一个完整的过程，只是中途被掐断，而这个夜晚发生的只是顺理成章的延续。

他们紧紧拥抱，沉默良久，不知过了多久才渐渐平静。

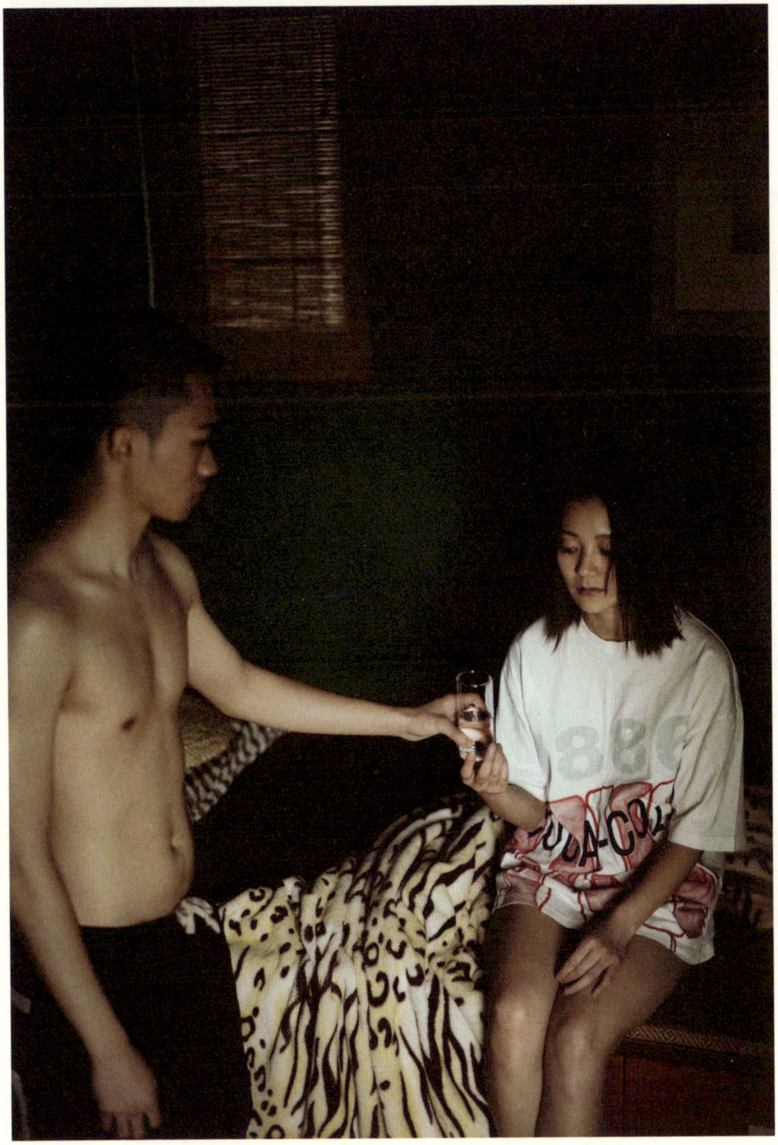

"川三，你爱我吗？"

"当然爱你。"

"那有一天我再离开你了，你可以不要再爱我吗？"

"什么意思？"

"可以吗？"

"你是说你会再离开我？"川三有些慌张。

"我是说，你可以不要爱我吗？"

"为什么？"川三坐起来。

"你可以吗？"

"不，我会爱你，一辈子。"

"但我不爱你，也不能爱你，川三，无论你有多好都不行。"严序静静流着泪，黑暗中川三却什么也看不到。

"我不在乎这些年你发生了什么！我只知道你回来了，我们就可以过我们想要的生活！"

"不可能的，"严序转过身，背对川三，"我不爱你……"她强忍着，不哭出声音。

"别说了，你睡会儿吧……"川三穿上衣服，拿上床头的烟，关上卧室的门。

他不解甚至愤懑，一切都像一场梦一般，不真实，不知什么时候他记忆里最好的女孩又会像泡沫一般消失掉，他无法预估将来，充满变数的未来，他深深吸一口烟，肺里微微有些刺痛，他不再去想虚无缥缈的未来。

11

　　川三失眠了一夜，在一壁的金色奖状前傻站着抽烟。那么多的奖状都是川三和他父亲的荣誉证明。川三很小的时候母亲就病逝了，是父亲把他拉扯大，父亲是个普通的厂房工人，又是不折不扣的英雄。有一次厂房失火，他为了帮助队友逃离，自己却被困在机房内，光荣牺牲。还在读小学的川三成了孤儿，却继承了父亲的秉性，谦逊而坚强，在成都武校的那些日子磨炼得更加坚韧，什么苦都能吃的他却还是抹不掉严序这一块深深刻在心里的印记。

　　川三回到桥城，住着这套单位留给英雄子女的房子，拿着单位补偿的几万块钱，和一帮兄弟们混在一起，一天天过着日子，川三崇拜自己的父亲，他也想当个英雄，在这个社会上，能维持自己的秉性的，就是英雄。川三就这样倔强地活着，又隐隐约约脆弱地等待着，终于等到了，反而是茫然了。

　　"对不起……"严序打开房间的门，低着头站在门口，像个做错事的孩子，惹人怜爱。

　　"又饿了吗？"

　　"对不起……"

　　川三掐灭了烟，站起身走上前一把将严序搂入怀中，他无法对眼前这个说不爱他的女孩板起脸狠下心，有些情感，无法忘记也无法舍弃。

12

　　那时候上课很无聊，我又不许洪申逃课，我和他就躲在后面看小说、诗集、杂志、漫画等等。

在那段时间，我们看了许许多多的书，也自己写诗写歌词，还很受女同学欢迎。

特别是洪申的歌词，颓美感伤又狂放不羁，再加上人长得帅，又是学校的风云人物，所以倾倒不少女生。不过洪申在学校里除了晓媛和几个兄弟罩的妹妹外，几乎没搭理过女生。

也不知道那个时候低年级的学弟学妹们是发了什么疯，到处找混得好的小流氓认哥认姐姐，洪申倒是一个没认，可身边的几个兄弟认了一大群，最厉害的就是野猴子，一个星期认了三个妹妹外搭一个弟弟。

"他们哪里在认妹妹，根本就是在选美，也不知道那些小崽儿是怎么想的。"洪申无奈地说。

"怎么想的，青春期还能想什么。"我说。

我也没有超凡脱俗，认了一个上初二的小妹妹，蛮可爱的，大家都叫她果冻。为此，晓媛十分不满，我费劲口舌才让她相信我的目的是单纯的，动机是正义的，绝对没有超出无产阶级兄妹友谊的企图，只是随大潮，结交朋友，让我们的课余生活更丰富。

我们喜欢瞎扯，不只用嘴，也用写的。我甚至整夜整夜地写，写好了拿给洪申和晓媛看，然后放进抽屉里。

晓媛对此也很不满意，她觉得初三了，应该全身心地投入到中考的冲刺中去，要认认真真地听课、做作业、复习。只有这样，才有希望和她一起考重点中学，考重点大学。

"佳贤，你不要一天吊儿郎当的好吗，好好学习好不好？"

"当然，好！"我笑，摸她的头发，晓媛的头发柔软如丝。

"你不要嬉皮笑脸，认真点，"晓媛牵起我的手，严肃地看着我，"万一你考不起重点中学，你说怎么办？"

"怎么办？那就读普通中学呗。"

"那你要我怎么办？"

"你也读普通中学呀！"

晓嫒一时语塞，又气不过，甩开我的手转过身去。

"好嘛，我努力学习就是了。"我用手指戳她的后颈，晓嫒的脖子特别白皙。

"如果我们分开了，不在一所学校读书，你还会一样爱我吗？"

这回轮到我语塞了，这是一个我从未思考过的问题，我根本不知道哪怕是现在的我，是不是真的爱她，最关键的是什么是爱我都还没弄明白。爱是一种感觉还是一种责任，是一时兴起还是一生承诺？

"肯定会的！"我怕晓嫒又不高兴，就笑着说。但真的会吗？谁也不知道，但我们宁愿不去思考，把问题留给将来，却在日后回想起来，心中不是滋味。

我和晓嫒一起走过了三年，我依赖她从三鲜米线开始带给我的简单和温暖。

13

蛮狗在观音路还有个外号叫"跑食王"。跑食就是吃霸王餐，吃完就开溜，当时的蛮狗号称"分钱不带吃小炒"，上至饭馆下至五毛一碗的西米凉虾，他都能白吃。听说他曾经带了一帮兄弟到某酒楼吃饭，吃完后兄弟们分别开溜他垫后，结果如何？十多个人追着腆着肚子的他跑了几站路，最牛的是他小子穿着拖鞋！

有一次，我们在小安家打麻将时说到此事，洪申说你小子别瞎扯，有种今天就露一手，蛮狗一口答应。洪申理了个清单，什么糖醋鲤鱼、盖碗扣肉、清蒸羊肉、麻辣螺丝等等七八道菜，差不多两百多块，蛮狗临走时找洪申借了根牙签就去了，一个小时后他小子风尘仆仆地回来了。

"追得够惨的吧？不过还行，好家伙，总算把东西拿回来了。"洪申赞叹道。

"这没什么，就是找家店不容易，这附近的都认得我了。"蛮狗气喘吁吁，大家笑作一团。

听说几年前，观音路的"跑食王"蛮狗为一个乞讨的小女孩偷过一支三毛钱的冰糕。

14

初中最后的那段日子，却意外对时间失去了概念，我想那也是我最喜欢的一段日子，每天清晨在晓嫒做早餐的声响中醒来上学，上课时仍是偷偷地看小说，下课疯玩儿一阵或躲到厕所抽支烟，放学后，足球、篮球、乒乓球，晚自习逃课，和洪申他们到江边玩水，酒吧瞎混，KTV唱歌，偶尔也看场电影，接着我离开兄弟们去接放学的晓嫒，回家帮我补点课，抄抄作业，累了吃些东西，看看电视，然后倒头睡觉，美妙平淡的生活。

然后生活需要些调味料，在你意想不到的时候撒到我们头上，事实证明，彭东很小气，他没有要放过我们。

那天晚上，我正在和晓嫒讨论以后我们孩子的名字时，电话响起，晓嫒抢过去接了，瞬间板起脸来。

"洪申找你。"她嘟着嘴，不乐意地递给我电话，我笑笑，摸摸她的头，接过来。

"喂，佳贤，事儿来了。"

"不会是彭东吧，这么小气？"

"嗯，你猜得不错，川三回家时被人跟踪了，现在有十几号人站在他家楼下呢。"

"准备怎么办？"

"我不知道彭东到底想干什么，带了多少人，我们几个先过去吧，事情不能让洪叔知道，他叮嘱过绝不能和那帮子人扯上关系，要是真有道上的人，这梁子也只能我们自己办。"

"好，我马上带家伙去川三那里。"

"兄弟，这次可能得玩儿真的，你先想好了，你不过来兄弟们不会怪你。"

"啰里啰唆干吗，我马上出发，川三那儿见。"

挂上电话，我披上外套，取出我偷藏的"血龙"（就是匕首，霸气的称呼很重要）放在兜里就准备出门，晓媛看着我，直到我开了门终于开口。

"佳贤，我知道我今晚如何也劝不住你……但是……但是，你一定要安全回来！"

忽然心中一怔，感动莫名，似乎自己要去做挺伟大的一件事，我走到晓媛面前，将她拥入怀中。

"等我。"

"嗯！……"我抱着她纤柔的身体，温暖无比。

后来，我看到一部叫《江湖》的片子，翼仔怀抱着他的她时，我总会想到那个夜晚，晓媛穿着我宽大的T恤，戴着眼镜，痴痴站在我面前，鼻息里是花露水的味道。怎么说呢，那晚，曾有人等我回家。

15

夜色已深，城市就像一只夜猫毫无睡意，一帮少年们正手握刀具肆意走在街头。

我很难去描述当时的心情，也许一生不会再有那时的感觉，激动、紧张、害怕甚至期待，百感交集又豪情万丈。

我到的时候，远远就可以看到川三楼下已黑压压围了好多人。

洪申先我一步，把手插在口袋里，一脸冷酷，我走过去，他看我一眼，微微点头，也不说话，我俩并肩向人群走去。

流氓们看见我们，准备围上来，他们把用来包裹刀具的报纸扔在地上，砍刀和钢管在暗淡的路灯下闪着寒光。

我和洪申径直走了过去，对身旁恶狠狠的目光视而不见，我们占住了川三楼下的唯一通道。

川三和青明都下来了，手里握着刀具，还有小安、蛮狗、野猴子和烂葱等十来个兄弟也都严阵以待。

"申哥……"川三正准备说什么，被洪申一个闭嘴的手势制止住。

这时，对方的人又多了好些，估摸有三十人左右，不远处的小卖部迅速打烊关门，生怕殃及池鱼。

彭东，近一米八的个子，一身黑衣，戴着金项链，平头，小胡子，嘴角叼着烟，后面跟着五六个凶神恶煞的小弟。

"叫洪申的兔崽子，出来。"

洪申走了过去，依然毫无惧色。

"你是洪申？"彭东也斜着眼看洪申。

"是。"洪申答话。

"听康狼大哥说过你，小小年纪，挺拽呀。"

洪申不说话，轻咬着嘴唇看着彭东。

"我也不想别人说我欺负小兔崽子，你把我的人交出来，给我敬个茶认个错，就算了，这事情我不想花时间再计较。"

"东哥，茶可以敬，错也可以认，但这女孩子是我兄弟的妹妹，怎么也不能再交给大哥您呢。"洪申说。

"小子，你别给脸不要脸，你以为你硬气得很是不是？我要教训你容易得很，把人交了，滚蛋。"

"还是那句话，人不会交。"洪申抬起头与彭东对视。

"嘿嘿，年轻人肝火旺是不是？我看你他妈找死！"

"怕死我洪申就不出来混了。"

"他妈的龟儿子,我今天就教教你做人的规矩!"

彭东被激怒了,霍地窜起身,从身后小弟手中抽出一把一百二十公分的太刀。洪申也蹦了起来,脱掉身上宽大的外套,露出健硕年轻的肌肉,随即从蛮狗手中接过一根钢棍。

"我打赢这事就了了……"

洪申话音未落,彭东已经奔至跟前,对准面门就是一刀,洪申迎棍一挡,右腿全力一踹,踢在彭东身上,彭东吃疼,恨得咬牙切齿,大吼一声挺刀又砍过来,洪申出腿踢在彭东左膝上,彭东失去重心单膝跪倒在地,却不罢休地反手一刀劈在洪申右腿上,洪申躲避不及拉出一道豁口,鲜血随即将牛仔裤染红一片。

这时,两边的人已经一拥而上,小道中已经杀成一团,场面混乱不堪,喊叫声、呼救声更是响作一片,刀光剑影,想必所有经历过的人都会刻骨铭心。

"我劈死你!"

"哎哟,我的手,我的手断了!"

"哪个龟儿子报警了!"

"快跑,快跑,警察来了!"

混乱之中有人大喊,我也不知在何时背上被钢管劈到一下,一阵剧痛,但听到警察来了,大家像没了魂似的四散乱跑,全然没了之前的霸气,人群中我已与洪申等人走散,好不容易看到了小安,向他冲了过去。

"看到洪申了吗?"

"快,洪申叫我们快走。"

"那我们走到大马路上去。"

我和小安运气极佳,在路口搭上了一辆刚下完人的出租车,远去多时,我们才缓过神来。

我发觉身上酸痛不已,检查个遍也没发现刀伤,暗自庆幸,小安也还好,只是一些皮外擦伤,不过当司机看到小安手上的刀时,我们不得不识

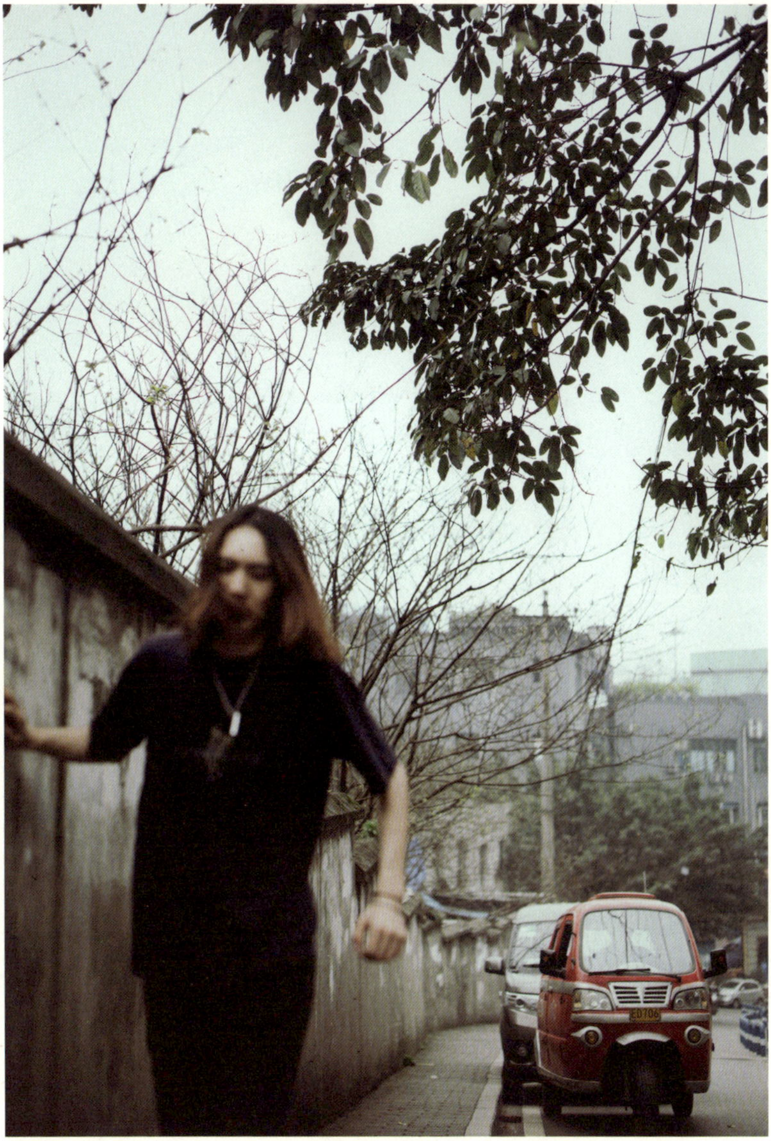

趣地走路回家。

那时，只是担心洪申他们是否有落在警察手里，马上找电话亭打了电话，没人接听，想想他们比我们先走，应该没多大问题，我便和小安分开，回了晓媛家。

那时已经凌晨一点左右了。

16

川三和青明在一家酒吧里躲到深夜三点多钟，才小心翼翼回到家，严序正窝在沙发上发呆，开门的声音让她惊得坐了起来。

"你们……回来了。"

"事情已经摆平了，以后都不会有麻烦了。"川三走上去抱住严序，如释重负地淡淡一笑。

"我知道……我给你们添了很多麻烦……"

"傻丫头，真的没什么的，我们都是好兄弟呀，是不是呀，青明？"

青明点点头。

"好啦，别想那么多了，等我洗个澡我们出去吃饭。"川三转身向浴室走去，这时，本还在发呆的严序却像受惊的小鹿一样蹦了起来，一个箭步拦到了川三面前。

"我……我想先上个厕所。"严序慌慌张张说道。

"好，快点！"川三笑，严序转身正准备进浴室，"等等，我把我的烟拿出来。"川三边说边就往浴室里钻。

"不……！"严序又拦到了川三面前。

"怎么了？"

"没……没什么……"

"序，你今天慌里慌张个什么呀？不是说事情已经完了嘛。"川三说着走进浴室，当他在洗脸台上找到自己的烟盒时笑声也戛然而止了——他拿起一小包粉末，很快明白了那是什么，虽然川三从没问起严序这几年的事，但他万万没想到严序会沾上这东西，这也是一向反感毒品的川三所不能接受的。

"这是什么？"川三尽力压制自己的愤怒。

"KING粉。"严序已经开始啜泣起来，一如从前那样低着头，眼泪大颗大颗掉到地板上。

"什么是KING粉？"川三字字咬得有些发狠。

"这东西不上瘾的，我只是太害怕了……"

"为什么不告诉我你沾这个？"

"我……我以为……我不会再碰这个了……"严序哽咽着，说不出话。

"我他妈最看不惯女孩子碰这种东西！好好的，碰这个像什么样子？跟那些贱货有什么分别！"川三越说越来气，想到自己差点把兄弟害死，竟然是为这样的女孩，心中气不打一处来，"拿起你的东西给我滚！"川三狠狠地把那包KING粉砸在严序身上。

"喂，阿三，差不多得了，多大点事儿。"青明见状不对，想劝开两人。

"关你屁事，出去！"川三气昏了头，有点控制不住自己了。

"阿三别这样啊，有什么事情不能好好说，你吼屁呀。"青明也有点气不过。

"我叫你出去你听不懂吗？"

"兄弟们出生入死帮你把严序保下来，还和观音路的大哥结了梁子，你他妈有什么资格在这儿吠。"

"怎么？这贱货你想要啊？"川三已经全然丧失理智，严序光着脚，流着泪夺门而出，而青明的拳头也跟了上来，川三冷不防被砸倒在地，人也清醒大半。

"青明我不是那个意思！我气晕头了我！我……"青明手一挥，走出了门。

"青明。"

"人都跑了,还不去追呀你!"青明大吼,川三爬起来冲出家门。

没走几步,就看到严序坐在台阶上,脚底被扎出了血,川三上前紧紧抱住严序。

"对不起。"

"阿三,你要我去哪里呀……"严序在川三的怀中大声地哭着,"我能去哪里呀……"

"我只是想你好好地活……不管曾经发生过什么。"

严序再也说不出话,她只是大声地哭喊着,伤心而绝望。

青明在角落里看着,烟头忽明忽暗。

17

回到晓媛那里,她已经睡熟了,我精疲力尽,一倒头便呼呼睡去。

早晨晓媛把我拖起来,我们一同吃了早餐,她没有问我昨天的事儿,我也没说,这样很好。

接着我们走路到了学校,进教室后发现洪申没来,不免有些担心,一直等到第三节课后,小安才出现在我的教室门口。

"洪申怎么没来?是不是出事了?"

"洪申他们在阮叔叔的诊所里,没问题,现在麻烦的是你。"

"我怎么了?"

"你昨晚可能是砍得太招摇了,他们叫了人放学堵你。"小安说。

"那怎么办?"洪申他们一帮人都不在,我有点乱了阵脚。

"我就是来问你怎么办。"小安显然比我更慌。

上课铃声响起，我只好回到自己座位上。

"佳贤，没事吧？"不知什么时候晓嫒走到我身边，温柔地把我的手握住。

"没事。"

"就你这雪白的脸色也叫没事。"

"别担心，我真没事。"

提心吊胆熬到了下午放学，小安跑来找我商量对策，其实我们早商量了一个中午，除了溜就是拼了，哪里有什么对策不对策的。

"要不，我们打电话叫洪申他们过来帮忙。"

同学们都吃晚饭去了，教室里已经没剩几个人，小安紧张地在我面前踱来踱去。

"不行，他们自身还难保了。"

"那……拼了？"小安试探着问我，那小子鼻头一直在冒汗。

"好啊，不过别人一刀下来……"我手在空中比画，"咔嚓，你就挂了。"

其实我自己也是五十步笑百步，害怕得要命。

"佳贤！"小安突然站起来吓我一大跳，"妈的，拼就拼了！我去叫野猴子和烂葱。"

小安跑出了教室，晓嫒在我千般哄骗下先行回家了，我背上书包，独自向校门口走去。我想小安虽然是兄弟当中最胆小的，但很讲义气，是个可爱的小子，我应该保护他，像个爷们儿一样扛下所有的危险。

我毅然走在学校的林荫道上，有一种壮怀激烈的感觉，"风萧萧兮易水寒，壮士一去兮不复还"的词句在我脑中回响，不知还有没有机会在考作文的时候用到。

"佳贤！"

突然小安的声音在我耳后传来，我转头一看，他和野猴子、烂葱已经追了上来。

"你们怎么来啦？"

"好兄弟，讲义气，两肋插刀，在所不惜，你冲个屁呀！"

我笑，感动得眼泪都要掉下来，就是这句话，为这么一句话，多少少年赌上自己的青春与热血。

这时，四五个十八九岁的少年向我们走了过来。

"你是佳贤？"领头的看着我问，此人年龄比我们大不了多少，长得还很是清秀，不像地痞流氓。

"是。"我和他对视，他的眼睛弯弯的挺好看，眼神不仅毫无敌意，还多了几分友善。

"哈哈，总算见到你啦，在学校门口吃了好多零食，你再不出来我都快撑死了，你好你好！"他二话不说就握住我的手，过分友善让我心想难道这背后有阴谋？先礼后兵？先奸后杀？我已经蒙了。

"我叫彭影，是彭东的侄子，我叔其实很欣赏你和洪申，根本不想再纠缠这事情，他这个人，就是死爱面子，所以叫我来请你和洪申去吃顿饭，我也知道，你们也是要个面子，爱面子真是害死人，哈哈。"

"你……"我被眼前这个叫彭影的小子弄得有点找不着北，都说来者不善，这也太出乎意料的善了吧，我往他身后看了看，仍然心有余悸。

"你别误会，这几个都是我兄弟，今天刚好在一起玩儿就顺便过来了，绝对没有恶意。"彭影仿佛看出了我的心思，他的聪明与坦率令我顿生好感。

"佳贤，以后叫我影子好了，我们年纪差不多，肯定没代沟！"

"洪申他们那边……"

"洪申他们都已经去了，走吧，喝一杯。"

事实证明影子没有撒谎。我在十几分钟后看到了所有的兄弟，洪申脚上缠着绷带，一定是昨天那一刀，再一看蛮狗，完全包成了个木乃伊，顿时笑到跪地求饶。

"怎么这样了？"我坐下来，想拍拍蛮狗，又不知何处落手。

"太勇猛了呗……"洪申和影子喝了一杯，笑着说。

"被砍成这样了还来喝酒？"小安一脸惊讶。

"什么被砍的,自己眼睛不看路,摔坡下面去了。"

"哈哈……"顿时大家笑作一团。

我们一帮人在酒吧喝到十一点,影子热情大方,很快已和我们混得很熟,称兄道弟,大家觉得还不尽兴,影子又请我们到新开的一家KTV去唱歌,我在两点钟时离开,他们玩了个通宵。

风波总算过去,那晚兴奋过头,回家后抱着晓媛看电视,我说永远这样多好,晓媛睡眼蒙眬地看着我。

"永远怎样?"

"嗯……永远和兄弟们打打闹闹,无忧无虑地玩耍嬉笑,永远能和晓媛这么好的女孩在一起,抱着她看电视。"

"佳贤,你今天晚上嘴巴可真甜,但马上就要中考了,说不定我们就要分开了。"晓媛把头靠到我肩上,头发搔得我颈窝痒痒的。

"不会的,我努力学习还不行吗?"

"这就对了,我们的职业呢是学生,我们的天职就是好好学习,我真想离开这里,这里根本就没有学习环境,我要到更好的学校学习,那里呼吸一口空气都满是书香,我以后还要出国,去看看外面的世界,英国就很好,要是能去剑桥看看就好了!"

晓媛展望着她的未来,而我却留恋着现在的美好,她向前看,我往回看,这总让我觉得不能和她说到一块儿,我只求未来不要改变什么,这三年在这个地方,我过得很开心,我想还有这样的三年,或者更久。

越是到最后,我和晓媛越是熟悉彼此,心思却越离越远。

那时,我想我和晓媛迟早会分别的,我不知道是以怎样的方式,但终究希望是好聚好散。

18

洪申，川三和我商量着去给彭东赔礼道歉，作为回礼，便约了影子，买了两瓶红酒到了奉狼帮开的一间网吧。我们礼貌地叫彭东"叔叔"，说了很多长辈听着舒服的话，聊得高兴了，彭东请大家上酒楼吃了一顿。

"我也是上了岁数的人了，还和你们这些小辈子计较，实在糊涂，还惹得几个大哥笑话。现在时代变了，我们这几个曾经在桥城摸爬滚打的老东西，还改不了那些老掉牙的习惯，总觉得什么都得啊……那个反正就是太爱面子啦！本来那么小个事儿，是吧？这次我彭叔也有不对，小兄弟干了这杯，以后大家相安无事！"

我们起身举杯一饮而尽。

"彭叔，这次其实都是我们不懂事，给您惹了许多麻烦，我代大家再给您赔罪。"洪申端起酒杯又干了一个。

"你们重义气我是看在眼里的，这股子气啊，现在社会上已经少得很啦！这忠义气呀说着觉得老土，但忠义是我们中国人的血性呀，我不会那些文绉绉的，总之话糙理不糙吧，嘿嘿。"

"彭叔说得特别在理，我们一定记住彭叔的教诲。"

虽然不太明白彭东到底要描述什么，见洪申都这么说了，我们也都跟着频频点头，要这次不来，我还真不知道洪申变得这么会说话了。

"洪申，你小子以后要想罩得住，得凭忠义当头，但本事不能少，脑子也得聪明，别发热。"彭叔拍了一下洪申的肩膀，语重心长。

"各位，今天我还有事，先走一步，影子和你们差不多大，以后多多来往，都是自己兄弟了。"

彭东和大家再举了一杯，便起身走了，我们送完彭东接着回来吃东西，洪申却不再多说话，叫着他也是随声附和几句，一脸若有所思的样子。

道上的很多事情其实就是这样不了了之，前一秒是仇家后一秒就可以化敌为友，经历了这一劫，我们一脚还在宁静的校园，一脚却似乎踏入了纷繁的江湖。

19

和彭东的事情过去之后，我们的生活又进入了一种晃晃悠悠的状态，每天一成不变地过着日子。随着寒假的来临，我们离分别的时日也不过只有几个月了，那个假期，我们一大帮人开赴北区云山，共度我们初中时期最后一个寒假。

那次出游是我们这帮人到得最齐的一次，洪申和月滴、我和晓媛、川三和严序、影子和她的女朋友陈萤，还有小安、蛮狗、青明、烂葱、果冻和野猴子。

浩浩荡荡大队人马一路嬉笑打闹，中午抵达云山宾馆。稍作休息，饥肠辘辘的大家在酒店员工的指引下奔向了对学生更实惠的宾馆附近的农家乐，城市里的孩子难得尝到农家新鲜的土鸡土鸭和蔬菜瓜果，这次可是让我们大饱口福了。

因为下午要去爬山，上午又闹腾得累了，一个个跟恶狗扑食似的，来一盘干掉一盘，连泡菜都吃掉人家半坛子。蛮狗更是展现自己非凡实力，吃了多少菜不说，干饭就吃了三大碗，白粥喝了六碗。

"我喝了三碗白粥了，这粥里面加着玉米，真太好喝了。"我觉得自己是不是喝太多，在晓媛和果冻的目光夹击下有点不好意思。

"小妹，你直接给我用那小盆装，这碗太小，一直去添多麻烦。"蛮狗一边咽着食物一边嘟哝。

影子一听，把饭呛到气管里了。

"血洗"农家乐之后，大家返回房间稍事休息，为下午的爬山养足精神。

"你怎么不和你妹妹住一个屋啊？"回到房间，晓嫒故意问我。

"什么妹妹？"我光顾着翻电视，一时间还没反应过来。

"你的小可爱，果冻啊。"晓嫒什么都好，就是爱无中生有吃飞醋。

"我怎么和她住一屋，她不过是认的妹妹而已。"

"那你干吗和我住一屋？"晓嫒从她的床上爬过来，我知道她又要卖傻撒娇了。

"你需要人照顾呗。"我翻了好几个台都是无聊的广告，失去了看电视的兴趣，就仰头倒在床上。

"那人家果冻还需要照顾呢。"晓嫒一屁股坐到我腿上。

"哎哟，下去下去，下午还爬山呢。"晓嫒跳起来，抓起枕头砸在我的头上。

"哼，说！"晓嫒抱住我。

"说什么？"我没反应过来。

"你今天反了是不是！"晓嫒又抓起了枕头。

"好好，因为你更需要照顾！"

"为什么？"晓嫒不依不饶，不知道她怎么又坐我腿上了。

"这个……你先坐下去。"

晓嫒重新坐回床上。

"因为……"我站起来，穿好拖鞋，"因为我觉得你这智商生活很难自理。"

晓嫒二话不说，一个饿狗扑食跳我背上，我重心不稳摔倒在地，正当时，门被推开了。

"咦？走错了，"小安挠挠后脑勺，边嘟哝边往后退，"也真奇怪，不锁个门，两个人还睡地上……"

20

  下午三点钟时太阳探出了云层，暖暖的阳光将山头打扮成一片金黄，远处的群山遥相呼应，空气清新，润人心肺。

  我们把嗓子都喊破了也叫不醒蛮狗，只好把他扔在宾馆，其余一行十来人向狮子峰爬去。

  当我们爬到峰顶时，轻风在耳边吹拂、歌唱，远处的山峦与梯田一览无余。

  影子拿出他的相机大拍特拍，将每一张笑脸，每一个动作留在一瞬间，我将晓媛拥入怀中，口中呼着白气。

  "来来，来一张！严妹妹别害羞啊，你看川三多迫不及待。"

  "我就是那意思，你看今天佳贤哥、申哥都在，你俩就把终身定了吧。哈哈哈哈……"烂葱也跟着影子瞎起哄。

  "就是就是，你看你俩笑得多甜啊。"就连一向不多言的洪申也跟着开起了玩笑。

  "是啊，我真想当伴娘！"陈萤也起哄。

  "就你？伴娘？大娘吧？"

  "你不想活了？"陈萤一脚踹在影子身上。

  "哈哈哈哈……哈哈……"

  情侣们幸福地依偎在一起，兄弟们对着远山大喊大叫，这种感觉，温暖无比。

  "永远这样就好了。"晓媛将头倚在我的肩上。

  我没回答，只是微微点头。

  "我爱你，佳贤。"

  "我也爱你……冷吗？叫大家下山吧。"

  "佳贤，长大了，我们就结婚！"

  "嗯。"

那时许下的承诺，恐怕都只是一些被甜蜜冲昏头时不负责任的言辞，一时的美丽与幸福感甚至转瞬即逝。随着时间的流逝，我感觉到对晓媛的感情，更多只是年少朦胧的悸动与依赖。我想我是不是撒谎了，真正爱上一个人是什么样的心情，到底怎样的爱才能刻骨铭心？从朝思暮想到怅然若失，在晓媛的身上从未感觉到过，只是快乐，只是两个人在一起时，不寂寞。只是她的温柔与陪伴让我忘却了诸多的烦恼，以及满足一个少年的好奇心与占有欲，满足年少无知，满足那个爱来爱去的青涩年华。

至于爱情本身，在那时，的确不知所谓。

21

晚上大家看着夕阳西下，吃着烤全羊，酒过三巡已有几分醉意，回到宾馆，直奔歌厅，面前摆着三箱啤酒和一堆零食。

"咱就接着划拳吧！"蛮狗醉醺醺地说。

"你有点情调好不好？又划拳，待会儿上去还得打牌，休息一下，行不行？"小安抱怨道。

"好，你小子最有情调，那你就唱支歌吧。"

"唱就唱！"小安抓起麦克风，来了一首《谢谢你的爱，1999》，小子唱得还真不赖。

"好啦好啦，你那个什么鬼哭狼嚎，还是让申哥和佳贤两个来首BEYOND的！"蛮狗一瓶百威下肚，瞎起哄，影子他们也跟着来。

"舒佳贤你五音还不全呢！"晓媛从来不在兄弟面前给我留面子。

我瞪她一眼，决定用实力给予还击，便和洪申来了一曲《海阔天空》，紧接着在他们目瞪口呆中我们又来了一首《AMANI》，当时就把他们听激动了，洪申又牵着月滴的手深情演唱了张信哲的《用情》。

一群人一下就被搞兴奋了,女孩子们合唱了一首《他不爱我》。

"谁不爱你了?"

影子八成也喝高了,在陈萤脸上亲了一下,自己又去怪里怪气地唱了一首《爱如潮水》。

十分缺爱、到处寻觅女孩的野猴子也无不深情却搞笑万分地来了一首陈小春的《男人与公狗》,大家一玩就是十二点过。大家各自回房先洗澡,准备在吃完打包回来的夜宵后投入新一轮的战斗直到天亮。

晓媛不喜欢打牌,再加上玩了一天已经很困,便先回房间睡觉了。

我洗完澡后巡逻了一圈,大家分成了两个房间,三张桌子,两桌打钱,一桌瞎玩,我也是个菜鸟,就待在了瞎玩的那桌。

这桌大部分是女生,有陈萤、严序、果冻和小安。

果冻刚和男朋友分手,所以就跟着我和这帮"不良少年"出来散心。

大家边聊边玩,混到两点来钟时,我跑回去看看晓媛,睡得死死的,像只小猪,我躺在她身旁打开电视,不停地换着台,后来的确无聊至极,便拿了一罐百威,披上外套,倚在过道的栏杆上抽烟。

"怎么一个人发呆?"不觉间果冻站在我的身旁,双手搭在栏杆上,偏头来看我。

"啊……你怎么不玩了?才三点。"我掏出手机看看时间。

"他们都困了,小安加入了洪申他们那组,我们这组的人都回去睡觉了。"

"哦,你呢?不困吗?"

"不……不太想睡,哥哥,给我支烟吧。"

"女孩子抽烟不可爱了。"

"去!不是舍不得吧?"

"哈哈。"我笑笑,看看干净的夜空。

"不是,要不喝点酒吗?外面站着冷。"其实啤酒越喝越冷,也不知道自己当时怎么想的。

果冻接过我的啤酒,小小地呷了一口。

"你和林晓媛姐姐真幸福啊。"

"还行吧，知道你最近不好受……你怎么就和大鸟分了呢？"

果冻不说话，我看着她，圆圆可爱的脸上显出一丝茫然，她的眼睛也如晓媛般水灵，只是单眼皮的她更显天真。

我以为她难过，拍拍她的肩膀，想安慰她。

"分就分了呗。"果冻笑笑，我吃了一惊。

"其实我真的很讨厌他的，他那德行，带着两个人走到哪里吹到哪里，说自己在外面混得有多好，学校没人敢动他，而且你知道他当初为什么追我吗？"

"不知道。"我看着果冻狠狠的表情，有点蒙。

"他是因为知道我是你的妹妹，又知道你和洪申他们的关系，才找我谈恋爱的。"

"你是怎么知道这些的？"

"我一个很好的姐妹，和他一起出去耍过，从她口中知道的，你说他混账不混账？"

"你姐妹？能信吗？"

"是野猴子认的妹妹，你问他就知道了。"

我一听差点没晕过去，这是个什么复杂的情况。

果冻不说话了，她转过头，静静望着天空，眼睛里不知道什么时候浸着泪花了，也没有了刚才歇斯底里的表情。

"别难过。"我也不知道该说什么。

"好歹是我的初恋。"她咬着唇，吐出几个字。

我不知道为什么会觉得想笑，又觉得很悲哀，初恋，又荒诞又讽刺的初恋，为什么在中学，小小年纪本该纯真的感情，会沾染如此世故的关系呢。

"太冷了，我陪你回去拿外套。"我说。

"我没带厚的外套……"

我将自己的外套披在果冻的肩头，她穿好，像一只小北极熊。

"呵呵，好大哦。"果冻破涕为笑，毕竟只是小孩子。

这时，洪申牵着月滴，打着哈欠走出来。

"月滴要去看日出，你去吗？"他看到我问。

"你去不去？"我转头问果冻。

"好啊好啊！"果冻忽然来了精神，欢呼雀跃。

"好。等我回去拿手电筒。"我往房间走去。

"带啤酒！"洪申补充道。

22

大概四点半时我们四人出发了，山上的雾挺大，万籁俱寂。我们打着手电筒，沉默着爬台阶，我甚至不知自己是睡着的还是醒着的，洪申与月滴相拥走在前面，我牵着果冻的手走在后面。

"洪申，我要睡着了。讲个鬼故事好吗？"我听到月滴撒娇说。

"别，千万别。我最怕鬼了。"我抗议。

"你真没出息。"果冻笑我。

"我就没出息，那你别牵着我手啊，你自己不是有手电吗？"

"……我开玩笑呢。"

果冻将我的手拽得紧紧的。

大概走了半个多小时就到了狮子峰，寒风呼呼吹过，我也觉得好冷，离日出起码还有一个多小时，我们就躲在城墙后喝着酒，聊着天，月滴在不知不觉中睡着了，缩在洪申的怀抱中，我实在看不下去了，就牵起果冻到别处转转。

我和果冻爬上台阶，来到石堡的天台上，我们席地而坐，靠在一起喝最后一罐啤酒。

"哥哥，想什么呢？"

"想睡觉。"我掏出一支烟点上。

"你帮我个忙好吗？"

"什么忙？"

"大鸟还是对我死缠烂打的，我想他死了这条心，所以……"

"所以什么？"

"我想告诉他我跟你了，他就不会再来找我了。"

"这怎么行，晓媛会生气的。"我真搞不清楚现在这些女孩子脑袋怎么想的。

"就帮我这一次嘛，和晓媛姐说清楚就是了，我一定会好好谢谢哥哥的。"果冻睁大疲倦干涩的眼睛可怜巴巴地看着我。

"好吧，你厉害，我答应就是了。"

"谢谢哥哥！"果冻挽住我的手，笑得一脸灿烂。

"日出啦！"洪申在下面喊。

我们举目望向远方。天空渐渐地变红，那醉意的红照亮我们还年轻的面庞。太阳在每天的这个时候，都是如此的年轻，它的年轻，没有颓废，没有疼痛，只有感动和希望。无论如何，它美得令人沉醉，美得令人安静。

我们拖着疲惫的身子下了山。

"洪申？"进房间前，我叫住他。

"嗯？"洪申眨巴着酸涩的眼睛看我。

"果冻的事我肯定和晓媛说不清楚，到时候你帮我说说。"

"你小子啊，我知道了，回去睡觉吧。"

"好咧，睡觉！"

回到房间后，看到熟睡的晓媛缩在靠墙的角落，表情甜美，我躺下来，抱着她的肩膀进入梦乡。

23

　　几天下来玩得酣畅淋漓，一直到把身上的钱花光，大家才回家。

　　因为春节到来，晓媛回老家和家里人一起过节了，我爸妈也把我和婆婆爷爷一起接回家过年。

　　大年那天，我给晓媛打了电话拜年，追忆了一下过千禧年时我们的幸福往事。

　　"佳贤，我把礼物给你寄过来了！"

　　"谢谢谢谢，我就不送你东西了。"

　　"你敢！"

　　"嘿嘿，其实我早就准备好了！"

　　"我就知道你不敢，是什么？"

　　"一只很大很大，宇宙超级无敌霹雳大的熊！"

　　"哇，这么大是多大啊？"晓媛兴奋地叫了起来。

　　"熊的头有书包那么大呢！"

　　"这也叫宇宙超级无敌霹雳大呀？"晓媛随即又失望地叫了起来。

　　"是啊，熊的身子能放我口杯里躺着，按这种比例，你说它头大不大？"

　　"你吹吧你，你就会吹！小气！哼！"晓媛又开始撒娇了。

　　"是是，我就小气。"

　　"不跟你瞎扯了，对了，叶衫衫给我打了个电话，问你家号码呢。"

　　"哪个叶衫衫？我的仰慕者？"

　　"滚吧你！是果冻呀。"我的心咯噔一下。

　　"哦，果冻就果冻嘛，叫别人名字嘛，叫别人外号干吗。"我故作轻松。

　　"不跟你开玩笑，听得出她很着急找你。"

　　"也许有急事吧。"

"嗯,那你给人家打一个去……我爸叫我吃饺子了,再见,亲爱的。"

"再见,宝贝。"

挂上电话,我正准备给果冻打去,我妈就叫我带弟弟妹妹下楼买烧烤,只好暂时作罢。

第二天早晨时,我接到了果冻的电话。

"佳贤哥,我是果冻。"

"果冻,新年好。"

"哥哥,新年好。"

"有什么事吗?"

"我给大鸟说了。"

"说什么?"

"就是那天晚上,在云山……"

"哦,那怎么样,结果?"

"他没理我,他说你不懂江湖规矩,他说要弄死你。"

"嘿嘿,我是学生啊,当然不懂江湖规矩,不过他要弄死我,比较难。"

"但你要小心啊。对不起,我给你惹这么大的麻烦。"

"没关系,自己玩去吧,他动不了我。"

挂了电话,我把这事情告诉了洪申。

"就一个道理,"洪申说,"别他妈乱认亲戚。"

24

春节那几天,我忽然发觉自己的父母身体远不如以前,这叫我很难受,虽然这几年父母不在我身边，给了我不少胡作非为的空间，但对父母的依赖却没有减少。

我爸说我在家像个哑巴。其实，我和他都是急性子，多说几句就会不对路，我倒认为沉默总比争论不休好。而我的母亲，依如对我儿时般无微不至，但我常常顶撞，弄得两个人都不舒服。如今想起来，总是觉得愧疚，几年很少见面，非但未使我对他们生疏，反而更体谅一些，从他们些许沧桑的容颜，从我自己长高的个头儿，无不在告诉我岁月流逝，我也不再年少。

爸爸妈妈说，他们在外地养了两只狗，有这两只狗在身边陪伴，可以减轻他们对我的牵挂思念。刚去那边的几天，妈妈常常哭泣，就是想我，怕我没吃好没穿好，她知道外婆能好好照顾我，把我照顾得白白胖胖，但她还是担心得觉也睡不好。他们这几年在外面，事业更上一层楼，也见了更多，懂了更多，看透了更多，爸爸的心气也慢慢平和下来。

"佳贤，你坐下来我们聊聊。"这次回来，爸爸有空就想着和我多多交流。

"佳贤，这几年爸爸妈妈在外地工作，没有好好照顾你，希望你能体谅大人。"

"爸，你想多了，我当然体谅。"

"你成绩的事我也不想多问，自己努力些，该是什么样子，我们也不过分要求。但人品很重要，树立怎样的品格，是对你的未来，对你今后走的道路起着决定作用的。"

"爸，我知道。"

"爸爸我也希望你知道，但我也听说了一些你的事，你的朋友圈子，听说你还和一些小混混走在一起……"

"他们不是小混混，他们都是我同学。"

"爸爸不想和你争论，你先听我把话说完。建立怎样的朋友圈子，就能看出树立的是一种怎样的品格，你选择的发展方向，我不说他们的人品有多坏，但毕竟对你的学业，对你的思想会有影响。当时也是我们太草率，图方便，我如今都很后悔。但我相信你，可以找到正确的自我，好好努力，考个好的高中。天下没有不散的宴席，你现在的那些所谓的兄弟，迟早是要分道扬镳的，而你应该走的，是一条正路，是打造未来的一条路。"

"爸，我知道了。"

我起身离开，我心中憋着一肚子的委屈，我知道爸爸是对我好，我更知道这几年自己学习不怎么样，还非常调皮，给老师都留下了坏印象，爸爸能这么心平气和地和我谈话已经很不容易了。但我多想告诉他，那群少年所拥有的情义和品格，那些所谓的好学生们不具备的血性与气节。还有他们的不幸的童年，他们没有像我这样完整的家庭，他们从一开始就得学会承受与担当。

洪申他们并没有因为残缺的家庭低下过头或怨天尤人，他们不遵守学校的秩序，生活的规则，他们在黑暗中独自摸索明天的出口，他们似乎被社会所遗忘，所抛弃，他们犯错，拼搏或者挣扎，弄得遍体鳞伤，但他们只是想用放纵的青春去遮掩那些抹不掉伤痕和挥之不去的童年阴影。

25

春节过了，假期也结束了，爸爸妈妈又去了外地工作，我又回到外婆家，回到学校里。

开学那一天，我忽然意识到我的初中也要结束了。

洪申他们好像根本没去想中考那回事，反而更放纵了。他们照样成天无所事事，上学时间半梦半醒，放学时间彻夜鬼混。随着日子一天天地过去，大家更是以玩耍为己任，从观音路到体育馆一线所有的网吧、酒吧、迪吧、KTV，都逛遍了，后来他们特别喜欢到一家叫"飘"的同性恋酒吧喝酒，看表演，因为晓媛的监督，很久我都未涉足那里。他们认识了一群年龄与我们相仿甚至比我们还小的女同性恋者,管她们叫"拉拉"。那天乘晓媛到老师家补课,跟着他们去了一次。

一进门就看见一对女孩在那里卿卿我我,又好奇,又觉得怪怪的。

"佳贤,这边!"蛮狗大声叫我。

我走过去,看见一桌坐着洪申、影子、月滴、小安、蛮狗、川三和三个不认识的女孩。一个茶红色短发的,短得跟我都快有得一拼了,另外两个女孩搂搂抱抱的,一看我就懂了。

"我跟你介绍,这位美女叫徐寄希,今天她做东。"影子指着茶红色短发女孩给我介绍。

"你好。"

"你好啊,舒佳贤吧,叫我寄希就行。"寄希的确很是大方,我打量她,一身男孩子的打扮,和我们穿一样的运动衫,一枚耳环是别致的银十字架。

影子分别介绍了另外两位姑娘,都是拉拉,然后大家就开始边聊天边玩色子,不一会儿就混得烂熟,十一点钟时表演开始,诸如钢管舞之类比较少儿不宜的表演我实在看不下去,不像蛮狗那小子人不大看得如饥似渴的,便借口上洗手间去。

走到门口时,寄希跟了上来。

"你是去男的这边,还是女的那边?"我开玩笑说。

"你觉得呢?"

"应该女的那边吧。"我想一会儿说,她笑笑不说话,拉着我就往男洗手间钻。

"这个酒吧上哪边都无所谓,全凭个人爱好。在外面嘛,我还是上男的那边比较好,毕竟不想惹来那些女人诧异的目光。"

我笑笑,她也笑笑,小便完后,我拿出一支烟点上。

"什么烟?"

"七星。"

"给我一支。"

"女孩子还是不抽烟的好。"

"我不是女孩子！我是拉拉呀！"她瞪我一眼，故意拉大嗓门。

"对不起，对不起……"我有点尴尬，给她点上一支烟，"我搞不太懂你们这些拉拉，你是闹着好玩是吧。"

"你摸，"她抓起我的手贴在她的胸部上，她的胸部平平的，"我觉得自己呀，天生就是拉拉呢，我喜欢把自己打扮成男孩子模样，最重要的是我喜欢女孩子。"

"你真像个小孩。"我看着她天真的笑，自己也自然一些了。

"什么小孩呀！你才是小屁孩吧！"

"哟，怎么在厕所里聊啊……"蛮狗跌跌撞撞地进来，话还没说完就栽进了马桶里大吐特吐。

"佳贤，我和你聊得来呀，我们换个地方，我给你讲我的故事。"

"好啊，我喜欢听故事。"

我们过去给洪申他们打了声招呼，在他们的嘘声中出门去了附近的一家24小时营业的快餐厅。我们喝着可乐，吃着薯条聊天，寄希摆弄着左手的一枚银戒指，讲起了她的故事：

"小的时候我就和其他的女生不一样，我喜欢看《圣斗士》不喜欢看《花仙子》，我喜欢打篮球不喜欢唱歌跳舞，反正呀，男孩子喜欢的东西我都很喜欢，小学的时候别人都叫我假小子，和我要得好的也是男生占多数。

但在初一的时候，我和一个小名叫樱的女孩子走得特别近，我们一起上学放学，一起逛街，一起吃东西，我们什么话都说，在别人眼中我们就是好姐妹，但我发现我渐渐喜欢上了她，不是姐妹之间的那种喜欢，是一种无时无刻不想着她，看到她微笑会心跳，看到她和其他人说笑玩耍，就会莫名生气的那种喜欢了，我想，也就像是超越友谊的喜欢。

后来，我叫她搬到我家来住，她父母觉得两个合得来的好姐妹住在一起也没什么，就同意了。樱来我家之后，我们更是形影不离，我们一起吃饭，一起洗澡，一起睡觉，我发现她看我的眼神里也闪烁着一种不同的光芒，我发现我再也无法克制自己对她的爱意。

那个时候我并不太清楚什么是同性恋，怎样才算是同性恋，但我就是带着一种负罪感爱上了樱。

有天晚上我们躺在一起，我对樱说，我爱你。说那句话的时候，我的心一阵乱跳，我紧张得呼吸都急促起来，她说，寄希，我也爱你。她头发很长，铺在雪白的枕头上像是一朵盛开的莲花，我再也按捺不住了，我抱住了她，我亲吻她的唇，我觉得很羞耻，我觉得这是在犯罪，我害怕她拒绝，我害怕她一掌把我推开，一脚把我踢开，我害怕极了，但我的脑海像是被潮水淹没，我无法思考……

樱没有推开我，她闭上眼睛，她张开嘴，她轻轻咬我的舌头，她的表情告诉我她享受这份令人难以接受的爱，那一刻，我确信她爱我，是的，我们几乎就这样缠绵了大半个夜晚，说着甜蜜的话语，亲吻，仔细抚摸彼此的身体。

我们从此恋爱了，起先我们小心翼翼，甚至有些做作地刻意保持距离，但后来不知道怎么的忽然圈子里多出好多拉拉来，她们教会我们应该怎么去保护自己，保护我们之间的爱情。她们让我坚信女孩与女孩的爱情并不是种罪过，这并不可耻，爱是平等的，这是我们应该有的权利。

我和樱融入了拉拉们的圈子，我们觉得很快乐。"

寄希说得有点口渴了，喝起了可乐，看着自己左手的戒指发呆，但好像又是在思考什么，良久都不说话。

"那后来呢？"我不好意思地打断了她的思考。

"嗯？对，后来……后来我和樱分手了。"

"啊？"我吃惊地轻叹了一声。

"是的，我们分手了，她喜欢上了别人。"寄希的眼中透着哀伤。

"哦，难道还有比你更帅气的拉拉。"我笑说，想缓解下气氛。

"呵呵，不，是个比你还丑的男生。"她也笑，很爽朗，哀伤的眼神转瞬即逝。

"比我还丑，那是很丑了。"

"哎呀，开个玩笑啦！我后来又找了一个女朋友，就是在一家同性恋酒吧找的，没耍多久就分了。"

"哦，这样啊。"

"我心里还是很舍不得樱的。"

"呀，果然还是个小孩子嘛。"

"又来了！我不是小孩子！不是不是不是！"寄希竟然跳起来揪我的耳朵。

"好啦！我是小孩子，很晚了，你送我回家吧，大人。"我笑着站起来。

"不，今天晚上我要当小孩子，你送我回家！"

我送寄希回到了家里，我知道她是一个人住，知道她有个超级有钱但超级不关心她的老爸，到她家门口了，忽然觉得今晚真是不可思议，竟然和一个拉拉聊这么久。

"耶！到家啦！佳贤，我发现你是我认识的男生当中最聊得来的，所以我准备送你个大礼物。"

"大户人家出手一定阔绰，不虚此行，不虚此行呀！哈哈！"我笑着说。

"那是当然，我特许你叫我小孩，全天下只有舒佳贤可以叫我小孩，是不是很光荣。"

"啊，是吧。"愿望落空的我，失望得连下巴都收不回来了。

"嗯，告诉你一个秘密，樱和月滴是一个类型的呢！"

"你千万别打月滴的主意，洪申和她是扯不开的。"

"嘿嘿，小孩我当然明白啦！再见。"

我看着寄希跑上楼才离开，我只是觉得不可思议，这个世界真是不可思议。

26

　　从那以后，寄希就经常和我们混在一起。大家变得对什么事情都兴致勃勃，无论是坐在一起谈论往事，还是想方设法地变着花样玩耍。

　　寄希喜欢打篮球，我时不时地把她叫到学校来，和我们几个男生一起玩篮球，常常引来一群同学停步观赏，猜测寄希的性别。寄希已经习以为常，对异样的眼光视若无睹，反而打起球来更加生龙活虎，她要是发起狠突破上篮，我们还真防不住她。

　　春天不知不觉来到了桥城，阳光和煦，晴空万里。我们趁着这样的好天气，跑去滨江路外的滩头放风筝，追忆曾几何时的无忧无虑。

　　大家兴致勃勃地欢呼着，奔跑着，看着五颜六色的风筝在天空中轻舞，飞扬。

　　"哥哥，你跑快点，哥哥，看路看路，别摔了。"

　　月滴跟着洪申在人群里穿梭，一脸兴奋，我好久都没有看到过洪申那样灿烂天真的笑容，他尽情地奔跑，看着风筝扶摇直上云霄，他们手中的"小燕子"，比所有的风筝飞得都高，大家欢呼雀跃，兴奋得手舞足蹈。

　　洪申把线团交到月滴手中，他握着月滴的手，两人的发丝在河风的吹拂下飘了起来，他们眯缝着眼睛看着湛蓝的天空，看着风筝在天空中飞翔着。

　　"每个人都想自由自在地活着，每个风筝都想自由自在地飞翔，他们都想不受羁绊，但只有断了线的风筝才可以自由地飞呀，他们随风而去，不知会飞到哪里，也再也无法回来，我想，这就是自由的代价吧。"

　　"申哥，你就爱装深沉，什么自由不自由，代价不代价的，完全搞不懂。"

　　"走了走了，都六点半了，"我叫上大家准备离开，我走上去揪住蛮狗的耳朵说，"你除了吃喝玩乐还懂什么？你蛮狗也是这么大个人了，有点脑子行不行？"

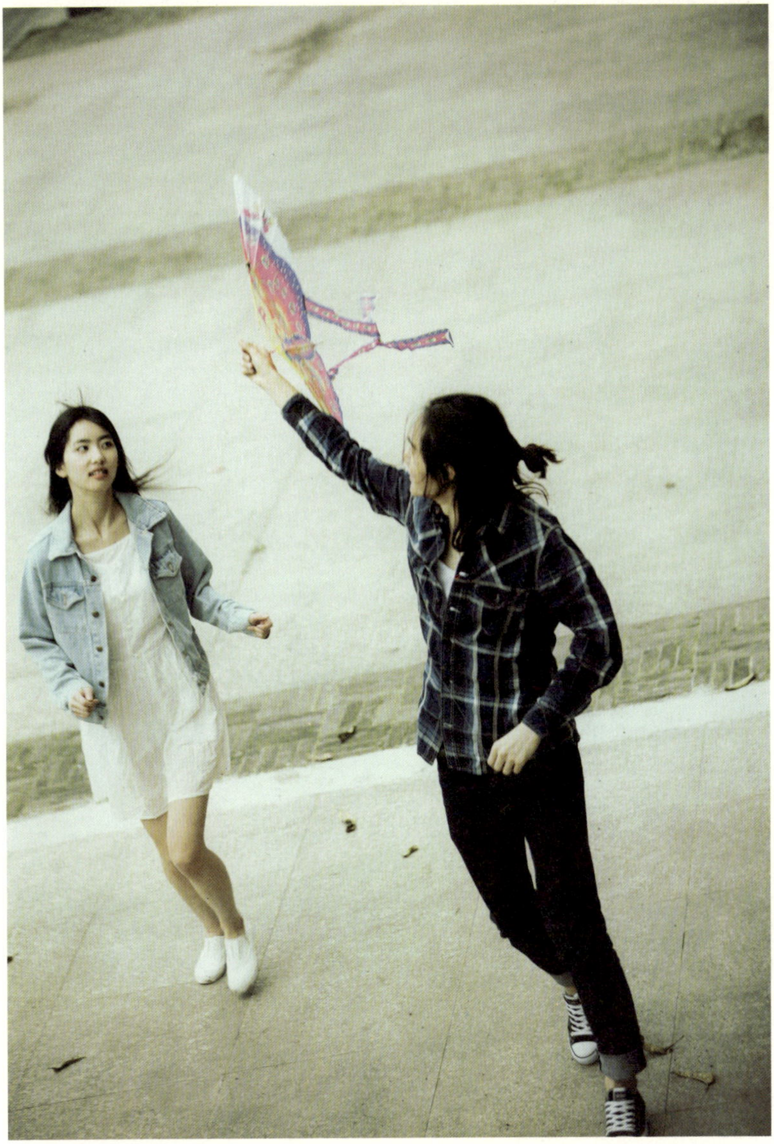

"疼死我啦！你放手！哼！就是不懂，偏不懂，野猴子了解我，人生在世嘛，能享受就得尽情享受。我就喜欢活得肤浅，我乐意，我就爱吃，就爱吃，我就要吃成个大胖子，打人也有力气！走，吃火锅！"

27

桥城这地方，桥是第一多，算到第二，我想就是火锅店了，就拿观音路来说，里里外外，少说也有大大小小二十来家。什么菜系的馆子，管它天南地北、高档低档都不一定能在桥城盘得活，但就是这火锅，无论是装修精致还是古朴，味道新派还是老派，无论是春夏秋冬都能做个生意红火，就算生意不那么红火的，只要得到解放司令的认可，也能维系下去，因为桥城人就好这一口。

我们也特别喜欢吃火锅，几天不吃就觉得不舒服，大家一起吃着火锅多热闹，喝着酒也特别起劲。我们在观音路是一家一家挨着吃，从味道、服务和菜品分量综合评估出当月最佳、季度最佳和年度最佳。

被评为年度最佳的可就遭殃了，每次放假的第一天，我们都会袭击"年度最佳店"，我们在那里一坐，店里立刻就炸开了锅，从点菜到划拳喝酒，闹得邻桌的客人根本没法下口，服务生也是累得筋疲力尽，有苦难言。

今天大家放完风筝，也是在兴头上，准备大吃一顿火锅，我们坐车到了观音路生意最火的"好客来"。

"你们先进去点菜，我去买烟和晓媛要的点心。"我给洪申他们打了声招呼，向街对面的糕点店走去。

"哟，这不是舒佳贤哒？"

刚过了马路，一抬头，是大鸟，后面还跟着两个傻乎乎的小子。

"你好啊大鸟。"我想起果冻,觉得有些尴尬,客气地和他打招呼。

"我不好,我一点不好,果冻说她要跟你,我还好个尿哒!"

"是吗?你可能误会了,果冻她没有跟我。"

"误会?果冻亲口和我说哒,一字一句说得很清楚哒,她说她看不惯我哒!她要跟你!叫我死了这条心!一个女人不重要,但是我太没面子哒!你要我以后怎么在江湖上立足?"

"哼哼,你还要在江湖上立足呀?电影看多了吧。"我听他学着电影里的台词,看见他一副土包子样就觉得好笑,果冻还真是瞎了眼看上这么一个宝器。

"你!你又算什么东西!我惹毛了叫几个兄弟把你亲爱的学生会主席强奸哒!我看你有好拽哒!"

"你鸟嘴给我放干净点。"我恼火起来。

"哼!你在学校有洪申罩着你,我给他点面子哒,今天在学校外面,我非不弄死你!"大鸟说着冷不防一脚踢在我肚子上,我毫无防备,一个趔趄退到了马路上,一辆出租车急刹的声音划出一道锐利的嘶鸣,我被吓得愣住了。

就在这时,一个人影从我身边急窜过去,然后是板砖砸在大鸟头上的闷响,正准备破口大骂的司机也看傻了眼,我才反应过来冲上去拍砖的人是蛮狗。

"他妈的,想弄死我们兄弟,我就弄死你。"蛮狗根本不顾周边的情况,他也不管自己正站在大街上,站在众目睽睽之下,飞起一脚踢在大鸟的身上,大鸟满头是血,完全被突如其来的袭击弄得昏头转向,跟着大鸟来的小子一看蛮狗这阵势撒腿就跑。

"龟孙子,叫爷爷!"蛮狗又是狠狠一脚。

"爷爷!爷爷!不要打哒!要出人命哒!我晓得错哒!"大鸟滴着血爬起来,疼得眼泪啪嗒啪嗒往下掉,看热闹的人已经远远围了小小一圈。

"他妈的，什么东西！听说你骂我们佳贤哥不守江湖规矩，老子揍你就是江湖规矩！"蛮狗继续骂着。

我意识到人越来越多，赶紧过去拉蛮狗。

"算了算了，人越来越多了，我们吃火锅去。"

"不，今天我就是要收拾这死冲死冲的狗东西。"

"算了，这种没出息的人打他有什么意思，让他认个错就算了。"

"好，龟孙子，还不认错。"

"我错哒，我错哒……"大鸟的头曾经肯定没开过瓢，看着流那么多血，吓得全身发抖。

"以后还来不来找麻烦？"蛮狗又问他。

"不敢哒，我以后什么都听你们哒，快让我去医院吧。"

"以后别再去碰果冻，更不要碰林晓媛，不然你必死无疑，往坡下面走几步就有一家诊所，自己去把头包了，没多大的口子，死不了。"我说完拉着蛮狗向街对面跑去。

后来大鸟就开始向他认识的人神神秘秘地宣传，洪申和舒佳贤他们那一伙是真正混江湖的，是要杀人的，说他自己这种烂货色，能躲多远就躲多远，说着还时不时地指几下他头上的伤疤。

不过他也遵守了承诺，没去找过果冻和晓媛麻烦，甚至一见到晓媛就跟见了鬼似的，飞快跑开。

28

大鸟的事过了后，洪申总告诉我他这几天眼皮跳得厉害，总觉得心里阵阵不安。

"佳贤佳贤，我这节课眼睛跳了四五次。"

"昨晚打了一晚CS吧？肯定是没休息好，所以眼睛才跳得厉害。"

"没有，昨晚很早我就回家了，睡得也早，我就陪月滴看了一会儿电视就困了。"

"那就是做了虚心事，说，是不是背着你的好妹妹去偷看别人的好妹妹啦？老实交代你究竟有几个好妹妹？"

"哎呀，我不跟你开玩笑，我心里正发毛呢。"

"教你一招，去把那几套新发的模拟试题做掉，心里保证爽！"

"爽你个头！"洪申没办法，坐回了自己座位。

结果，果然出大事了。

那天我们正在打篮球，野猴子突然跑了过来。

"不好了！不好了！……"野猴子气喘吁吁，一脸焦急。

"操家伙，边走边说。"蛮狗冲到场边抓起一根木棍就拉着野猴子走。

"不是不是！"野猴子干脆一屁股坐地上，努力顺着气，"是洪叔，洪叔被摩托车撞了……在急救中心呢。"

大家一下都望向洪申，他手中的篮球落到了地上，他的眼皮不再跳了，只是直直地望着野猴子。

29

我从小就讨厌医院的药水味，昏暗的灯光让人觉得可怕。护士和小安把有些失控的洪申从急救室门口拉回到座位上。

"申子，你别着急，洪叔没事的。"我拍拍洪申的肩膀，递过去一支烟。洪申埋下头，使劲抽了一口，长发落到他面前，遮住他通红的眼睛。

"寄希在家照顾月滴吗？"第二支烟后，洪申才缓过神来，嗓音有些嘶哑。

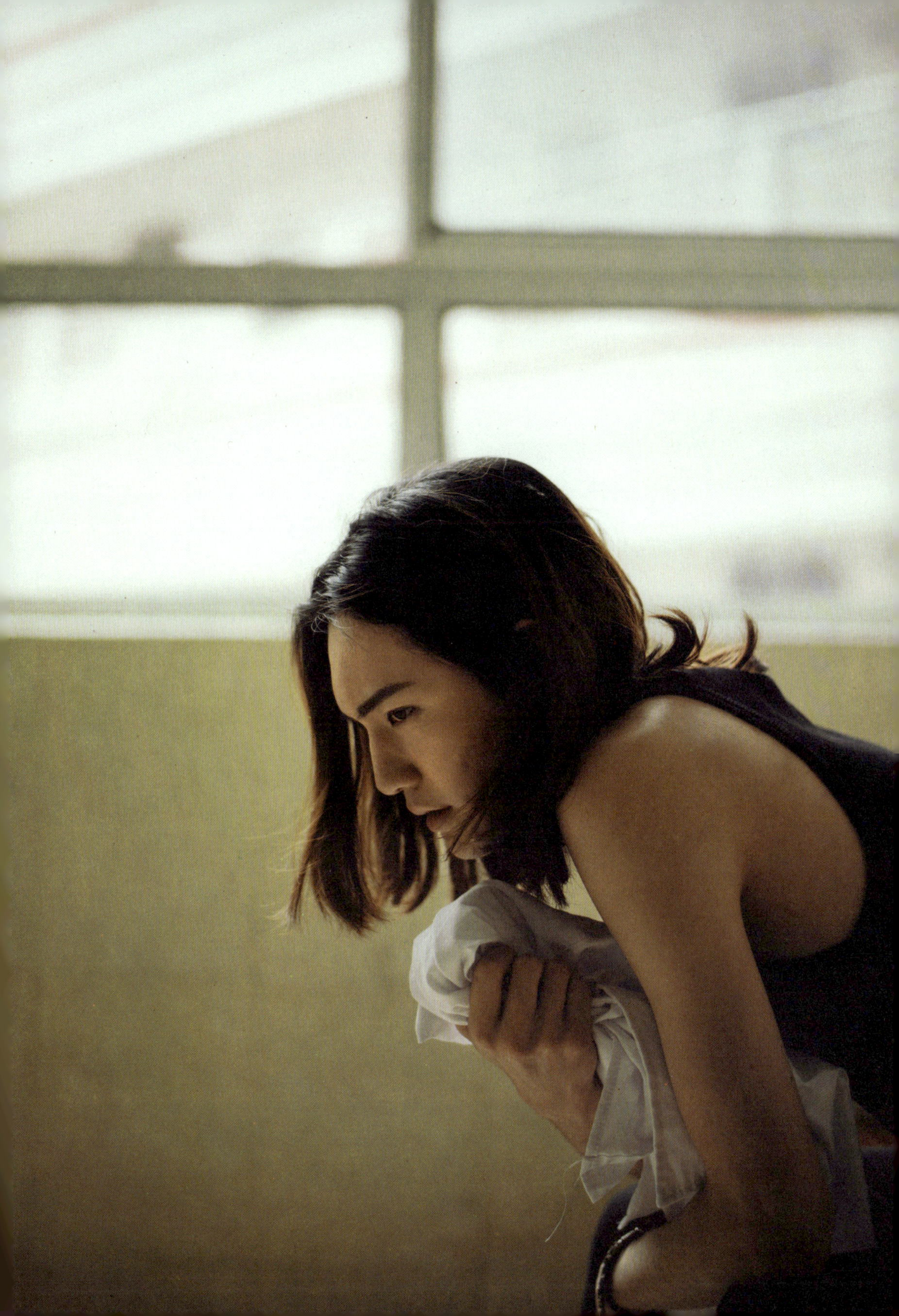

"是的，我再打个电话问问她们怎么样。"野猴子跑开了。

"要不你先回去吧，很晚了，晓嫒会着急的。"洪申对我说。

"我给她打电话了，我陪你。"

这时，医生走了出来。洪申跃起来迎上前去。

"你是病人家属？"医生看着洪申。

"我是！"

"哦，目前……目前老人家的情况初步稳定了，但还在昏迷之中。"医生打量了一下眼前的少年，"只是……"

"只是什么？"

"你是他唯一的亲人吗？你家的大人呢？"

"不，我还有个妹妹，我是家里最大的。"

"哦。那看来这情况我只有给你说一说，你看，你待会儿拿着这单子去缴费……哎，那车撞得可真狠，老人家的右腿肯定是保不住了，你心里要有准备……只是我看你年纪轻轻的，这费用可不少啊，得尽快交上来，治疗才跟得上……"

"大夫，费用我会尽快凑上来，洪叔……我爷爷就拜托你们了！"

"我们一定尽力。"

"谢谢。"洪申双眼通红，眼中噙着泪水。

"我觉得有点蹊跷，总觉得洪叔怎么会无缘无故被摩托车撞呢？"医生走后，我说。

"是啊，这事情回头再想，大家都累了，我还得回家找钱……佳贤，明天我不去学校了，你帮我请个假。"

"申子，有什么兄弟能帮得上的就吱声。"

"嗯。"洪申疲倦地点点头。

我们一起在医院外的小摊吃了点东西，然后各自心事重重地回家了。

30

　　整整一周申子都没来上课。我去看了两次洪叔，气色不见好，不过情况基本稳定，整日昏睡不醒。洪申蓬头垢面地窝在角落里，烟灰缸积满了烟蒂。

　　"怎么办呢？家里的应急钱都贴进去了，还是不够呀。"洪申萎靡地缩着，像在水沟里生长的含羞草。

　　"缺多少？兄弟们给你凑。"

　　"凑？五万多！怎么凑？如果这个月不动手术，洪叔怕是撑不过去的……就醒来过一次，我却不在……"说着说着洪申哽咽了。

　　"怎么也得凑呀。"我拍拍他，心里盘算着上哪里弄钱，想了一圈，都没个好主意。

　　"不用了，我自己想办法，这书我是没办法读了，但月滴不能不读书，"洪申站了起来，"要是让我知道是谁撞的洪叔，我非杀他不可！"

　　小安这几天也请了假，花很多时间陪在洪申身边，小安知道自己嘴笨，所以一句话也不说，但他带给洪申的温暖与力量是无穷大的。

　　洪申怕月滴有危险，也怕她看到洪叔这样子难过，不让月滴去医院。寄希在这段时间照顾着月滴，把月滴接回自己家住，每天陪她上学放学，吃饭，到中心公园散心，还花了不少钱给她买好看的衣服，买了一大堆的玩偶、DVD。寄希的父亲是一家上市公司的副总裁，每个月给寄希光是零用钱就有三千块，但他很少留在寄希身边，长年累月地在国外为事业奔波。

　　寄希一个人过着，一个人住着一套房子，穿着名牌衣服，与小流氓、同性恋搅和在一起，漫无目地孤单地生活着。

　　两个女孩结个伴，一个对抗寂寞，一个对抗哀伤，月滴给寄希家带来了生气，寄希的活泼调皮也让月滴的心里好受得多。

31

　　在洪申一家最最困难的时候，康狼一口气拿出了八万给洪申，总算让洪叔动了手术，给右腿做了假肢。

　　一段时间后，洪叔终于出了院，但身体和精神都大不如前，独自去了乡下老家养病，每半个月由洪叔的老友，在观音路开诊所的阮寅师父去看他一次。车祸的事也渐渐平息下来，阴雨绵绵的桥城也开始晴朗起来，我们毕业的日子也一天天近了。

　　"马上就要毕业了是吧？我不知道有些同学还想不想毕业，整天不知道自己该做什么，不该做什么。"数学沈老师在讲台上忍不住发起了牢骚。

　　"洪申，现在是上课，你要睡滚出去睡！"

　　洪申一下抬起头，他觉得有些惊讶，在这个学校里没有一个老师会管哪个同学在上课的时候睡觉，更别说像他这样"三不管"的问题学生，根本不会有哪个老师期望他会听一节课，他们眼中早已无可救药的洪申，竟然沈老师会不许他睡觉！

　　"我睡觉，从来没有人管过，你是不是第一天来学校呀？"洪申好长时间晚上没睡好觉了，再加上前阵子洪叔的事，他的心里满是愤怒和委屈，这时候说出来的话，自然满是火药味。

　　老师走下讲台，取下眼镜，大家都疑惑地看着他。

　　"的确，学生上课睡觉，特别像你这样的问题学生上课可以睡觉是这个烂学校不成文的烂规矩，老师都不管，但不管这还是课堂吗？我们还是什么老师？我告诉大家，我下个星期就要离开这里了，没人再来扰你洪申的好梦……说句人话，读书的确是你们自己的事情，你们混出个什么样关我什么事，以后洪申你当了龙头老大恐怕也记不得来看我，你舒佳贤以后成了百万富翁也不会分我几万。我图个什么，我凭什么今天要撕破脸皮跟你们说这些。我活了二十几年，我就觉得人干什么都得凭个良心，我管不了你洪申，但我总得说这几句，我一天站这儿，我就不会让自己在暮年时对这一辈子遗憾。"

老师顿了顿："记住我这句话，人活着不是为了等死，而是向上，填补一生所有的空缺……洪申，还有所有那些有不幸童年的同学们，我，同样命苦……我也没有母亲，我小时候曾用一罐吃到发霉的咸菜熬过了一学期，我被同学蔑视，我被老师侮辱，告诉你我恨我的老师，但我仍然相信不是所有的老师都是如此，我要证明……也许我失败了，但我希望用最后的一点时间证明至少这失败并不羞耻。"

老师激动万分，手不住地颤抖，眼泪几乎夺眶而出，也许我们从来不屑的老师，我们从来冷眼相待，恶言相向的这位年轻老师，才是真正关心着我们这帮无药可救的少年的人。

我的确太吃惊，所有的人与我相同，呆呆地坐在那里，看着已经眼泪大滴大滴落下的沈老师，我们沉默了，我们是不是太得意忘形，我们是否在对老师的看法上也以偏概全了。

此时我相信洪申也如此想着，他还是默不作声地看着课桌，看着这记录我们青春喜怒哀乐的课桌，长发遮住了他忧伤的目光。

下课后，洪申红着脸走下座位，缓步走到沈老师身旁。

"老师，有空晚上聊聊，今天很对不起。"洪申随即走开，坐到我旁边。

"现在轮到沈书明吃惊了。"我笑笑，指指他。

就这样，我们和沈书明不可思议地成为了朋友，我们点着烟，坐在揽星亭的大理石栏杆上，无所不谈。

"要是我下个星期没走，怎么办？"沈书明笑着问我们。

"宰了你。"洪申笑着说，我们都笑，说实在，如今我们很不情愿这位大朋友走。

他还是走了，走后的第二天便被那几个老头老娘们说成是和小流氓打成一片的大流氓，教师队伍中的另类加败类，不过他们只是私下议论，没有点着炮仗，有位教我们班的物理老师可就太不知趣了……

"你们班，最后排那几个，我是不会管你们的，你们之前那个沈老师不知道脑袋有什么毛病，叫我帮你们补补课，替他照看你们，你们分明是扶不起的阿斗嘛，他脑子坏掉了。"

这位正讲得扬扬得意的陈姓老师，被天外飞来的一本物理书砸了个正着。

"哎哟，谁！谁扔的！"

"操，老子扔的。"洪申站了起来。

"洪申，你小子想被开除是不是，我马上去给教务主任说。"

"去啊。第一，全班同学作证，是你侮辱老师和我们在先，第二，你今天别想走着回家！"洪申轻蔑地看着他。

"臭小子，那你倒说说你能把我怎么样？"

"我让你爬都爬不回去！"洪申一跃而上，迎面就是一拳。

"洪申，你娃就是沈书明教出来的疯狗，你以为你是校霸我就不敢弄你？我让你毕不了业！"那人表情扭曲地咆哮着。

"你吓唬我？你找死啊！"

"陈某，你赶紧逃命去吧，免得待会儿就不是吃拳头的问题了。"我站起身来，笑着对他喊道。

"好，今天……今天你们给我记住了！"说完一跺脚，灰溜溜地仓皇逃窜了，全班同学为洪申鼓起掌来。

沈书明，我们记住了这个名字，记住了洪申在中学时代唯一叫过老师的人。

32

拍毕业照那天，沈书明回来和我们一起照相。我们后来拥有两张班级毕业照，第一张照片是完成任务式的，所有同学面容麻木，另一张是全班同学和沈老师一起照的，大家都绽放着笑容，洪申和我站在沈老师两边，我们肩靠肩笑着，晓媛挽着我。我们走过三年，我们相识相交三年，就让这笑容永远刻在照片上吧。

升学，是我们不得不面临的问题。

父亲来了电话，告诉我高中将把我送到寄宿制的重点中学读书，而且我的成绩也必须过得去，不要让他太失望。

晓媛知道了我爸爸的决定后，大加赞赏，告诉我可怜天下父母心，于是押着我没日没夜地学习。她比我有干劲儿，因为她要考最好的高中，而我，更多的时间还是在鬼混，离别让我内心惆怅。

"舒佳贤，你到底学不学？"当我吃着方便面对着陌生的课本发呆时，晓媛就会伸着懒腰用脚尖捅我一下。

"我不是在看吗？"

"看？你一页目录也看了半个小时了。"

"是吗？"我笑笑。

"是吗，是什么，你到底考不考啊？就你现在这成绩也就拿个毕业证，到时候，我看你怎么交代！"

"错了还不行嘛，我看就是了，我只是想到就要和洪申他们分开了，心里就很不爽。"

"那你怎么没想到也要和我分开了？"晓媛撒起娇来。

"有啊，只是……"我牵着她的手摇摇。

"只是什么？"她噘起嘴望着我。

"不太强烈，哈哈哈……"我跳到床上大滚特滚。

"你死定了！"晓媛也跳上来，坐在我背上。

其实，那时和晓媛的相处，让我觉得轻松和快乐，也让我真正有了离别前不舍的珍惜。

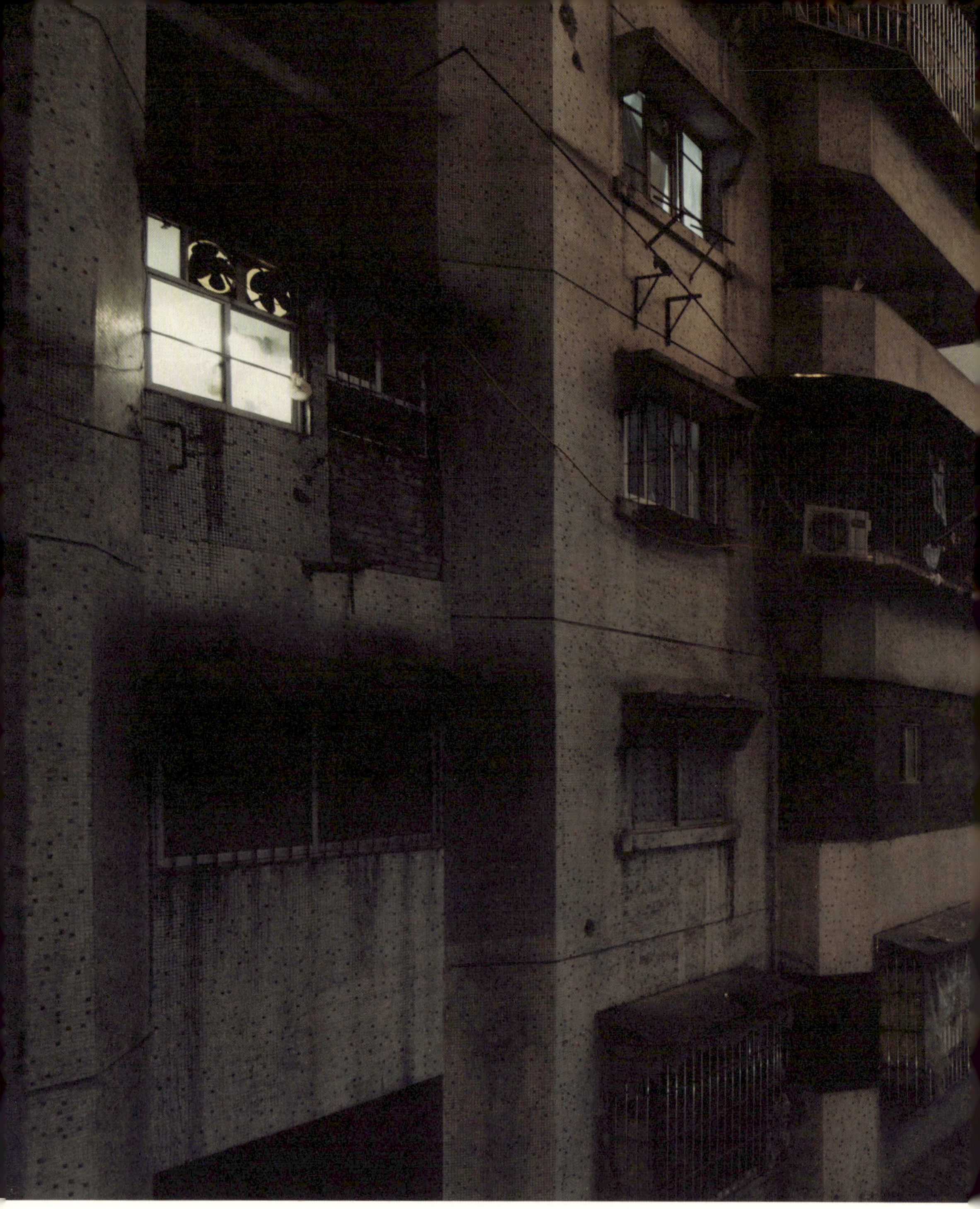

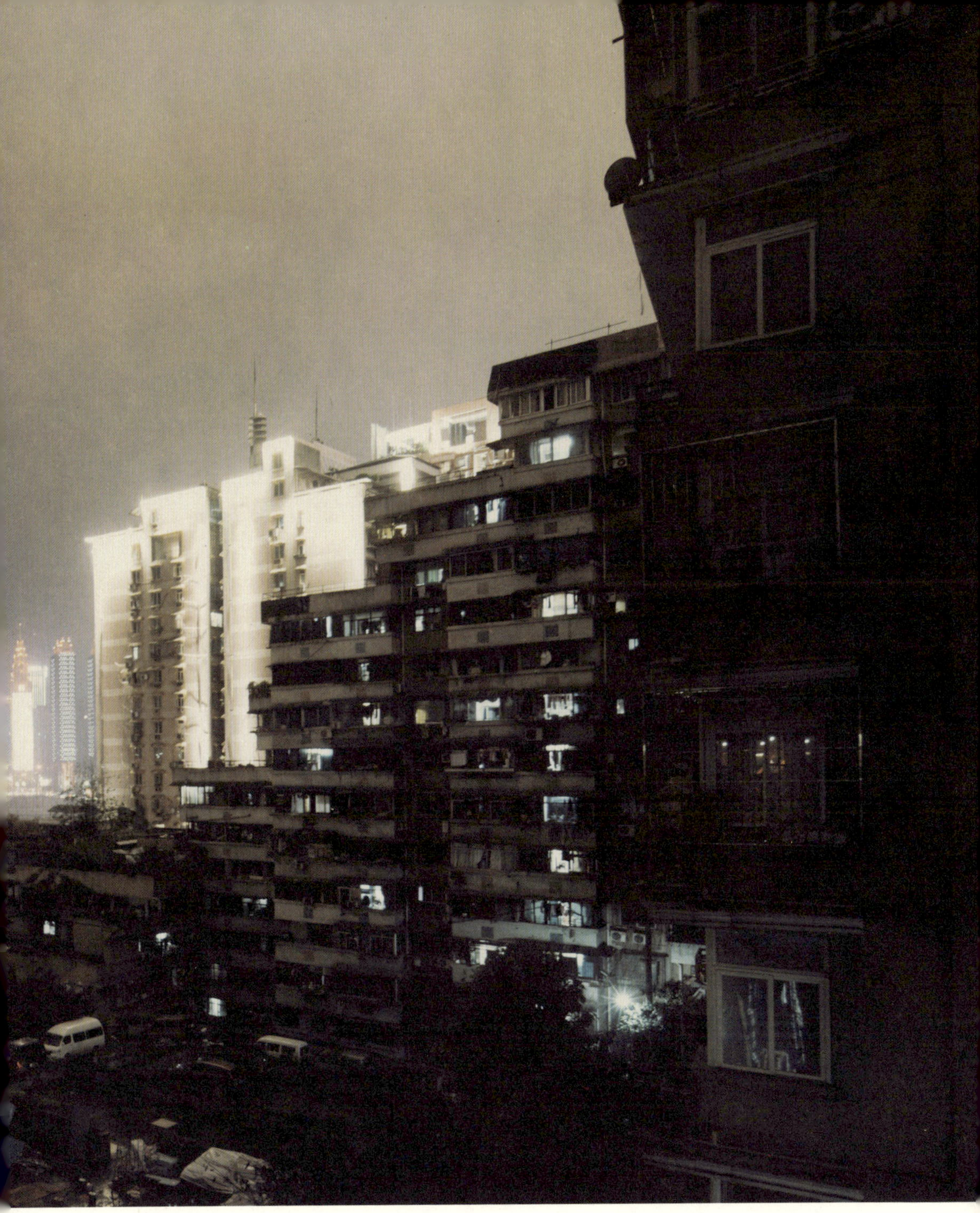

33

　　足球给我们带来了许许多多的快乐的夏天，我们也疯狂地爱上了这项运动。我们喜欢奔驰与进球带来的快感，喜欢大汗淋漓后的疲惫，喜欢黄昏下黄沙中年轻的影子，喜欢雨天在我们脚下溅起的水花，也喜欢女孩子们的欢呼声与送上的饮料。而打比赛越来越流行的六月，它却给我们这群少年带来了无尽的伤痛。

　　那天炎热得让人烦躁，川三、蛮狗和野猴子八九个人到四十中踢球，因为我和洪申有事没去。

　　下午的时候小安打来了电话。

　　"出事了！……"小安在电话里上气不接下气。

　　"怎么了？"我问。

　　"一个崽儿把野猴子的腿踢到了，还骂蛮狗，结果被蛮狗、野猴子他们一群人围着打！"

　　"哦，这也没什么大不了的，蛮狗他们不经常干这种事情吗？"

　　"是，这没什么……但野猴子拿起钢棍就往那人头上敲，那人当时就没动了，送到急救中心去了，我怕……我怕会出人命。"

　　"啊！叫野猴子赶快回老家永山避避吧，赶快走！"

　　"来不及了，别人报了警了。"

　　"操！那野猴子在哪里？"

　　"派出所。"

　　"你呢？"

　　"医院。"

　　那时，我并没有想太多，就算是打架有人送急救中心对于我们这群少年来说也不是特别稀奇的事情，但一份忐忑还是在我心中挥之不去，而小安在晚上打来的电话，却不得不使我惊讶于生命的无常。

　　"佳贤……"小安嘶哑微弱的声音戛然而止，取而代之的是无助的抽泣,"那崽儿死了……"小安勉强地吐出这几个字,而抽泣也变成了放声大哭。

我的脑袋嗡嗡作响,我朝夕相处的兄弟恐怕将在少管所里度过不知多少年月,从此一墙相隔,对这突如其来的一切,对一时痛快的后果,我们都还没有做好面对的准备。

那一夜,没有人安心入睡,我们都在眼泪与满地的烟头中沉默直到天亮。

野猴子待在派出所里,我们待在"飘"吧,但我们的心都飘落在凉风嗖嗖的桥城街头。

34

野猴子因过失杀人,被判了八年,还有一个外号叫臭虫的兄弟判了四年,蛮狗等人一人向逝者家属赔偿了一万元,对于蛮狗等人的家庭来说,已不是一个小的数字。而在法院判决的当日,竟然没有一位野猴子的家人出席。

"你的监护人姓名?"审判长问野猴子。

"监护人,什么叫监护人?是生我的,还是养我的?"

野猴子红着眼睛低声问,他的泪已经哭干了,他有些茫然而天真地反问,让在场的人都无言以对,那些趾高气扬、一副拯救者模样的大人们,也说不出一句话来。

听着野猴子的故事,人们会摇头叹息,会感到惋惜,但是他们不知道就在这桥城,仅仅就在一条观音路上就有多少有着相似命运的孩子。

他们抬起头,他们的天空却总是不散的阴霾,没有人知道,那时的野猴子的内心是绝望,还是如释重负,至少不用再过居无定所的日子。

后来，我听到信乐团的一首歌，《海阔天空》，我带着CD去了少管所看望野猴子，我们听了好几遍，野猴子一直沉默，最后他起身拍拍我的肩膀。

"佳贤，人各有命的，长大了，也有各自要走的路。"野猴子说。

我曾怀疑我走在沙漠中
从不结果无论种什么梦
才张开翅膀风却便沉默
习惯伤痛能不能算收获
庆幸的是我一直没回头
终于发现真的是有绿洲
每把汗流了生命变得厚重
走出沮丧才看见新宇宙
海阔天空在勇敢以后
要拿执着将命运的锁打破
冷漠的人
谢谢你们曾经看轻我
让我不低头更精彩地活

凌晨的窗口失眠整夜以后
看着黎明从云里抬起了头
日落是沉潜日出是成熟
只要是光一定会灿烂的
海阔天空狂风暴雨以后
转过头对旧心酸一笑而过
最懂我的人
谢谢一路默默地陪着我
让我拥有好故事可以说

看未来一步步来了

是的，人真的会在一夜长大，从而走上各自的路途。

35

野猴子进去后的那段时间，我们这帮人都异常低落，仿佛干什么都打不起精神，心里沉甸甸的，每个人的脸上都写满了落寞哀伤，彷徨无措。

特别是蛮狗，他与野猴子是最铁的兄弟。大家平时喜欢笑话蛮狗，只有野猴子常常做蛮狗的帮腔，小时候两个人在一个班里，蛮狗惹事了，也只有野猴子每次都帮着扛。

"现在，野猴子进去了，你们更可以欺负我啦，你们可以无法无天啦！"

蛮狗伤心地哭着，他的眼泪大颗大颗地往下掉，他大口大口地灌着酒，他语无伦次地说着，那些颠三倒四惹人发笑的昏话，听来特别心酸。

在那段日子里，蛮狗的烟是一包包地抽，酒是一瓶瓶地喝，他常常失眠，他常常无缘无故发火，一点小事就暴跳如雷。蛮狗觉得烟酒已经起不了什么作用，就开始嗑药，他在迪吧里认识的混混那里买药，先是一天一颗两颗，后来一天要嗨好几次，看到蛮狗整天沉沦其中，整个人昏昏沉沉，想说他几句，但想到野猴子的事带给他的痛苦，又不知该如何开口。

"这蓝色小药丸呀可是好东西，吃了这个，跟着音乐，脑袋不停地摇啊摇啊，身子也跟着摇啊摇啊，慢慢人就轻飘飘的啦，世界也轻飘飘的啦！然后我就看见野猴子了，他看着我傻笑，然后我们拿着大把大把的钞票，这边扔一把，好多山珍海味就冒出来啦！我再那边丢一把，你猜怎么样？好多美女就冲过来啦！那阵势可真是了得，我吃了这药丸啊，变皇帝老子啦！

　　但也不好，这皇帝老子当着当着，美食就不见了，跟着美女也不见了，然后野猴子也不见了，我他妈不是做了场白日梦吗？野猴子，我的好兄弟，只有下次嗨药的时候，我们再见面了。"

　　后来，蛮狗不再去学校，成天不是在迪吧就是在网吧，家也不回了。他时而独自傻笑，时而痛哭流涕，清醒的时候就疯狂地打游戏，变得寡言少语。

　　"蛮狗，马上毕业考试了，你回去上课吧，总这样也不是办法，你不为你自己想，你也得为你婆婆想想，在桥城她就只有你这么一个亲人，你可是她唯一靠得住的，你总得拿个初中毕业证吧，不然将来怎么找工作。"洪申和我都劝他。

　　"我知道，我知道，但我心里难受啊，我不想回家，我不想回学校，让我再缓两天吧。"

　　听他这么说，我们也无可奈何，看着蛮狗意志消沉，我们也没有更好的办法。

36

　　毕业考试的来临，让我们一群人如梦初醒。

　　晓媛已经准备得信心十足，在她的恶魔式管理下，我也觉得过联招线应该问题不大。游手好闲的川三和小安也时不时抱着一本书坐在教室东张西望（应该是在冥思苦想作弊方案），甚至洪申也开始翻开崭新的书本画上两笔，虽然他并不在乎是否毕业。唯独蛮狗那小子不但不看一眼书，反而彻底在学校消失了，网吧和迪吧已经成了他的家。

　　蛮狗在短短的几个星期里，混得人不像人鬼不像鬼，腰圆体阔的他一下子瘦了一圈，蛮狗常常在外玩通宵，没钱了，也是深更半夜回家翻箱倒柜找钱。蛮狗婆婆几次找到洪申问蛮狗的去处，洪申怕说实话婆婆难以接受，要是说不知道更让婆婆起疑，只好撒谎。

"婆婆你放心，蛮狗快考试了，他在老师家补课呢，有时候补得太晚，就住老师那里了。"

"那这孩子怎么不和我说一声呀？"婆婆将信将疑。

"蛮狗这臭小子没什么记性，可能是忘记给你说了，你就放心吧，有什么事情，找我们就是。"

"好好好，我信你，我知道你是个好孩子，蛮狗啊就是应该像你多学习，谢谢你，洪申。"

之后洪申在迪吧里找到蛮狗，劈头就是一阵臭骂，把半醉的蛮狗骂得摸不着头脑，一听到婆婆，蛮狗才一怔，又瞬间回到萎靡的状态。

"谁要你告诉我婆婆我去补课了，你看我这样子像补课的人吗？我补瞌睡还来不及呢，我还补课，你就说我在外面玩呢，多利索，是不是？申哥，这几天我都没看见你们，来来，喝一杯。"

洪申端起酒杯，手一抖把酒泼在蛮狗脸上，转身就走。

蛮狗的变化让忙于应付考试的兄弟们根本没法接受，劝也不听，都干脆懒得管他，没过两天，我也和蛮狗发生了冲突，机缘巧合，那也是我第一次见到阿函。

临考前一个星期大家都有些无所事事，洪申、川三、小安和我约了几个兄弟逃课踢球，自从野猴子出事后我们一直没踢过球，可能太久没运动，体力吃不消，大概半个多小时，我们就已经累得口干舌燥腰腿乏力了。

在石头剪子布的决定下，我被派去买水。刚走到小卖部门口，一抬头，一个女孩猛地向我撞了过来，我下意识扶住她，还没来得及想是怎么回事时，蛮狗怒气冲冲地看着我，准确地说是看着还在我怀中的女孩。

"佳贤……"他似乎准备给我打招呼，但嘴只是努动了一下，表情僵硬得奇怪。

"放开我！"女孩反应过来，一下子把我推开。

99

她穿着一件背心似的白色短袖衫，牛仔裤和帆布鞋，留着清爽的波波头，一脸拽样，酷劲儿十足。我放开她，将手插进口袋，不好意思地朝她点点头。

"你在这儿干吗呢？"我转过头问蛮狗。

"我买烟，这女的把我烟撞掉了还踩了我一脚！"蛮狗一脸得理不饶人的样子。

"我又不是故意的。"

"轮到你说话了吗？"蛮狗一脸怒气。

"小事而已，算了。"我看了一眼那女孩，那眼神倔得要命，难怪惹恼了蛮狗，她发现我和蛮狗认识，显然对我已是严阵以待。

"算了？不把烟赔给我怎么算。"

"就不赔你这种臭流氓，也不看看你浑身上下这副德行，我偏不赔，拽个屁！"

"妈的！"蛮狗哪受得了这话，想扑过来，却自己一个踉跄，我用手扶住他，恐怕是昨晚嗨大了还没缓过来。

"你滚一边去，不要你管！"他一把将我推开。

"你够了哈！"这一下让我火气冲了起来。

"你他妈当你是哪个，有什么资格在我面前吼！"他话音刚落，我已是一个巴掌扇在他脸上。

"我说了够了！"

"……你认识这女人吗？我打她怎么了，关你屁事。"

"你还没醒啊？"怒火中烧的我一脚过去，正中蛮狗下怀，他一屁股坐在地上，如丧家之犬般看着我，那样子，令我五味杂陈。

蛮狗像泄了气的皮球，喘着粗气。

"你还不走？"我转过头，对那女生说，然后我转身向另一家小卖部走去。

"其实你一点都不凶，你装得真像。"她竟然跟着我走了过来。

"是吗？呵呵，他是我好兄弟，你要我怎么凶。"我对她笑笑。

"老板，十瓶可口可乐……这当我还你兄弟的烟钱，拜拜。"她把钱扔在桌上，转身离开，跑向了马路对面。

"我怎么没见过你？"我在她身后喊。

"我不是这所学校的！"

"你叫什么？"

"李函，拜拜咯，要酷小子！"她跳上出租车，消失在我的视线。

李函，这什么怪名字，我在心中默念一遍。

"那女孩谁啊？"洪申叼着烟，沿着我的视线看去。

"问蛮狗去。"我丢一瓶可乐在他手里。

37

毕业考试在高温中结束了，大家如释重负，心中的轻松与兴奋难以言表，所以我们决定"行表"，洪申、川三、小安和我带着月滴、晓嫒跑到顶楼扔书，把数理化的教科书、参考书和试卷都撕成碎片向下抛去，看着漫天飞舞的纸屑，我们欢呼雀跃，尽情宣泄。川三和小安把一整件早已准备好的啤酒搬上天台，我们仰躺在地上望着天空，夕阳柔和的光辉洒在我们的身上，我们大口大口地喝酒，仿佛喝去三年的往事如絮，喝去三年的年少轻狂。

"你们几个混蛋小子，想累死我这把老骨头啊！"扫楼道的大爷推开门，眯着眼睛笑。

"大爷，对不住，来喝一轮怎么样？"洪申已经好久没有这样的笑容了。他举起酒瓶，微风让长发在他的肩头轻跳。

"嘿嘿，你这小子。这玩意儿喝起没劲！你们等着。"

大爷神秘地笑笑一阵小跑下楼，不一会儿他提着一瓶老白干上来。

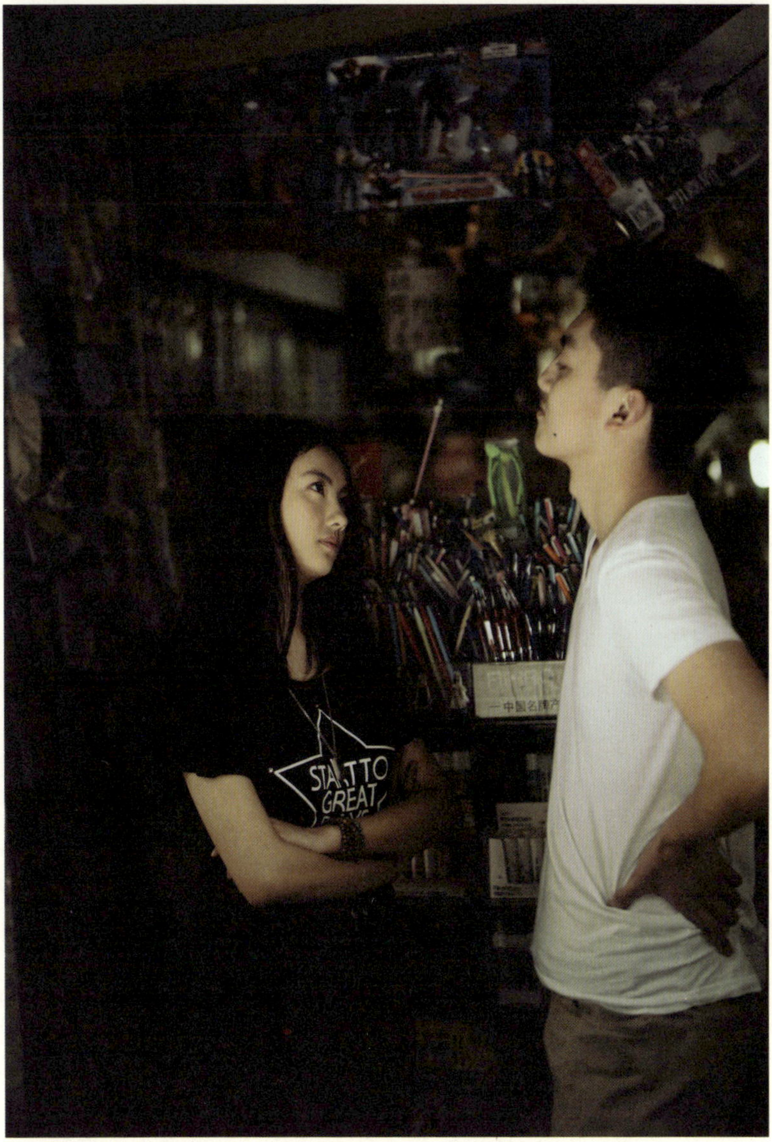

"小娃子些，来几口这个才叫行事。"

我们相视笑笑，一人来了一口，果然够劲。

"读书不容易啊。"大爷微红着脸席地坐在洪申身旁，"以后啊，我就在这天台上弄个篮球架，我就喝着小酒看你们玩那个什么来着？"

"一对一单挑，三对三斗牛！"小安兴奋说着，一抬头，最后一丝晚霞消失于天际。

"对，就那个，我这辈子也算大风大浪啊，现在能看着你们这群小子长大，真开心呢。"

"大爷，他们可是些小流氓哟，哈哈。"晓媛取笑说。

"那你不是小流氓的媳妇嘛，哈哈，你们说是不是！"大爷喝高了，嘴巴也不饶人，大家笑作一团，我和晓媛相视一笑。

"娃儿，你叫什么？"大爷走过来拍拍洪申的肩。

洪申一愣，一个面庞飞快地闪过他的脑海——洪叔！

"我叫洪申。"

"哈哈，我知道你！"大爷说着走下楼去。

洪申呆呆地坐着，过了一会儿，他一仰脖喝下半瓶啤酒。

"佳贤，我会成为最好的扛把子，我会挣很多很多钱，小滴会很高兴，洪叔也不会夹着尾巴做人，我们也不会，我们会是永远的兄弟！"

我记不清那是第几次看到只属于洪申的，那种无比坚毅的眼神，那份雄心壮志，不知为何总觉得带着一丝悲凉。

38

在我的印象中，所有的假期都应该是轻松的，特别是夏天，闲散的感觉充斥在我身边。桥城的滨江公路是让我们把闲散发挥得淋漓尽致的天堂。

骑着租来的自行车，呼呼地飞驰在河风之中，欢呼着，吼叫着，享受飙的爽快。累了，就坐在栏杆上，数着对面楼房的窗户，聊着天，喝着汽水，抽着烟，若是在晚上，我们就会在路灯下打蚊子，然后越过栏杆向码头的坝子冲去。

哪怕是晴朗的夜空，在中区也很难看到繁星闪烁的景象。寄希会指着闪着灯的飞机大喊："看啊！流星，可以连续许十个愿望的流星啊！"

有些时候，我们会向疾驰而过的豪华轿车扔小石子，在那些有钱人无能为力的叫骂中，我们狂奔，我们不屑，激烈地喘气，抛开喧哗与迷离，尽情地在青春的荷尔蒙中自我陶醉。

当然说到疯狂，寄希才是最做得出一套来的人。以前跟着蛮狗、川三跑到工地去偷连接脚手架的扣件不说，竟然还带着月滴去下保险套自动贩卖机！

暑假后没几天的一个晚上，我和洪申正在阮师父那里喝酒聊天，小安打来电话说寄希和月滴被抓进所里了，要我们去领人，我们吓了一跳，赶忙赶过去。

"其实也不是什么大事，"一位二十多岁的警察叔叔对一脸疑惑的我们笑笑，"就是这也太千古奇谈了，还没听说过有男朋友带女朋友出来撬避孕套箱子的。"

"主要是要从思想上有所认识，也都是念过书的孩子，男男女女的干什么不成？破坏……破坏公物，这成什么话。"旁边一个三十多岁的女警接过话说。

"就是，万一十万火急，有真正需要的市民，急需这贩卖机里的东西了怎么办？贩卖机不见了，在国家提倡计划生育的今天，这后果能不严重吗？"

"把这个填了，好好想想你们的行为，不仅仅是顽皮了，甚至是猥琐的。"

"谢谢警察叔叔、阿姨的教诲，回家后一定仔细检讨。"我笑笑，向那个年轻警察手中塞了两包好烟。

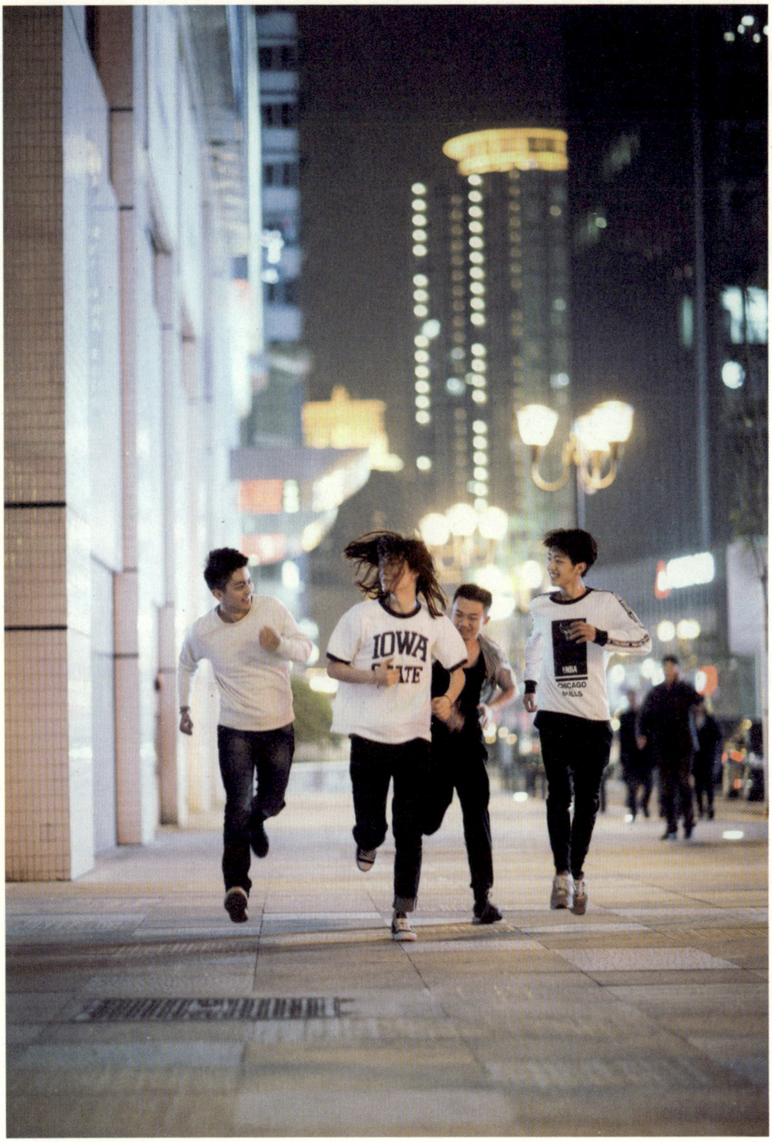
IOWA

"也行，那你们就回家好好思考思考。"警察叔叔向警察阿姨点点头，洪申拽着月滴就往外走。

"小兄弟，我还真没看出来，那乖乖女到底是哪个帅哥的女朋友？"那个警察边说边把"龙凤"放进抽屉里。

"什么眼神，怎么做人民卫士，我是女的！"寄希挽着我的手就往外走，留下警察叔叔在身后一脸惊异。

"我是不是闯祸了？"寄希出门后还挽着我不放，一副无辜求助的表情，逗得我笑起来。

"没事，申子他生一会儿气就好了，谁舍得怪你啊，小孩。"我捏捏她的鼻子。

"还是佳贤哥好，哈哈！"

39

月滴第一次进所里，又害怕又羞愧，回家后哭了一晚，洪申的火气也被月滴的温柔浇熄，洪申心疼这个妹妹，从来也不敢说一句重话。

"小滴，你最近和寄希走得太近了，这样我挺担心的，毕竟……她是个那个什么……"

"哥你别担心，我和她只是很好很好很好的朋友，寄希只是贪玩，她一点也不坏，是个很温柔很善良的女……孩！"月滴故意把"女孩"两个字拖长。

"好好，我知道了，我当然相信你的，你说怎样就是怎样了。"

听洪申消气了，月滴开心地给了哥哥一个大大的拥抱，虽然爷爷不在身边，但只要哥哥在，她就觉得安全，在她心目中，哥哥永远都在她的身边，保护她，疼爱她，再苦的生活她也觉得幸福。现在又有了寄希，这个好姐妹，加上那一大群朋友，她觉得自己是这个世界上最受上帝眷顾的女孩了，她期望永远这样，大家快快乐乐在一起，轻轻松松地享受斑斓的青春。

而事与愿违，这个本应该轻松无比的夏天，却在接踵而至的事件中，变得沉重，变得残酷。

放假半个月后的一天，我和洪申待在寄希家玩她新买的PS2游戏机，这个时候忽然听到月滴的尖叫，当我们冲出去一看，川三正无力地瘫软在门口，遍身都是刀伤和瘀青。

"青明他……"川三缓缓嚅动嘴唇，浮肿的眼微微睁着，满是痛苦与绝望。

"别说了，先去医院！"

洪申抱起他，向楼下冲去……

40

12小时前，川三正穿着裤衩准备上床睡觉，忽然传来敲门声。

"序，去看看是谁。"川三边套上短裤边叫正在看电视的严序。

"哦……川三，川三？"

"嗯，怎么？是谁啊？"

"你快出来。"

"哦，来了来了。"

川三刚一走出房门，便看见一身黑衣的青明靠在门边，眼睛无神地望着地板，手中的烟头忽明忽暗。

"怎么这么晚过来啊你？我还以为你打通宵去了……这几天都没看见你，你去哪里了？你怎么穿得这么搞笑哦……你？"川三看着青明面无表

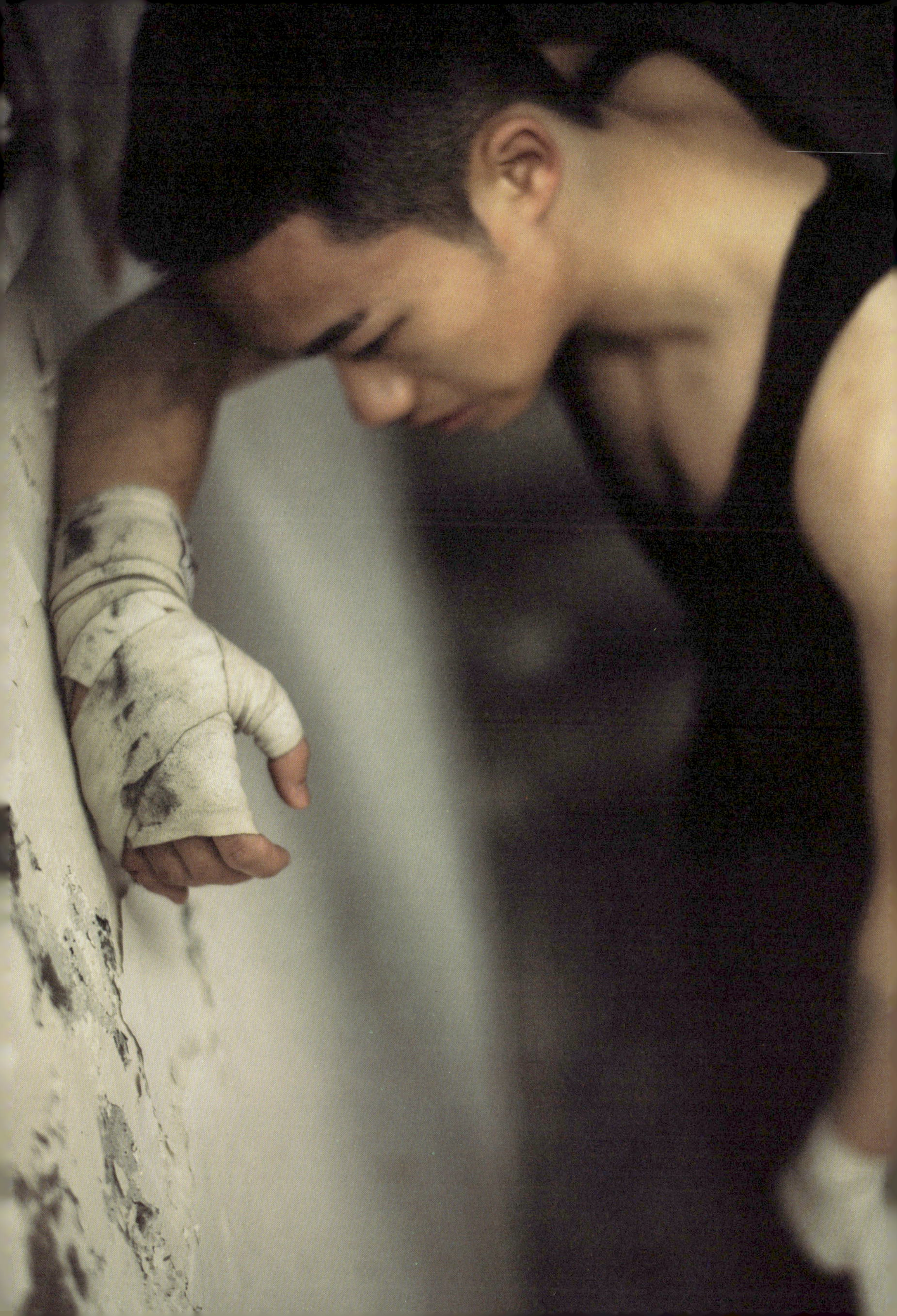

情，越发觉得奇怪。

"川三，我已经不在这里混了。"

"什么意思？"

"我是来带严序走的，我们以后各走各的路吧。"

"青明，你怎么了啊，不是喝醉了吧？"

"川三，我加入了南区的龙禾会，我要去南区混了，我也不叫青明了，他们都叫我十六……我喜欢严序，她也愿意跟我，我是来带她过去的，她以后跟我了。"青明表情黯淡。

"你在说什么？我怎么听不懂。"

青明抡起衣袖，露出满手的刀伤。

"我告诉你川三，从小到大我都不如你，打架不如你，人缘不如你，洪申跟你称兄道弟，而我就像你的跟班！我生下来就是父亲打大的，他整天骂我懦弱，骂我无能，但我知道，总有一天我会闯出个样子来给你们看，给我老子看！我不比别人弱，川三，你给不了严序要的，你也就没资格拥有她。"青明狠狠地说。

"你疯了吗？"川三不相信自己的耳朵，"我们是兄弟啊。"

"算了吧，川三，打败你，我一直以来只想着有朝一日打败你。"

"青明……"

"阿三，今天我赢定了，严序，不用收拾东西了，都买新的就好，我们走吧。"

"青明，严序她是不会跟你走的。"

川三转过头看着站在一旁，低着头瑟瑟发抖的严序。

"川三，我们今天恩断义绝。"

青明走近一步，脸上的刀疤显得狰狞无比，此时的川三意识到青明再也不是过去那个唯唯诺诺的小子了，此时的他不叫青明了，叫十六，是个加入了帮派的混蛋！川三清醒过来，警觉的他看到阴暗的过道中时明时暗的烟蒂，青明不在了，现在站在川三面前的是自己的敌人！

"严序是我的，有本事能夺得走，你就试试吧！"川三已做好觉悟，就是死，也要全力保护自己所爱之人。

"序，别耽搁了，跟我走。"青明，不，十六转过身去，没有片刻的迟疑，序迈出了步子，跟在他的身后走了出去。

川三惊讶不已地站在那里，他内心构筑的防线在顷刻间土崩瓦解，他看着十六轻轻揽住严序的肩膀，严序依偎在十六的肩头，模糊在自己的视线中。

"滚回去吧，川三，我不想你死得很难看。"

川三浑身一个激灵，一声咆哮，撒腿冲了出去，数道寒光在刹那间向他闪来，川三毕竟是川三，挺拳迎击，可现在的他完全无心应战，在数秒之前他的心已经粉碎了，被大家敬为"打架王"、无人能敌的川三，如今倒在冰冷的地上，任凭那些小痞子拳打脚踢，唾骂不止。

看着那群人离去的背影，恍如隔世的川三再也无力睁开疲惫的双眼，他感觉不到温热的鲜血缓缓流出，感觉不到疼痛、耻辱与愤怒，而是忧伤，是深深的绝望，他沉重的呼吸合着微弱的呼唤，一声声"严序"却难以穿透深夜冰冷的空气。

川三想，也许是场梦吧，梦醒了就好了……

41

"川三，你还好吧？"寄希拍拍他的肩膀。

三天之后，川三回到了家，大家商量后都留在他身边，害怕他再出什么事。

"我没事，医生说了没伤到要害，在家里躺十天半个月就痊愈了，有没有……有没有严序的消息？"川三犹豫着看向洪申。

"还没有，兄弟，安心养伤，不要胡思乱想了，既然青明会这样做，肯定谋划了很久，但无论如何，他会为他的所作所为付出代价。"

"对，他妈的一定要让他血债血偿！"影子十分恼火，他是最不能容忍兄弟背叛的人，更何况是抢兄弟女人，更是不可原谅。

"申哥，我不想报仇，青明要怎么做，我无所谓，我只想找回严序……"川三的眼神令人难受，现在他满脑子除了严序似乎什么都没想，我们这帮人是无法理解那种失而复得，得而复失的痛楚的。

"哎哟，我说阿三啊，那婊子是自己要走的，她这么犯贱，你还想着她干吗？"蛮狗看不过为女人哭鼻子的川三，发起牢骚来，他也是刚从网吧赶过来，哈欠连天。

"喂，你不说话嘴会烂掉啊！"我没办法看蛮狗在那儿满嘴喷粪，让川三更加神伤。

"寄希、小滴，你们在这儿看着川三，我们出去商量点事。"洪申叫上我们走到楼下。

"一句话，打还是不打？"我问。

"废话，当然要打！"蛮狗沉不住气也不能怪他。

"打是要打，但是我们在南区我们不熟，也没靠得住的兄弟在那边，具体是什么情况也不太清楚，你呢，影子？"

"我琢磨着，其实我们根本没把握能动得着张青明。"影子说。

"为什么？"我问。

"他现在是龙禾会的小弟，龙哥是南区一霸，不管他在龙哥那里扮演什么样的角色，但后台毕竟是龙禾会，哪怕叫我叔也没用，他虽然在我们这边混了个'哥'字辈，但毕竟不会为我们几个小屁孩儿和其他地盘儿上的大帮派起冲突的。"

"龙禾会？南区龙禾会是强，难道中区奉狼帮不强吗？我们请康狼大哥出来帮忙就行啦！"小安说。

"不行，康狼大哥只认识洪申，再说我们又不是帮里的人，他凭什么出手。"

"哎，我们真是如小强一般渺小啊。"蛮狗傻乎乎地感慨。

"其实我们要这么想，青明也是刚刚加入帮派，他也应该叫不动龙禾会的人，他一直在观音路和我们混，和我们决裂，在这边他一个兄弟也叫不到，我就不信他在南区认识多少人，所以，我们单独约他出来，不怕和他干这一架。"

影子分析得很有道理，毕竟大家都刚毕业，怎么也不至于能叫动帮派的人大动干戈，说到底，还是观音路小混混们内部的事情。

"报仇不急这一时，青明突然发难，之前根本毫无征兆，我感觉总有些蹊跷，估计他一定还会有动作。"洪申灭了烟，边想边说。

"好啦好啦，打架要打，饭也要吃！咱们快去吃饭吧！"蛮狗又开始叫饿了。

"去吃火锅吧，影子你带他们先去点菜，大家都累了两天也该好好吃一顿，佳贤，我们上去接小滴和川三他们。"

"其实我最担心的是川三。"上楼梯时，洪申突然说。

"我知道，我也担心他，川三他本来就是什么事情都闷在心里的个性，一个是他从小玩到大的兄弟，一个是他最喜欢的女孩，同时背叛他，真的怕他会……"

"哎，真是烦人啊，我真不知道青明和严序是怎么想的。"

"川三喜欢简单清净的生活，也许严序并不喜欢这种生活方式吧。"

"你要劝劝他，兄弟几个，就算你最会说了。"

"我知道。"不觉间，我们已到了房间门口。

42

川三也记不得准确的时间，那个时候，每时每刻都是那么单纯和快乐。

黄昏，夕阳余晖洒在放学回家的孩子们的笑脸上。

"看那里跑过去的是什么？"川三将红领巾取下，将白衬衫最上面的两颗扣子解开。

"哎呀，你真无聊欸。"严序看了看川三视线望去的地方，没什么特别的东西，她轻推一把川三的肩膀，低头接着吃手中的冰激凌。

"序，来！"川三牵起严序的手向一个小摊冲去。

"你看，可爱不？"

那摊子是售卖小狗的，两只乳黄色绒毛的小狗正探出圆圆的脑袋望着他们，川三转头去看严序，她专注时的眼神是那么清澈明亮。

"你喜欢哪只？"

"都好可爱……但我比较喜欢那只头上有黑点的。"严序看着那只小狗眼睛都不眨一下了。

"真的喜欢这只吗？"

"是啊，真的好喜欢，好可爱。"

"那阿姨会许你养吗？"

"应该许吧，但哪来这个闲钱呢……"严序爱不释手地逗弄着小狗。

"没关系的……"川三自言自语，手在口袋中反复掏着。

第二天，川三抱着一个白色的小纸箱来到学校。

"序，送给你的。"严序一脸疑惑地看着微笑着的川三。

川三打开盒子，那只头上有小黑点的小家伙探出头来东张西望。严序惊讶得说不出话来，她轻轻抚摸着那只小狗。

"川三……很贵啊？"

"没关系，一点不贵，少吃几支雪糕就好了。"川三挠挠后脑勺，心满意足地傻傻笑着，其实这只小狗花了他五十块钱，也是他当时一个月的早餐和零用钱。

"谢谢你，阿三。"严序红着脸，看着一脸羞涩的川三，"但是……我猜你这个月没钱买小说了。"

"谁说没钱买，我还有……"川三红着脸，爱面子的他不会说出实情。

"阿三，你对我真的太好了……长大了，长大了我……"

"什么啊？当川三他老婆啰。"青明不知什么时候凑了过来，哄笑着，搭住川三的肩膀。

"青明你说什么呢。"川三不知所谓地笑笑，严序的脸红红的，像水果摊上新鲜的香桃，水灵灵的美得让人怜惜。

就是这样，那时候的川三和严序，所有美好的词汇都可以用在他们身上，两小无猜，青梅竹马……虽然他们没有什么零用，但都希望彼此快乐，看到彼此的笑容，也会发自内心地高兴。他们总觉得天空是碧蓝的，哪怕是桥城的天空常常灰蒙蒙的，他们一起上学，放学，做作业，吃一毛钱的搅丝糖，看人民广场的音乐喷泉，时不时牵牵小手，畅想拥有彼此的未来，夏天，严序咬着冰棒看川三打球，在圣诞节，他们也会在购物中心大大小小商场的橱窗前踯躅，白驹过隙，许多人在身边出现、停留又消失不见，突然一天，他们因为各自家庭的变故，在一段漫长的岁月里失去彼此的消息。

人是会变的，川三不再佩戴红领巾，不再腼腆地低头微笑，他学会了用拳头解决问题，而不是逃避，他长得越发的英俊，眼睛越发的忧郁，而严序的变化也许更大，她从那个清纯的小女孩变成了穿着成熟，化浓妆，穿脐环，眼神挑逗，言辞凶狠的小太妹。

上苍让他们在这样的境况下重逢，又让他们分散，真不知道，老天为何会如此捉弄天性善良的川三，这样的失而复得、得而复失有什么意义。

童年总归是美好，我们全然失去，只剩下无限怀念。

……

"川三，想什么呢？"川三魂不守舍地坐在地上，手里握着啤酒，我叫他。

"啊？……没什么。"川三回过神，端起手边的啤酒喝了一大口，站起身，揉了揉眼睛。

"阿三，别想太多了。"

"我一直想不通，为什么严序会那么轻易地离开我，我对她的好，自始至终没有改变过。"川三点燃一支烟，本来忧郁的眼神伤感到了极点。

"这样的女孩子，不是满街都是嘛，见钱眼开，虚荣又臭屁，别太在意了，伤身体……你小子当时就不应该把她弄回家，还害我们兄弟和彭东干一架，不过也好，青明这小混蛋，最后还不是暴露了？不过之前真没看不出来他是这样背信弃义的小人。不管怎么说，一定得给这种人一个教训，为你出这口恶气，教教他什么是江湖道义。"

"我很爱她。"

川三仿佛根本没听我说话，沉浸在往事之中无法自拔。

"什么是爱啊，电视剧没见你看多少啊，情爱小说看多了，没我多吧？真是的。"

"以后你会明白的，只是你还没遇到那个人。"

"晓媛不是吗？"说到晓媛自己都心虚了一下。

"佳贤，你哪里都好，可是你根本不知道自己是不是爱她，你根本不懂爱的感觉，充其量也只是喜欢，只是习惯了晓媛的陪伴，你这小色坯子，就算你心里不放，你的眼里也放满了其他的漂亮女孩子。"

"我这样不好吗，有助于身心健康，不像你爱得死去活来。"

"哎，说不过你，走，陪我吃点东西。"

"哈哈，我真有办法，阿三想吃东西了！"

"白痴，两天没吃什么东西不饿那是超人吧！"

"就是就是……"我们说着走向餐馆。

43

"喂，还好吗，洪申？"

"谁，青明吗？"一个星期天的晚上十点半，我们一群人正在洪申家吃着烧烤，青明突然打来了电话。

"对啊，不过别这样叫我，现在大家都叫我十六哥，哪怕十六也行，我觉得青十六，听起来比青明霸气多了，你不觉得吗，老大？"

"有话快说，有屁快放。"我们大家都停下手里的动作，盯着洪申，心里莫名地紧张起来。

"我觉得，那天这么弄川三，实在很不光彩，虽然也是挺无奈的，但必须那么做啊。我知道，我知道的，那种手段有背于道上的规矩，既然我青十六出来混了，就得做个懂规矩的混混是不是？我也知道你们很想收拾我，很想为川三报仇，所以我决定给你们个机会，我给你们一次干掉我的机会！很难得哦，就看你洪申敢不敢要了。"

"少他妈废话，混账东西，你死定了。"

"我知道，洪申你打架厉害嘛，川三也很行，观音路没人敢和你们打，但怎么着，我也想再会会大家，做个了结。所以呢，我们把兄弟都叫上，我们玩儿一次大的，悲壮的！就打一次，你们有人死了，自己收尸，我死了，帮派也会送我张裹尸布的，就这一次，不管杀成什么样子，杀得个天翻地覆，你死我活，以后，我强调以后我们就不再有瓜葛了，也和帮派没有关系，恩怨什么的，一笔勾销，一切都了了，OK？"

"好啊，如你所愿，裹尸布给自己备好吧。"洪申冷冷地说。

"果然还是那个申哥，爽快，我喜欢，明晚十一点南桥头下，世纪大火拼，哈哈，别放鸽子！"洪申挂掉了电话。

"兄弟们，明晚十一点南桥头下和青明火拼，小安，打电话通知兄弟们准备家伙，哦……别让阮叔和康狼大哥的弟兄知道。"

"为什么？"

"我们自己的门户，我们自己清理。"

"那我叔那边，也不说一声吗？"影子问道。

"不用，影子，除了彭叔手下的弟兄你还能叫多少人？"

"三十个上下，还是叫得到。"

"不用那么多，找十个你最铁的。"

"哇，明晚就有架打了，好兴奋。"蛮狗在那里跳来蹦去的，他是名副其实的斗牛犬。

"明晚？这么快？我觉得一定有鬼。"我心里有些犯嘀咕。

"管不了那么多了，我们就给他来个先发制人，明天小滴就待在寄希家，那是中区最好的居民区，有监控有保安，青明不敢乱来，影子，你叫来的兄弟就分散在寄希家楼下负责保护和接应就可以，其余的弟兄在川三家附近，以防青明玩儿调虎离山。"

洪申真的很有当大哥的潜质，可难为了月滴一直担心地看着洪申指挥这里指挥那里，直到洪申把什么都搞定了，她才开口。

"哥哥……"月滴欲说还休，却透过那双水灵的眼睛传达了一切。

"我知道，我又不是第一次干架，别担心，没事的。"洪申轻轻将月滴揽入怀中，轻抚着她的长发，"你一定累坏了吧？寄希，月滴今晚睡你这里怎么样？"

"没问题！"寄希笑着牵起月滴的手，两人早已经情同姐妹。

"喂，寄希可是个拉拉。"出门后，蛮狗拉着洪申一脸紧张地说。

"你很搞笑欸，寄希和月滴一看也是好姐妹嘛。"我赶快为寄希抱不平。

"你和寄希关系最好，我们眼中他们是姐妹，别人还不知道寄希性别呢，怕是兄妹吧！"

"你这个猪脑袋加猪拱嘴会说话不？"洪申表情尴尬，影子赶忙解围。

"我是猪脑袋？那你……"

小安跳到蛮狗背上："白痴蛮狗，回家睡觉去！"

紧张气氛稍微缓解了一些，我们走入桥城的夜色之中，依恋那背街小巷里，照亮归途的温暖灯光。

44

　　与青明的大战还未到来，悲剧却已经悄悄拉开帷幕。
　　蛮狗四岁那年父母离异，母亲远走他乡，父亲成天借酒浇愁最后因肝癌去世，年过半百的婆婆一手一脚把蛮狗拉扯大，在观音路的破屋烂房中，蛮狗已度过十六个年头。
　　这样的故事在观音路并不足为奇，因为与洪申混在一起的兄弟大多都有不幸的童年与支离破碎的家庭。
　　而蛮狗也与大多数少年一样，他们并不仇恨早已忘记了是何模样的父母，而是加倍地深爱着将他们抚养长大的亲人。蛮狗深深地敬爱着他的婆婆，他是个不善言表的人，哪怕从小调皮捣蛋的他从未曾让婆婆省过心。
　　婆婆本来在一个服装加工厂，退休后又靠帮人洗衣服做饭赚点生活费，随着年纪的增大，手脚也不利索了，随着家政业的兴起和洗衣店的增多，不再有人愿意顾手脚日益迟缓的婆婆了，后来婆婆只好去拾空塑料瓶和硬纸板来卖，再加上微薄的政府补贴，勉强度日。
　　蛮狗知道婆婆的艰辛，以前是帮着做些力所能及的家务，后来在外面耍野了，时不时地下点暴，收些保护费，或倒卖一些盗版磁带啊光碟什么的，赚点零用，也不再伸手要婆婆的钱。
　　现在的蛮狗，很少出现在婆婆的身边了，老人时常一个人坐在昏暗的灯光下，守着一台非常破旧的黑白电视机，痴痴地等着自己的孙子回来，常常等到再也支不起疲惫的双眼，再也理不清浑浊的视线时，也听不见蛮狗的脚步声。婆婆知道自己的身体一日不如一日，也许撑不过今年，也许撑不过明天，她越发地担心蛮狗的生计、蛮狗的未来……
　　"阿蛮，是你回来了吗？"
　　听见生锈的铁门"吱呀"打开的声音，婆婆赶忙回过神来，探头往外望，她的视力已经极差，左眼完全看不到，右眼也是看得模模糊糊，昏暗的灯光下，老人更是举步维艰。

"嗯。"蛮狗关上门，看了一眼婆婆，想说几句什么，又不知从何说起，只得低下头往自己的小屋里走去。

"阿蛮，你昨天晚上怎么没回来啊，怎么不打声招呼啊，你身上还有钱吗，你在哪里住的呀？"

"在川三家睡的，别担心了你。"可能是最近嗑药太多，又常常宿醉，蛮狗头有些晕，对老人的喋喋不休没了耐心。

"那你吃了晚饭了吗？婆婆给你热点，锅里还有你最爱吃的土豆烧肉呢！"

"我吃过了，你早点睡吧，别管我。"

"那你洗个澡吗？我帮你把水烧好。"

"哎呀，我自己晓得！"蛮狗躺倒在床上不耐烦地说。

只听见"哐当"一声，婆婆不小心碰倒了灶台上的铝盆，蛮狗听到声响冲出狭窄的过道，看到婆婆正吃力地跪在地上摸索那只盆子。

"你没事吧？"

"没事没事，你快去睡，很晚了。"婆婆强打精神，蛮狗看着，心中掠过一丝酸楚，他看婆婆吃力地站了起来，想去扶一把，可不知为何又止住，只得返回自己房间。

凌晨两点过了，躺下的蛮狗烟瘾又犯了，于是拿上烟跑到厕所里面吞云吐雾，在此时，婆婆刚好起来上厕所。

"阿蛮，是你在里面？"

蛮狗正吸得起劲儿，对婆婆的声音充耳不闻，婆婆闻到一阵刺鼻烟味，顿时焦急万分，敲起门来。

"阿蛮，你在里面干什么呢？你可别抽烟……"婆婆越想越急，"阿蛮，你出来，你听婆婆给你说……"

"你烦不烦！"正肆意享受的蛮狗被婆婆这么一搅，不禁怒气冲天，突然一掌推开门，这突如其来的一下将婆婆虚弱的身子重重撞开，一个趔趄，摔倒在地。

"婆婆！"此时的蛮狗如梦方醒，赶紧去搀扶老人，这时的他才感到自己的婆婆竟然轻得如同一片枯叶，连骨头也摸得真切！

"对不起，婆婆，我真的不是故意的，我……"蛮狗低下头，不敢直视老人深陷的眼眶。

"婆婆知道，婆婆明白阿蛮不是有意的……婆婆这把老骨头已经……"老人经这一撞，已上气不接下气，"……已经不中用了，但是你还年轻，不要做毁自己前程的事情！"

"我知道……"蛮狗心里难受极了，想起自己的所作所为，心里也觉得惭愧。

"好好好，知道就好，婆婆累了，很困了，扶我回床睡吧。"

"要不，咱们去医院看看吧，刚才摔得不轻。"

"没事，去医院多贵啊，你没什么病，都给你治成大病了，不碍事的，睡一觉就好了。"

一整夜，蛮狗都在噩梦中挣扎，时梦时醒，满身冷汗，他的迷茫如深夜在街头消散的尘沙，惶恐不安，四处飘荡，已经快成年的他，知道自己不能再这么鬼混下去，他甚至采纳了和洪申、川三、小安他们一起去读技校的建议，去学一门技术，有了一技之长，才能在未来孝顺婆婆，他从未如此强烈地想过，要摆脱沉沦的生活状态，要好好孝敬婆婆，等待好友从牢狱出来，一同开始新的生活。

当他再次睁开双眼时，一缕破晓之光射在窗台旁的含羞草上，这是兄弟们最喜欢的植物，含羞草似乎在某种形式上描述了他们这群人的天性，卑微、敏感、不屈与坚韧。

蛮狗爬起来，走到婆婆的门外，透过半掩的门，婆婆单薄的身影让一向玩世不恭的蛮狗心中隐隐作痛。

"婆婆……"

仿佛想起什么似的，蛮狗一个激灵叫出了声，婆婆单薄的身影依然静静地躺在那里，老人的睡眠一直不好，一点点响动就会惊醒她，但是今天……

"婆婆！"蛮狗推开门，又试探地叫了一声，毫无动静，蛮狗想起昨晚的事，一下紧张起来，他赶忙冲过去摇动老人，只见老人的身体像一页白纸般飘落在蛮狗身前，老人苍白的脸上凹陷的眼睛紧紧闭着。

蛮狗吓傻了，他冲向电话，一阵慌乱的拨号后那边响起些许温柔的声音。

"您好，这里是120急救……"

"你们快来呀，求你救救我的婆婆，求求你救救她，求求你们！我就只有她一个亲人了，我……"

"先生，请你不要着急，请你告诉我你所在的确切位置及情况，先生？"

蛮狗痛哭着，茫然地在脑海中寻找着有关这里的词汇，脑中却不断闪过的是婆婆那慈祥和蔼的笑脸、亲切熟悉的言语。豆大的眼泪落在话筒上，落在蛮狗伤心欲绝的心中，烧灼着他的良知。

45

"申哥，一切都搞定了。"小安放下电话，一屁股坐在寄希身边。

"真的今晚就要动手吗？"川三的伤已经好得差不多，但心中仍充满犹疑和彷徨。

"川三，都到了这一步，我们该怎么做也是明摆着的，就不要多想了。"洪申拍拍川三的肩膀。

"怎么没看见蛮狗那家伙？"小安四周看了看，问。

"别管他了，又不晓得死到哪里去嗨了。"

"时间快到了，我们走吧。"我把家伙丢进包里，扔给影子。

"又是我拿？"

"这样你看起来比较酷。"

"我本来就够酷了。"影子把头发往后理了理，戴上墨镜，叼上烟，"阿旦，你来拿。"

"是，影哥。"这群混小子，一个比一个像老大。

"川三你留这里，还是回家？"

"不行，我得去。"

"这次听我的，不许去。"洪申敲了一下川三的头，"影子，辛苦你的弟兄守在这里，我们几个走。"这也就是说，洪申将几乎所有的兄弟留在了寄希家和川三这里，而去与青明火拼的，还不到十个人。

"申哥这是什么意思，这么少的人怎么和青明的人打。"

"够了，我们只打青明一个。"

"但是……"小安一脸疑惑。

"别但是了，笨蛋，青明这混蛋肯定要摆架子，说废话，这次我们不要等青明把屁放完，冲上去直接砍就是了，跟这种人没什么好说的，司机师傅把车停在转弯的暗角，五分钟后冲下来接上我们就走。"

说话间，车已停在南桥头旁。

"走，我们下去。"我们将刀棍藏在衣服后面，心里说不出的紧张和激动。

"大家别怕，不会有事的，这次，我们一定要让他知道背叛兄弟的下场！走！"洪申说着叼上一支烟，走在队伍最前面。

"小安你手抖什么抖啊？"影子拍拍他肩膀，兄弟们跟着笑笑，但还是紧张得要死。

当我们看到青明时，忽然觉得奇怪了，青明好像只带了十来个人，而且一个人站在最前面，那十来个人站得远远的抽着烟，但已经走到这里，什么都来不及多想了。

"哟，申哥很准时哦。"不管多可疑，至少这点不出洪申所料，青明一个人向我们走来，他身后的人没有一个跟上来。

"洪叔，保佑我。"我隐隐地听到洪申的祈祷，他加快了脚步，右手紧紧握住刀柄。

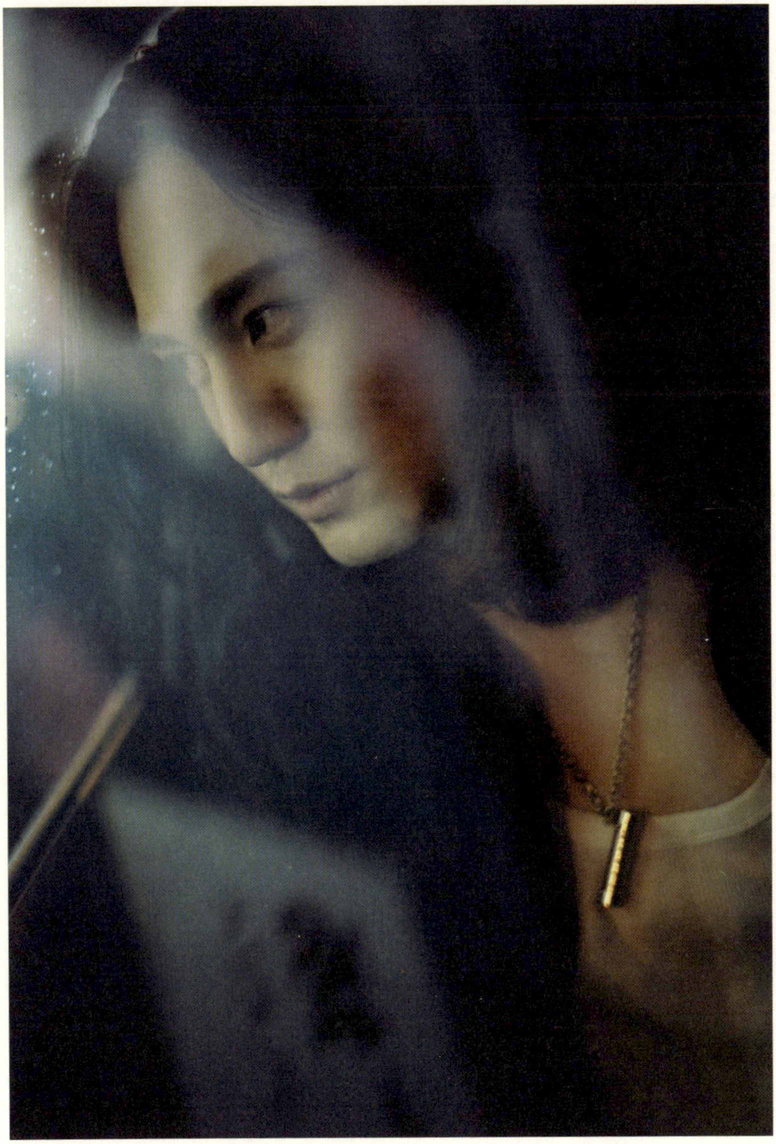

"拔刀！"洪申大吼一声冲了过去，"砍他!"

我来不及看清青明的脸是否因慌张而扭曲变形，也来不及听见那大口的喘息与吼叫，我的刀已落到了他的身上。这时他们那边的人慌了阵脚，傻愣愣地看着这边乱作一团，有两三个人冲上来帮忙，影子和阿旦冲上去就砍，正当他的人回过神围上来之时，我们的车也开了下来。

"走！快走！"洪申立即停刀，拉上小安跳上车，我也将杀红了眼的影子拽上了车。

"阿旦，带上兄弟坐另外那辆车走！快！"我叫道，很快车子驶向大桥。

"李师傅，这是两百块，一点意思，拉我们去北区云山。"李师傅曾经帮阮寅师傅运过货，所以认识洪申。

"你这臭小子，该什么价就什么价，你赶快换件衣服，把脸上的血迹弄干净。"

"谢谢李师傅，真的太麻烦你了。"

"年轻人啊，哎……"车很快驶出了市区，离开了喧嚣迷离的夜色。

"到了云山我先要泡个温泉……"小安躺在最后一排，嘟哝着，影子的手还不停地抖着，望着窗外不发一言，而我的呼吸仍未平静，这也是我第一次因为打架而紧张成这个样子，想必此时此刻，我们每一个人的心中都充满了恐惧与迷惘。

"喂，寄希吗？我洪申，"洪申用李师傅的手机拨通了寄希家的电话，"对，我们是在去北区的路上，嗯……小滴还好吗？……嗯，谢谢你了，你们那边没什么动静吧？……没有就好，有什么马上给我打电话，哦，你找到蛮狗让他给我打电话，这次我不骂死他……好，你们都早点休息，青明他应该暂时还不会惊动他们帮会上面的人，毕竟这对他来说也不是光彩的事情，叫他们放心，也不用担心我们。"

"佳贤，你也给晓媛打个电话呀。"洪申挂了电话，转过头对我说。

"没事，不用管她，她和她父母一起呢，你还是叫他们打听一下那杂种的死活吧。"

"我知道……这次算是为川三报了仇，也算了了这恩怨。"洪申做了个深呼吸，点上烟，将座椅往后放一些，闭上眼睛。

46

上午十点多钟的时候我才从睡梦中醒来，推开窗户，阳光显得有些刺眼，清新的空气和草木的青绿色，还是让我松了口气。

"佳贤你醒了啊？"小安抱着枕头坐起来，十足一个小屁孩儿样。

"嗯，怎么，你也不睡啦？"我穿上衣服。

"我昨晚做噩梦了……梦见我们都被抓所里去了，我妈妈坐在台阶上哭晕过去了……真希望没出人命。"

"事儿都办了，现在想再多也没用。"原来洪申也已经醒了，坐了起来。

"现在先去填饱肚子吧，小灵通也没钱了，佳贤，你的呢？"

"没电了。"

"小安，你的呢？"

"我的？哎呀！我的小灵通不见了！"

"你真白痴啊你！"

"呵呵，算了，去拿影子的吧。"我们走出房门，按响了影子和阿旦他们的门铃。

"赖皮给我来了电话了。"这是影子开门的第一句话。

"怎么说？"洪申和我们显然都很紧张。

"青明那杂种命大，只是受了重伤，躺医院呢，不过他没有对外宣扬，龙哥的人也不清楚是怎么回事，他好像也暂时没有要再找人还击的意思。"

"呼……那就好了。"小安长出一口气，其实大家都在心里出了一口气。

"对了，还有蛮狗的消息……"说到这里，影子低下了头。

"那小子在干吗？"洪申全然没有感到事情会是他万料不到的那样。

"李婆婆她……"影子颓然靠在墙上，"去世了。"

47

连续几日没有下一滴雨，终于在这天下午看到了乌云。

医院的门口坐着三三两两闲聊的棒棒，稀稀拉拉地匆匆走过几个路人，进进出出的只有焦躁不安的病人家属。蛮狗挪动着艰难的脚步走到了大门前的阶梯，他觉得自己再也没有力气走下去，他无法再去回想医生遗憾的表情与劝慰的话语，也无法再去回想婆婆安详的面庞与皱纹的触感，他也无法再挤出一滴泪水，无法对着医生咆哮，他只能这样无力地走出医院，一个人。他不知道应该拨通哪个亲戚的电话，在桥城他已经举目无亲了，他心中充满着悲伤、愧疚与孤独，就仿佛是夏日黄昏时分桥城天空中划过的闪电般迷惘，他觉得他已彻底被这个世界所遗弃。

何去何从，蛮狗问自己。他坐在台阶上发着呆，一直到雨水哗哗地落下，真真切切打在自己身上，他才轻轻地吸了一口气，他站起身拖着疲倦的身体穿行在街道上，他没有方向，他不知道下一秒自己该去哪里，该做什么。

蛮狗一直走到体育馆才停下脚步。雨停了，路上没有几个行人，小面摊搭在公共厕所旁已有十来年了，一位白发苍苍的老伯在水蒸气与两盏一百瓦的灯光下清洗着碗。

"小伙子，来碗面？"老伯看见了全身湿透的蛮狗。

蛮狗坐在有些油腻的板凳上，看着老人烧水，打作料，煮面，再把煮熟的面捞在碗里，将锅里的面汤喝掉一口后，倒向墙角肮脏的垃圾桶，再关掉一盏灯，集于一点的光源成千万条射线微微照亮斑驳的墙壁和破旧的煤炉，有一丝淡淡的倦怠与落寞。

桥城，夜深了。

48

时间是用来抹掉浮在事情表面最浓烈情感的有效工具，一切仿佛是在一瞬间淡化，假期已经过去一大半，烦恼却一发不可收拾地弥漫在38度高温的大街小巷。

蛮狗剃了个光头，脸上偶尔挂着一丝善良的笑容，他不再嗑药，不再去迪吧和网吧，甚至开始戒烟戒酒。为了帮助他，大家也都不在他的面前抽烟，突然间，他好像又变了一个人，从没心没肺，变得多愁善感，心思细腻。他总是坐在酒吧里和我们聊起美好的初中时光，聊起他的年少轻狂与不知所谓，他似乎在忧伤与内疚中成熟不少。关于未来，他似乎也开始打算，在收拾婆婆的遗物时翻到一个电话本，上面留有一个深圳的电话，打过去居然是自己的姑妈，也许是外婆在天庇佑吧，那位远在他乡的姑妈竟然与蛮狗相认，还让他去深圳和他们一起生活。

蛮狗决定去那儿边读技校边打工，我们开学的时候，就是他南下的时候。

我们都不禁感叹一件事对一个人的改变是如此迅雷不及掩耳。

与青明的冲突也在桥城气温最高的时候戛然而止了，仿佛一时间再也没了他的消息，大家也渐渐不去过问关于他的事。

只有川三还沉浸在对严序的思念中无法自拔，忧伤和疼痛日益消逝，取而代之的是思念与等候，他每一日都折一颗星星放进玻璃罐里，严序曾经为他折了三罐星星。

"每一颗星星，都代表我想她的一天。"

我们说他痴情，笑他傻，也许我们真的不懂爱情。

我爸爸给我来了电话，说月末就要和妈妈一起回桥城了，他告诉我，我的中考成绩没有想象中的那么糟糕透顶，刚刚过了联招线，所以决定花些择校费，将我送入W中读书，是市内的重点高中之一，不知道为什么听到他说这些话时会有一种空虚的感觉，但我还是很感激晓嫒，如果没有她在读书这件事情上的得力监管，我想我是不可能考得上高中的。

而晓嫒自己也顺利地考入了市重点第三中学，那是她去追求梦想的地方，她的父母也万分欣慰地带着她去了北京旅游。

我看着她灿烂的笑容，像桥城难得一见的蓝天般晴朗无云，看着她骄傲地走向自己的梦想和未来。

我告诉我爸想出去走走，他也万分慷慨地汇过来三千块钱让我和同学一起出去。刚好影子决定大出血带陈萤去海南玩，于是我也死皮赖脸地要求加入。

"你就这么想当电灯泡？"影子一脸痛苦地看着我。

"我又不和你们睡一个房间，电得到谁嘛？"

"那要不你再叫个人。"

"晓嫒和她爸妈一路去北京了，果冻说她也要出去玩。"

"那……反正你得再找一个人，一行人的饭费我包了都成！"

"好吧！"于是，百般无奈的我开始到处找人同行。

49

临近出发的前一个星期，我也没找到一个愿意与我同行的伙伴，就在我已经开始打消去海南的主意时,上苍眷顾了我。

那天,一群人在操场上踢球,照惯例又是我去买水。走到小卖部时,我就看见一个似曾相识的背影倚在柜台边,很酷的吊带衫、牛仔裤、帆布鞋,还有一头些许凌乱的短发,她转过身,似笑非笑的茫然表情。

"哟?耍酷小子!"她看到我,眯起眼睛,嘴角扬起。

"你是……李函!你怎么在这里?"

"我怎么就不能在这里?"

"你不是说不是这个学校的吗?"

"那你的意思是说,只有这个学校的人才能在这里买东西?"

"我们的谈话真无聊。"

"哈哈,有吗,挺有哲学意味的啊。"她笑说,然后用手理了理头发。

"老板,来十瓶可乐。"我转头对老板说。

"有缘再遇见……你请我吃可爱多好吗?"她拍了一下我的肩膀,她的手指十分修长。

"为什么要我请?"

"喂!上次那十瓶可乐可是我掏的钱,三十块啊大哥!四块钱的可爱多欸,要这么小气吗?"我不得不承认她的嗓子很好,当然嗓门也很大。

"是的,你说得十分有道理,"老板在旁边看得很开心,"再帮我拿包七星。"我靠在柜台边,欣赏李函吃着草莓味的可爱多的样子。

"再要包MM豆!"舔着蛋筒,李函又笑嘻嘻地看着我,老板也看着我,我点了下头,老板捂嘴偷笑。

"嘿!你有空吗?"她突然靠到我身边。

"怎么?"

"我无聊得很,刚刚和男朋友分手,郁闷中,所以想痛痛快快玩一下。"

"然后呢?"

"我选中了你陪我玩。"

"为什么是我?"

133

"因为我们不熟啊，而且有缘啊，我的那些同学都没劲透了，除了逛街就只知道唱歌，根本找不到别的地方玩，和陌生小男孩儿，一起玩比较新鲜，对你很期待哟。"

"你不怕我是坏人？"

"不怕，因为我就是坏人，坏人当然得一起玩了。"

"那不行，我是好人。"

"哎呀，算我请客好啦！"

"我感觉怎么像我是做鸭似的呢，我可不牺牲色相。"

"有你那么丑的鸭子吗？"

"好好，我去给我兄弟说一声，你等着。"我提着可乐向操场跑去。

"申子，我有点事儿先走了，水我放这里，待会儿自己来拿！"我说完，洪申向我摆摆手，我立即转身跑回小卖部。

"你要怎么玩？"

"现在我们去蹦迪，然后吃饭，然后去唱歌！如何？"她一脸兴趣盎然。

"我还以为你玩多刺激呢，还不是这些唱歌什么的……"

"不一样，是和陌生人。"

"你是哪个学校的？"

"W中的。"

"我下学期也会到那里读书，上高一。"我大吃一惊，但是表情还是故作平静。

"原来你和我一届啊，放心吧，你不会喜欢那个鬼地方的。"

到了迪吧，李函奋勇冲进舞池，一会儿就不见了人影，我只好一个人找地方坐下，要了两瓶啤酒等她，我一向不适应迪吧这种嘈杂的环境，一到这里我就觉得头晕，大概半个多小时后，李函在我面前冒了出来，她在我身边坐下，拿着我的啤酒就开始喝。

"不行了不行了，我跳得太累了……你怎么不跳？"

"我脚指头断了。"我扯着嗓门告诉她。

"吹吧你，脚指头断了还踢球？是四肢不协调怕丢人吧？"她笑得放肆，以至于身旁的几个看起来很视觉系的哥们姐们都频频投来不友善的目光，在我耳中李函无比爽快的笑声无疑是刺激到了他们的神经，所以我赶紧叫来服务生结账。

"对，我渴了，走吧。"她自言自语地就走了出去，我在想她不会一口啤酒就醉了吧。

接着我们到肯德基吃了些东西，我比她能吃多了，她只是每样食物"浅尝辄止"，还逼我吃她剩下的，就这样我们也吃了不少。刚一离开肯德基，她又嚷着说没吃饱，又跑到好吃街去吃了十来串"串串香"和一碗桥城小汤圆，每样她都只是吃一两口，剩下的都进了我的腹中，当我们将两杯珍珠奶茶搞定的时候，已经快十一点过了。

"走，唱歌去吧。"李函拉着我，精神十足，而我撑得连路都走不动了，一脸痛苦。

"这么晚了你不回家？"我看着她。

"我家里没人，回家干吗，你要回家吗？"我掏出电话，给外婆说今晚在洪申家住，叫他们别担心，早点休息，挂了电话，我笑笑看着李函。

"搞定了？"李函拉着我，也不知道是在什么时候她的手臂挽在了我的手臂上，她的手指扣在了我的指缝中，她的手指很长，冰冰凉凉的，虽然我心里也觉得不妥，却没有抗拒这亲密的动作。

我牵着她走进一家KTV，要了一个迷你包房，她靠在我的肩头，一首接一首地唱着，说实话，她的歌唱得很棒。

我大概喝了三瓶啤酒的时候，看到了她的眼泪，当时应该快一点过了吧，我想，我看着她默默地流着泪，后来她没唱了，她键入原声播放，是一首老狼的歌，叫《虎口脱险》，那时候，只是单纯地觉得好听，后来我特别爱这首歌，我觉得歌词是在说我，而另一方面，第一次是听李函唱的，再听到这首歌，就会想起她，不过那都是之后的故事了。

50

  大概是深夜四点的时候我们离开了KTV，当时我们都筋疲力尽了，我们打了辆出租车，去了李函家。

  "柜子里面有件旧T恤，很大你能穿，去洗澡，不然不许睡到床上来！"到她家后，李函边说边冲向卧室，一头倒在床上就再没了动静。

  "谁说我要和你一起睡。"我自言自语说。

  我想我是酒喝得有点多了，头晕乎乎的，得赶快洗个热水澡醒醒神，热水"哗"一下冲到身上，顿时疲惫沉重的身体觉得轻松不少，发生的事情在我脑海中时而模糊时而清晰，我想起今天握在我手中的李函纤长冰凉的手，有些凌乱却柔顺的发丝，天真的微笑和静默的眼泪。

  我不想说看到她的第一眼就觉得熟悉，这种所谓的缘分显得不真实，我只是知道我喜欢看她大大方方微笑，喜欢她倚靠在我肩头时发丝搔得我脖子痒痒，喜欢她一头闯进我的生活中，这种突如其来的奇妙感觉，我发现我喜欢上了她，很久以前，在第一次见到她的时候，就喜欢上了她。

  我又想到了晓媛，陪伴我三年的女孩，我是否还喜欢她，我是否就要和她分手了，我和很多女孩子单独在一起过，但她们都无法替代晓媛在我心中的位置，李函似乎不太一样，她没有晓媛漂亮，却让我无法移开注视她的目光。

  我洗完澡，换上李函的短袖，站在阳台边抽了一根烟。天边已经微微有些亮了，我努力望向远方，太阳将在那里升起来，然后人们将开始新的一天，地理老师说，其实新的一天是从零点开始的，生活在这里，我们崭新的一天总是从黑夜开始，我们可以逃避最黑暗的开始，但并不表示我们没有经历。

  我胡思乱想一阵后，钻进李函的卧室里，她的房间比她的头发凌乱多了，到处都是散落的CD和图书，乱七八糟堆放着的衣服和乐谱，李函弓着身子，卧在堆满公仔娃娃的小床上，睡得正香。

我轻轻走到她的床头，蹲下来，看着她安静的表情，我慢慢凑近她，鼻尖快顶到了她的额头，我把缠在一旁的被子拉起来轻轻盖在她的身上，我感受到她身体微微地起伏，我感受到她微微有些急促的鼻息。

　　"你是在做噩梦吗？"我轻轻地问，轻得连自己也听不清。我闭上眼睛，唇贴到了她的唇上，我轻轻地吻了她一下，听到自己的心跳声，我怕弄醒她，站起身，关掉台灯，带上门走了出去。

　　一阵睡意袭来，我就在客厅上的沙发上躺了下来，眼前小虫飞飞，不一会儿就睡着了。

　　醒来的时候李函正躺在沙发上，而我却睡在地板上，她的手正牵着我的食指和中指。冰冰的，让我觉得舒服。

　　"你醒啦？"她揉揉眼睛。

　　"嗯……你怎么？"我指了指沙发。

　　"我不是叫你睡床了吗？"她使劲地敲我头。

　　"你的床太窄了，又堆满了公仔，我怎么还睡得下去。"

　　"哦……喂，我问你一个问题。"

　　"你问？"我起身坐在茶几上，我们的手始终没放开。

　　"你老实说，你有女朋友吗？"这个问题不禁让我心中一怔，如果是其他的女孩子，我会嬉皮笑脸地说："就是你啊！"但是不知道为什么我突然脑中一片空白，我到底是在想着什么，我想我是在权衡和比较，一个是和我一起度过三年的晓嫒，一个是我刚刚认识一天的李函，一瞬间的思考与抉择，也许是早已注定的。

　　"说实话，我很希望从今天开始就有一个。"是人都讨厌撒谎，但恐怕极少有人从来没撒过谎，我也不例外。

　　"难道你一天就喜欢上了我？"李函睡眼惺忪地望着我。

　　"嗯，我喜欢你。"我点点头，"做我女朋友吧。"

　　"你开玩笑的吧……"

　　她的话还未说完，我已将她拥入怀中。

　　李函，我认识了她并和她在一起了，仅仅一天，我觉得我真的喜欢上

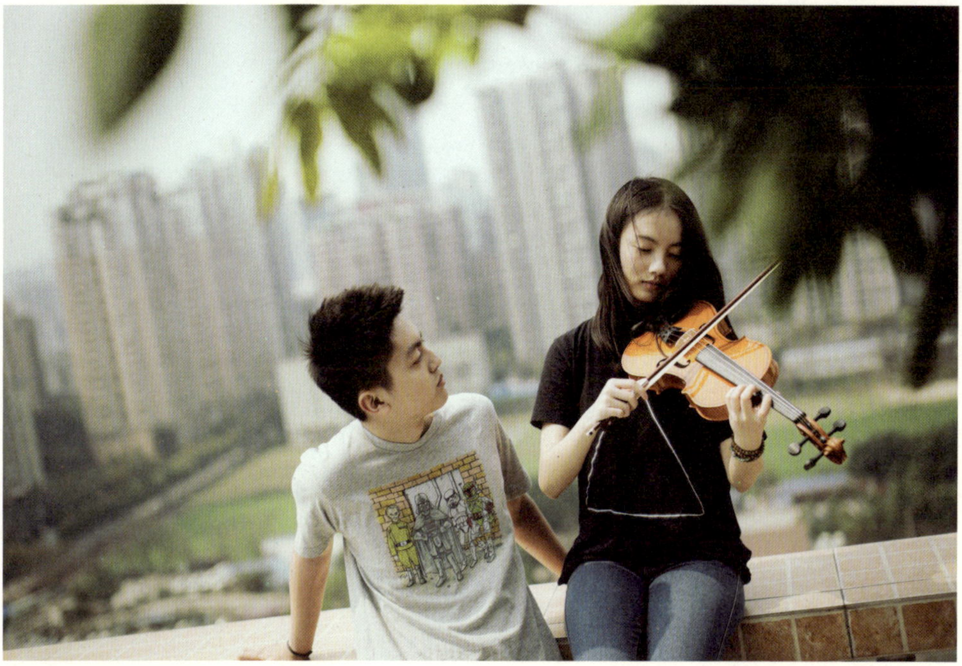

了这个我一点都不了解的女孩。

"你会的是哪种乐器呀？我看你房间里放着那么多乐谱。"我吃着李函做的煎蛋，问她。

"小提琴。"

"来一段嘛，我想听听。"

"西餐厅里五十块一支曲子，给你打个折，就三十吧。"李函笑着，跑去拿小提琴。

"行，把大爷我听开心了，还有小费。"

李函没有回答，从她的卧室中，传来悠扬的小提琴声，是一首我不熟悉的曲子，婉转悠长，动听悦耳，丝丝忧伤渗人心肺，我进去，看见李函站在椅子上，陶醉地拉着，阳光洒在她的脸上，她仿佛是蓝天白云中展翅飞翔的天使，是禁忌之海上摄人心魄的美人鱼。

我走到她的身下，轻轻抱住她，琴声戛然而止，我仰脸看她，她低下头看我。

"要我用一辈子做小费都愿意。"我轻声说。

"你就会油嘴滑舌，你倒是拿出来呀。"

"阿函。"

"嗯？"

"我喜欢你。"

"我也挺喜欢你的呀，耍酷小子。"

我把她抱下来，我吻她，我们倒在床上接着吻，我们不停地接吻，紧紧拥抱，她的身体和她的手一般冰凉。

"你身体怎么这么凉呀，你不会真是女妖吧？"我们抱在一起，我问她。

"我就是女妖，我很恐怖的，你还要喜欢吗？"

"当然，夏天抱着多凉快呀，哈哈。"

"哼，你烫死了，滚床下去。"

"我是火体，我体内的小宇宙不停地在燃烧着。"

"哈哈，你真无聊。"

"本来就是啊……阿函？"

"嗯？"

"你还爱你原来那个男朋友吗？"

"你真笨，你怎么问这种笨问题。"阿函挣开我，转身背对着我。

"好好好，我不问就是了，"我把她拉起来，"都中午了，乖，我们吃饭去。"

"哼哼哼！吃吃吃吃！"阿函拿起身边一只公仔娃娃，向我脑袋砸来。

51

如果说我与李函的开始迅雷不及掩耳，那么我和晓媛的分手更是快如闪电。

我发了条短信给她说，我们分手吧，我找到了我真正喜欢的人。她回说，好吧，以后还是朋友。没有眼泪，没有吻别，没有雨水，没有想象中的浪漫的、纠结的、难舍难分的告别式，抑或是埋怨、怒骂或是挽留，只有再见，没有祝福。就仿佛是个预定好的计划，在准确的时间得以实施，我和晓媛分手了。

我们没有再成为朋友，我们形同陌路。

三个月后我在一家快餐厅碰到了晓媛。

当时，我正买了外卖去李函在学校外面租的房子，刚要出门时看到晓媛走了进来，她身后跟着一个长得比我好看的男生，我想应该是三中的吧，晓媛没看我一眼，那男的觉得我老盯着他们看，就问晓媛那人是不是认识。

"不认识啊，烦不烦。"

她说得很大声，周围的人都侧目去看她，我心里被蜇了一下，我低着头赶忙走了出去,那是我们分手后第一次见面,也是最后一次。

我在想,有些话还是不说为好,哪有那么多好聚好散。

比如,情侣分手时的那句"以后还是朋友"。

52

我把和晓媛分手的事告诉了洪申他们,他们也没说什么,只是小安一个劲儿叹气,他一直挺敬佩晓媛,在那么一所乌烟瘴气的破学校里,能坚持自己,朝着目标努力的学生实在算是凤毛麟角。

在机场,影子偷偷拉着我说李函没晓媛漂亮,我告诉他我是真喜欢上李函了,所以没怎么关心外貌,影子笑笑说那就是真爱了。我们一行四人就这样坐上了飞往三亚的飞机。

我们商量好先去三亚,看天涯海角,然后到蜈支洲岛住一天,最后去海口。

飞机在晚上八点半时到达三亚机场,我们四人已饿得叫苦不迭,影子的小叔来接了我们,他是彭东的表弟,他给我们安排了酒店,然后又派了辆小面包车给我们,司机姓孔,是成都人,彭叔安排好后就离开了。

"去看海吧。"陈萤和李函已经混得很熟了,她们仿佛也被海风吹得来了精神,在吃完饭后提出想去看夜海。

我和影子一口答应,但不好麻烦孔师傅,我们就打车来到海边。

我们把鞋子扔在灌木下面,李函拉着我向沙滩上狂奔,影子和陈萤也是一脸兴奋,迎着海风,听着海浪拍打的声音,漫天的星斗与远处的灯火阑珊遥相呼应,美得让我不相信我还醒着,冰凉的海水打在脚丫上,真是惬意。不知是谁在我们身后的公路边放起了烟火,瞬间五彩缤纷的烟花照亮了夜空,我将李函拥入怀中,吻住这刹那的浪漫。

吃完夜宵回到旅馆，李函和陈萤都沉沉睡去，我和影子坐在天台上喝着啤酒。

"真是太他妈舒坦啦！"碰杯，一饮而尽，"我真的爱死这种感觉了，我真想一辈子就和陈萤待这里了。"

"是啊，是太舒服了。"

"可惜兄弟们没来，打赌他们都不想回桥城。"

"喂，影子，你十七了吧。"

"对，混得真快。"

"以后有什么打算？"

"我叔给了我个场子管着，我准备再去报了班，学学发型设计，以后在中区开一家高档理发店。"

"你小子，心里真有数啊，不是那种带颜色的吧？"

"怎么会，搞个正规的，上档次的，让我叔赞助点，他们也不能一辈子做见不得光的买卖吧，也得搞点正业……佳贤，你呢？"

"我？哎……先读书呗，以后的事以后再说吧。"

"混蛋，套我话，自己不说！"他跳上来和我闹作一团。

"别玩了，把阿函她们闹醒了。"

"哈哈，好，不闹了，"影子坐了回去，"你真的喜欢她？"

"喜欢。"

"不觉得和晓媛分了可惜吗？你又不了解阿函。"

"不知道，我和晓媛没那种感觉，一种让我难以抑制的冲动吧，对晓媛，习惯大过了激情，我更希望晓媛一开始就只是我朋友。"

"懒得管你，明天还要玩呢，和老婆睡觉去了。"影子拍拍屁股，走出房间。

等他走后，我溜进阿函的被窝里，听着海浪的声音，进入梦乡。

143

53

  第二天一早，我们简单吃过早餐，便驱车前往蜈支洲岛。晴空万里，海风阵阵，让人心情爽朗。我们决定在岛上住一天，我们玩摩托艇，游泳，看海，聊天，喝着椰奶吃着烤海鲜，十分惬意，当时我们一致认为在岛上搭个房子住一辈子是再幸福不过的事情。

  晚饭后，我们四人在滨海小路上漫步，凉爽的海风迎面吹来，我们聊起童年，聊起彼此的过往，最开始是我和影子在说，从我认识洪申讲到和彭东的对决，说川三的痴情，说洪申的仗义，寄希的可爱，野猴子的惨痛过失，蛮狗的不幸与幸运。我们说了很多事情，唯一默契的、避而不谈的，只有我的初恋林晓嫒。我们在海边的一个小亭子里坐下，不远处是围着篝火欢快起舞的人群，陈萤也讲到了和影子的相识相知到相恋，影子说得激动了，要我和阿函做见证人，他立誓"退出江湖"，好好和陈萤过一辈子，等年龄到了就结婚，还要请我做证婚人。

  当然，阿函也聊了些许她的事情，她的从前。她在四川省的一个小城市长大，小学待的班级是一个让全校老师头疼的问题班，男生酷爱打架，女生酷爱看打架，他们长期把管制刀具藏在消防箱里，随时准备与人干架，他们班尤其"团结"，打架一起打，整老师一起整，挨骂一起挨。近朱者赤，这样一个班级将阿函熏陶得也十分霸气，常常迫害后来的同桌，有一个被他整得最惨的男生，后来成了学校附近的小混混，回头来追阿函，说十分怀念被她蹂躏的日子。

  听到这里时，我和影子异口同声喊道："这人真贱！"

  结果我脑袋被敲，影子幸灾乐祸……但阿函的父母都是公务员，作为当地颇有头脸的家庭，自然不能让自己的千金宝贝不学无术，就将阿函送到了桥城的好学校里来读书。虽说阿函个性很强，但从小还是很听父母的话，从练琴这件事上就看得出，阿函小提琴十级，这一令人羡慕的本事，被她归结为九十年代父母望女成凤的畸形产物，当然啦，那十根纤细修长的手指扣在我的手中，此时此刻正极大地满足着我的虚荣心。

夜在我们的闲聊中已经深了，我们定好明天一早就坐车去海口，便各自回房间休息了。

我和阿函把床垫拖到阳台上，我们就躺在那上面，手牵手，依偎着看星星。

"你看，那是五星连珠。"我指着夜空。

"去给我拿眼镜。"

"用得着吗？算了吧。"

"你真懒！"

"我懒，那你怎么不自己拿去！"我反驳。

"嘿！"这个时候隔壁阳台的窗户打开了，听到陈萤的声音，"开空调不行吗？"

"开空调多没气氛，我们要吹着海风亲热，这才浪漫。"

"你少在这里假浪漫，万一待会儿他们俩躲在窗外看我们怎么办？"

"都是你啊这么无聊，他们自己还忙不过来呢。"

"那……行吧，那你过来啊，我要抱。"

"急了吧，哈哈！"听到影子几声扭曲的淫笑，我和阿函抱在一起闷憋着笑得上气不接下气，我真恨自己没把他们这段对话录下来，我和阿函相视而笑，彼此脸上还挂着汗珠，那时我觉得，我们是心心相印的。

54

大概五点过时，手机铃声将我吵醒，影子叫我们去看日出，阿函说太困了不想去，我就在简单的洗漱后披了件衬衫走出房间，影子和陈萤已经等了一会儿。回想起寒假的时候，我也看了日出，看着身旁依偎的影子与陈萤，我心里想起的，不是果冻，而是晓嫒，我忽然觉得愧疚，也觉得遗憾，当我和她在一起的时候，我并不是那么专一和用心。

看到那一抹金黄在天边亮起，我心中无比激动，我想到要对阿函专一，不要再错过，也不要放手，我想着即将到来的新的生活和新的感情，第一次没有不知所措，第一次那样心潮澎湃。

金色的阳光铺满了平静的海面，这意味着新的一天。

心情舒畅，到餐厅取了些吃的和牛奶给阿函，还在她醒来的一刹那吻了她的额头，用纸巾拂去她眼角一粒新鲜的眼屎，她笑着捶我一拳。

"你发烧了吧，怎么傻笑那么久？"阿函勾着我的脖子。

"因为我有个决定！"

"什么决定？"

"一直爱你，直到娶你，或者直到你忍心把我甩掉。"

"呵呵，好肉麻啊你！"阿函害羞地笑了，那么可爱。

下午坐车去了海口，大家都饿得不行了，连吃肯德基也吃得狼吞虎咽。

晚饭后在人流中闲逛，然后去看了场电影，在路边小摊影子吃烤生蚝吃坏了肚子，我没那福气，吃第一口就恶心得吐了，逃过一劫。我和影子一人喝了四瓶啤酒，有点醉了，便在人潮涌动、满地垃圾、烟雾弥漫的一条老街上唱起了歌，歌一直唱到了海边，听着海浪的声音心中生起阵阵惆怅，影子哭得稀里哗啦，躺在陈萤的怀中像个孩子，没有人知道在此刻他想起了什么，是怎样的往事，那种夹杂着海风的苦涩，以摧枯拉朽之势冲破回忆的禁锢，让人失魂落魄。

我只是一直大声地跑着调子唱歌，近似嘶喊，面前是大海，波涛汹涌容纳天地，背后是荒坡，孤魂野鬼在那里游荡。

阿函什么也不说，只是安静地依偎在我的肩头睡着了，直到回到宾馆才发现她未曾擦拭的两道泪痕。

"你刚才怎么哭了？"临睡前我问阿函。

"想到过去了。"

"能说说吗？"

"过去不重要。"

"哦,那好吧,不愿意说就算了,快睡吧。"

直到我和阿函分手,我们才同时意识到,过去要是过不去,就说明过去足够重要。

55

"喂,刚下飞机,知道了,老地方哈?好,可能要先回去放东西,那七点,好的!"

下午三点钟踏上桥城的土地,一股熟悉的闷热袭面而来,影子与洪申联系好晚上去吃火锅了。我先送阿函回了学校,然后回了外婆家,外婆告诉我爸妈下个星期就要回来了,在北区买了套房子,高中虽然我会寄宿,但总归得有个像样的新家。

洗了个澡,陪外婆闲聊了几句,出了门。

在火锅店门口已经是一大群人了:洪申、月滴、寄希、蛮狗、小安、川三、影子和陈萤。看着张张笑脸,我莫名地有些感动。

几瓶啤酒下肚,大家已经聊得很欢了,离开学不远了,也就意味着离分别不远了,在燥热的八月黄昏,我们在近乎疯狂地追忆过去,我们努力回想在三年中发生的每一件事情、每一个细节,那些有趣的,那些沉重的,那些快乐的,那些悲伤的,那些还将继续的,那些将被忘却的。

当然也展望了未来,梦想总是美好,哪怕有些不切实际,不过那才是我们这群少年所憧憬的,因为当下的生活太真实,命运又过于残酷。

饭后大家商量去唱歌,川三和我提议回学校打夜篮球,于是我们兵分两路,洪申、川三、蛮狗、小安、烂葱和我去打篮球,其余人去KTV,到时候再电话联系。

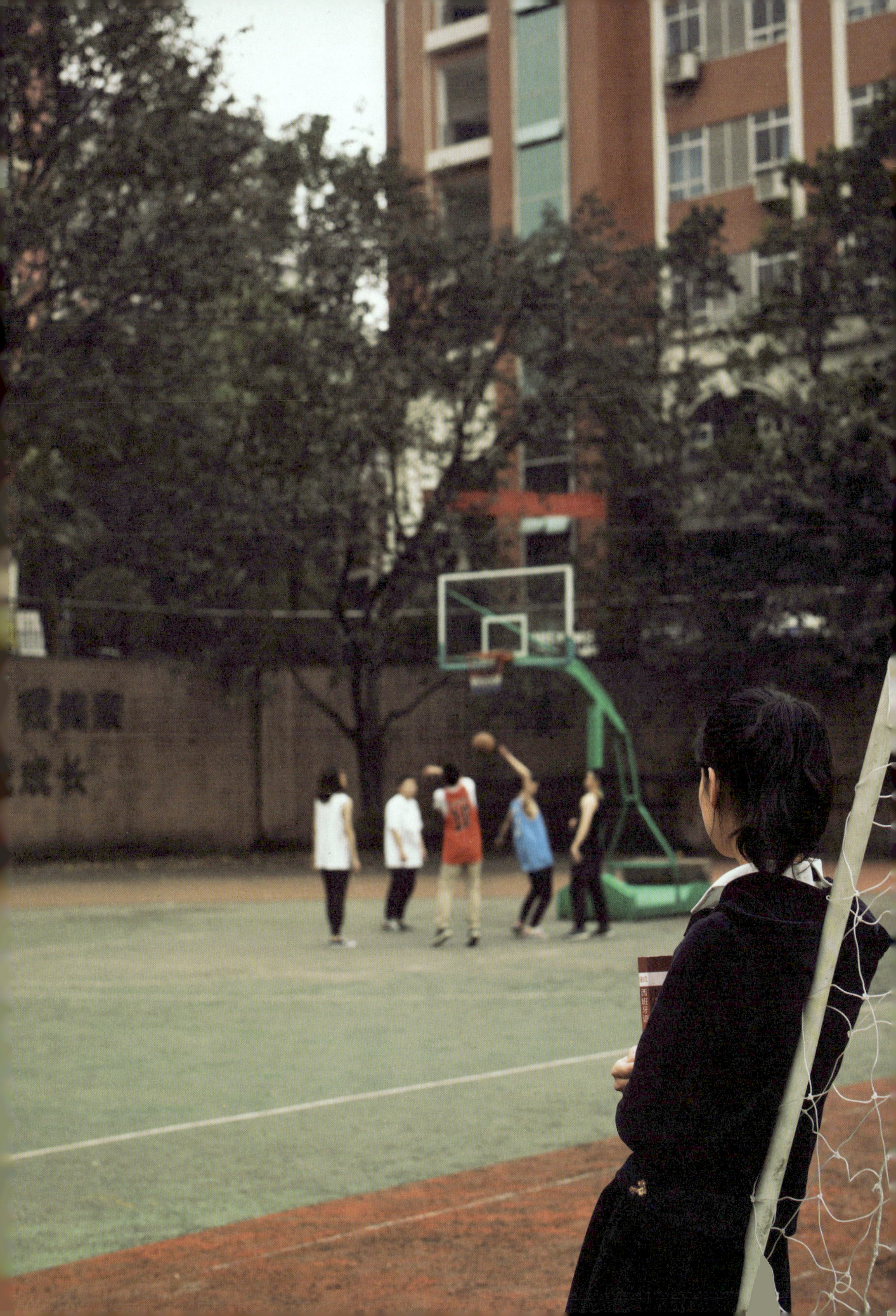

来到学校门口，看门大爷看见是我们高兴得直把洪申的肩膀当菜板拍，和老大爷闲聊了一阵，借了个低年级学生寄放在他那儿的篮球直奔操场。

我们光着膀子开打，因为没有灯光，眼前模糊不清，只听见号叫声此起彼伏。

"妈的，陈进安你打球还是打人啊？"

"打手！严重打手！又是你吧？陈进安！"

"哎哟，不行，小指头断了。"

"嘿，蛮狗传过来……啊，我的头……"

在这样乱七八糟的半个小时后，我们坐到了篮球架下面，四个泛着微弱光点的烟头像萤火虫般定格在宁静的夏夜。

"我们已经商量好了，"洪申说，"等蛮狗去了深圳，他们几个就去计算机技校混个文凭，好歹学点东西，不能总这么瞎混下去，月滴呢，她想学画画，我不想读书了，帮影子照照场子上的事，能有些提成，也就有钱帮月滴请好的老师……佳贤，你呢？"

"我爸妈回桥城了，说要送我去住读。"

"哦，这样啊，不错，到好学校读书就认真点，好歹我们这群兄弟里得出个大学生才行呀。"

"对！要加油啊，佳贤哥！"小安说，"我们是拜把兄弟一辈子，以后发达了可别忘记了我们。"

"傻瓜，我舒佳贤是那么健忘的人吗？"

"对嘛，好兄弟，讲义气，两肋插刀，在所不惜！好兄弟，讲义气，两肋插刀，在所不惜……"

56

那一晚之后，夏天仿佛也在那时无声无息地告别了。

蛮狗踏上了去南方的旅程，月滴跟着寄希在一位美院老师那里学习绘画。开学之后，小安、川三在一所计算机学校读书，影子去了另一所技校学习形象设计，而我也搬去父母在北区的新家，离开了观音路。

心像是一下子被掏空了，怅然若失，不知道什么时候才能和兄弟们又混在一起，国庆节，还是寒假？

开学就要去W中了，想着能和阿函待在一起，多少算是安慰。我并没有先前想的那样不知所措，那样忐忑不安，甚至还有丝丝兴奋，也有一点点就读重点中学的虚荣吧。

"小贤，你看看还有什么没带的……"妈妈把我要用的床褥被单放在门口，"牙刷、牙膏、毛巾、洗发水和香皂放在那个黑色手提袋里面了。"

"现在换了新的环境，应该静下心来好好读书了。"爸爸在厨房里烧着菜，"要注意和老师同学搞好关系，还有，你以前那些朋友，毕竟你跟他们走的路不一样，你以后是要考大学的，不要一天就想着玩耍，前途在自己的手中……你也是快成年的人了，该懂事了，父母拼命工作也都是为了给你的前程铺好路，你明白吗？"爸爸看着我，半年多没见他又多了不少白头发，就算心中有不快，也说不出口。

"懂。"我木然回答。

"到了那边如果功课跟不上，也别太着急，慢慢来。"

"知道。"我走进房间收拾书包，无意间翻到了毕业照，我和洪申站在沈老师身旁笑得一脸灿烂，晓媛挽着我一脸甜蜜。突然觉得仿佛这张照片是在昨天照的，每个动作每个表情都还历历在目，但又觉得是那样遥不可及，再也回不去的就是最遥不可及的，我鼻头一酸，眼泪就在眼眶里了，原来这混乱的三年是那么短暂而令人怀念。

"喂……洪申，我佳贤，你在哪里鬼混呢？什么……揽星亭！小安他们也在？好，我马上就来！"我穿了裤子拿了手机和钥匙冲出门外。

"妈，我晚上不在家吃了！"

"喂！小贤，明天要开学了！你安分几天不行啊！"妈追出来喊。

是的，我野性未脱，我怕我整个人会在那份友谊的羁绊放进回忆里时，腐烂崩塌。

57

报到那天，我们早早地来到学校，我也是第一次见到重点中学开学的盛况。

学校在一座山坡上，两条公路被堵得水泄不通，各色各样的车子停得到处都是，跟车展似的，看得我眼花缭乱。

每间寝室住六个人，有一个卫生间，条件算很不错了，父母都帮着同学收拾好床铺后离开了，屋里一位皮肤白皙、戴着黑色镜框眼镜的同学正独自坐在那儿，翻着一本杂志。

"嗨，他们呢？"我走过去，算是打招呼。

"缴费去了，你交钱了吗？"他把杂志扔在床上，扶扶眼镜，笑起来很斯文。

"还没有呢。"我也笑笑。

"我也还没交呢，走，一路吧。"

"你叫什么名字啊？"走在路上时，他问我。

"舒佳贤，初中在别的中学读的。"

"哦，你好啊佳贤，我是本校生，我叫罗天。"

"那以后请多关照。"正准备在裤兜里掏烟，才想起他是重点中学的学生，只能点头傻笑，他也笑。

缴费处设在食堂，高一那一格排了很长的队，打扮得十分漂亮的女孩不停从我眼前走过。

"这学校男女生比例严重失调。"罗天说。

"好像是啊，真饱眼福。"

"呵呵，你不老实。"

"三流中学混进来的，怎么老实得起来呀。"

"三流中学的怎么了，重点中学还不是一样，我们这学校恶心的事多着呢，以后你就知道了。"罗天似乎也不是在开玩笑。

缴完费后我们去教室报到，班主任是个看似干练的中年男人，教政治，说起话来抑扬顿挫、铿锵有力。

"哟，罗天啊，中考听说你考了年级前十名呢，高中要继续努力，清华没问题！"

"谢谢秦老师鼓励。"罗天拿出他的招牌笑容。

秦老师转头看了看我。

"舒佳贤？嗯……你的情况我也基本了解了，现在进入了一所管理严格的学校，在新的环境要有新的面貌，相信你能好好学习，有所提高。"

"哦。谢谢秦老师。"总觉得秦老师的话听着挺别扭，但又没察觉出问题在哪儿。

"下午三点在操场集合，去军训一周，该带的洗漱用具带好，不要迟到。"

从一开始我就感到了压抑，我仿佛在踏进这里的时候，就开始在和从前的自己脱离，那个野孩子，那颗自由的沙砾，那个浪荡在桥城街头的少年，仿佛从今天开始便被囚禁在了这座"监牢"里。

58

军装有股臭咸鱼的味道，这是汗水和劣质洗衣粉化合出的味道，刚刚结束的晚饭就是给少爷小姐们的一个下马威，两素一荤，一人一小勺，所谓的一荤就是把几块肥油剁碎了扔在菜里，也不知炒出的是个什么来。

"这你就不懂了，这是学校出的招，让你吃一个星期这东西，回去之后就觉得学校的食堂做出的菜是人间珍馐。"邻桌的一个男生边扒白饭边嘀咕。

"我们男女生的宿舍楼里各有一个小卖部，告诉你，这些东西做出来是给猪吃的，这是逼着我们去买零食吃。"

"就是，他妈的也太混账了这些人！"另一个人义愤填膺地说。

"六连的你们几个吵什么呢！不想吃个老子到操场站军姿去！"一位教官咆哮道，食堂顿时又恢复鸦雀无声。

我也只是扒了几口白饭，那菜的确难以下咽，罗天和同寝室的刘立跟我情况也差不多，暑假在家都吃得不错，打下了坚实的基础，感觉还能经得起这几天折腾，就趁教官不留神把饭全倒掉了。

"走，去小卖部买点吃的。"我提议。

"你看这阵势！"走到宿舍门口就已经无法通行了，从小卖部门口一直延伸到过道，黑压压全是人，一片嘈杂。

"要不去女生那边买吧。"

"女生是我们男生的两三倍呀，那边可能已经塌了吧。"

"算了，忍，晚点来买。"刘立悻悻然往房间走去。

"妈的，我们这屋电风扇怎么跟用扇子扇一个效果啊，热死人了。"走廊上不时窜出穿裤衩的同学。

"我们这边的风大，就是不敢吹。"伸头进去一看，原来那电扇像断了线的风筝似的在房顶打转，吱呀乱响。

"呀哈，我们这个强，你看开关，还是多挡位的，高级货啊！"罗天一进门，看到了墙上新崭崭的开关。

"那你把电风扇找出来看看啊。"我们寝室的人齐刷刷地看向那个白痴罗天，他一抬头差点没晕过去，我们这间房根本没有电风扇。

"最新消息，最新消息！"这时隔壁寝室的一个同学冲了过来，"这里的澡堂是新修的！"

"耶！"寝室中一片欢呼，"还算有点人性。"

"但听班长说由于人多澡堂小，又考虑到天气热，女生不方便，就决定让她们先洗，从八点开始到吹号熄灯有热水。"

"哇，女生这么多人，完了。"

"呼，真希望时间过快点。"管不了那么多，我们都躺到自己的床上闲聊，汗水一把把往下甩，又热又饿又渴，熄灯号吹了没多久，肚子饿得呜呜乱叫，怎么也睡不着。

"佳贤，你饿不饿啊？我快不行了。"是罗天的声音。

"哎哟，我也不行了。"刘立从床上一跃而起。

"走，去买吃的，小卖部应该还开着。"我提议。

"撞上教官怎么办，已经熄灯了？"罗天果然是个乖学生。

"上厕所不许啊？"但他遇上了我这个"坏"学生。

我们叫上刘立，趿着拖鞋溜到了小卖部门口。

"你们两个在这里把风，我进去买。"我一个人向小卖部走去。

"晕，怎么关门了。"我看到小卖部的门已经关上了，四周黑乎乎的，伸长脖子往里面看去，希望这时候小卖部的灯光又亮起来多好。

"崽儿，看啥子？"突然从暗角里窜出个人影，手里夹着烟，我被吓了一跳，镇定下来之后才看见不是鬼，是两个人躲在那儿抽烟，一个戴眼镜的好像也被我吓了一跳。

"看啥子？我看啥子关你屁事。"我丢下一句话准备走人。

"我X你妈，屌得很哟，站到莫走！"这时一个身材圆滚滚的家伙从阴影里移了出来，一脸天王老子都不怕的表情，鼻孔都快翻到天上去了。

"你要啷个嘛？"我抬起头，瞥他一眼，我知道自己心里想干什么，我提醒自己这里不是在中区，不是在观音路，这里是重点中学，今天是军训的第一天，不能惹是生非，要克制，要隐忍。

正当我做着激烈的思想斗争时，没想到那大汉一掌推了过来，我往后退了两三步才站稳，这下看来是要打架了，我还来不及想怎么才第一天就要干一架，身子已经跃了出去。

"算了算了！"不知什么时候罗天他们冲了进来，"待会儿教官来了就麻烦了。"他们俩架着我就往回走。

"新来的，莫在这里拽，不然让你死得难看！"我看见那胖家伙把烟头丢在地上踩灭，我真想上去对准那猪头就是几拳，再一脚把他丢垃圾桶里去，要不把他那颗猪头割下来腌了腌了的，拿回观音路喂背街的流浪猫，阿Q精神发挥了作用，心里就舒服些了。

我想，要是冲进来的不是罗天和刘立，而是洪申，是蛮狗，或者是川三，会是什么结果？会是痛痛快快地把那猪头痛揍一顿吧，而我现在身边没有他们了，身边是一群好学生，在面对麻烦、面对冲突的时候，他们的挺身而出不是和你并肩作战，而是去劝阻冲突的发生，带你逃开。

"你以后别去惹那些人，他们都是些混混，动不动就打人，这种人渣你何必跟他们计较。"罗天爬到我床上来安慰我。

我一句话不说，虽然自我平息了许多，但想到刚才的窝囊样，心里就是一阵不爽，我摸出一根"七星"扔进嘴里。

"他们是混的，我就不像？"

"不像……"他看了老半天，"像人渣……哎哟，本来就是嘛，你怎么掐人呀！"

"那是哪个连的寝室，闹个屁啊！"教官的吼叫从窗外传来。

59

如我们这般精力旺盛的男生在寝室要保持良好的纪律，也只能坚持到第二个晚上，因为彼此还没熟悉嘛。到了第二个晚上，熄灯后整个男生宿舍像炸开了锅，闹作一团，我们寝室显得特立独行，一首接一首地唱歌，唱着唱着声音竟然大过了整栋楼说话的声音，还有好几个寝室合着一起唱，形成了此起彼伏，你方唱罢我方合的良好氛围。

"二楼第四间寝室的给我跑步下来！"这时一个无比悲壮甚至声嘶力竭的声音在楼下大呼道，顿时一栋楼一片死寂。

"怎么办？是我们。"罗天哭丧着脸说。

"谁说是我们，他又没说从左边开始数还是从右边……"

我话音未落，房门一脚被踹开，教官立在门口怒不可遏。

"马上给我下去，就穿拖鞋！"

过道上满是或遗憾惋惜或幸灾乐祸的目光投来，我心想，看什么看，出头鸟怎么着，你们这些鸟人还不敢出头呢。

"唱的什么歌啊，刚才？"教官蹲在台阶上，我们穿着裤衩站成一排。

"什么歌都唱了……"刘立低着头嘟哝。

"叫你说了吗？室长说！"教官呵道，刘立惊出一身冷汗。

"报告，唱了……唱了《水手》。"罗天是室长，其实刚才他根本就不知道我们唱的什么，他正蒙头用随身听听英文呢。

"好，你们几个小子精力旺盛哈，力气花不完哈？行，就唱着《水手》给我绕操场跑五圈！"

"他们的内务也是最糟糕的，被子叠得个歪七倒八的，地下全是垃圾，分配给他们的公共区域根本就没打扫干净！简直是不成话！"年级主任是个进入更年期的中年妇女，正好走了过来，伸着一张长舌嘴添油加醋。听她这么一说我就恼了，分配给我们寝室打扫的公共区域是男厕所，难道她进去检查过？

157

"好，无法无天是吧，跑十圈！"教官说。

"男厕所你去扫咯。"我嘟哝着，硬憋这一肚子闷气。

"哟，那个同学，你说大声点！"没想到年级主任耳朵那么好使，"你，叫什么名字。"

"舒佳贤。"

"好，我记住了，跑完了再做五十个俯卧撑。"说完扭着肥硕的鹅臀一摇一摆地走开了。

我们唱着歌，在没有灯光的操场跑着。

"罗天你小子真行……幸亏……幸亏没说是唱周杰伦的歌……"我们跑得气喘吁吁，也只有刘立这小子还有力气开玩笑。

跑完后，大家累得上气不接下气，也顾不上脏不脏，一个个全趴地上。

"你，还有五十个俯卧撑呢？"

我抬起头委屈地看着教官，我已经累得没力气说话了。

"二十个吧，你快点做，做完了回去睡觉，明天还要训练。"

我用感激的目光看着教官，心中那份温暖真是难以言表，就二十个俯卧撑，还是差点没把我累死，做第一个还行，做第二个手就软了，做到第三个我又趴下了，二十个俯卧撑我整整做了五分钟。

"就二十个，你手怎么抖这么厉害！"回寝室路上，罗天傻傻地问。

"要不你也去试试？"

"呵呵，不了不了。"我们肩并着肩走着，我想起了与青明火拼那晚，抖个不停的影子的手。

不知道，他们都在干什么。

60

小安从课桌上爬起来，看看坐在旁边做着笔记的川三。

开学一个多星期了，除了晚上能去找洪申吃吃饭、聊聊天，其余时间都得百无聊赖地待在学校。小安的妈妈可能是因为打麻将输太多钱心情不好的缘故，对他实行了"经济管制"，所以就算他能逃课进网吧、台球室，也没钱付账走人。

"喂，川三，你不用这么认真吧？"小安瘪瘪嘴，把脚跷到旁边空着的板凳上，坐在最后一排，老师根本就懒得管这个小流氓。

"那是，我多爱学习啊。"川三扶扶刚配的眼镜，不知不觉川三的视力下降了，戴上眼镜，看起来斯斯文文，还真有点好学生的感觉。

小安抬起头来看川三的笔记本，原来川三正在画漫画，地上都是纸团儿。

"这节是美术课？"小安揉揉惺忪的眼睛。

"几何。"

"那你这笔记也太抽象了。"小安抓起一张来看，"哟，有进步，干脆你去学漫画算了，干吗学计算机啊。"

"这节是几何，听不进去，也比你好，整天不务正业，就知道睡觉。"

"我也不想睡觉，你给我二十块钱，我保准不睡觉。"

"找你妈要去。"川三看着小安那痛苦的表情就觉得好笑。

"三哥，我实在是憋得不行了，我已经很久没练了，也不知道CS还打得来不，我的QQ也很久没挂了，我认识的漂亮妹妹都以为我失踪了，就差没登报寻人了。"小安说着说着都要哭出来了。

这个时候，下课铃声响起，解救了川三的耳朵。

"今天要去找洪申吗？"川三边收拾书包边问。

"申哥叫我们去场子找他，顺便把月滴接过去。"小安伸个懒腰，得意地摸摸新买的十字耳环。

"别臭美了，走吧。"川三拉着小安汇入放学的人流中。

走在美院的林荫道上，穿着或时尚或稀奇古怪的俊男美女穿行其间，感觉花花草草都给艺术了，小安和川三边聊边走边打望，要到女生宿舍楼下时忽然听到争吵声。

"你们几个给我滚开，不然老子打死你们！"

"哟，不开腔还以为是个小白脸，结果是个小拉拉，哈哈哈哈哈……"

"是……是寄希！"小安惊呼出来，他们二人撒腿跑了过去，三个流里流气的男生正围着寄希和月滴，寄希正把月滴护在身后。

"嘿，干什么呢？"川三冲过去横在三人面前。

"没什么，就是想请那位漂亮妹妹去喝一杯呗。"带头那个穿花衬衫的眼睛一直没离开过月滴，看得川三火冒三丈。

"玩你个头！"

话音刚落川三的腿已经跟了上去，花衬衫没想到川三会动手，一脚正中小腹，立刻蹲了下去，一时半会儿没站起来，另外两人见势不妙也没敢马上冲上来。

"哼，小崽儿，你哪点儿来的，敢在这儿给老子撒野，有种给我等到起！"那两人扶起花衬衫往后走。

"你以为你是谁啊？我等你？我们走。"小安啐一口唾沫在地上，掉头就走。

"人长漂亮了就是惹事。"小安笑笑说。

"哼，狗嘴吐不出象牙。"寄希猛敲小安的头。

四人边说边笑，但还没走出林荫道，后面传来喊声。

"前面的，给老子站到起！"一转眼数十人提着钢棍、木棍把他们四人给堵了，没想到这些人动作这么快，难道是因为刚军训完？

"刚才哪个动的手？"一个左臂有文身的大个子一边喘着粗气一边走到前面，恶狠狠地瞪向小安。

"看什么看，你看我像能打的吗？有种跟我们兄弟单挑，懂不懂规矩！"小安被看得发毛，一个劲儿往川三后面躲。

"有种的，跟我打！"

川三走上前一步，大个子的钢棍已经猛劈下来，川三一个侧身左腿后蹬踢已经直奔那人下怀，大个子吃了一腿，火气上来，又是一棍子横劈过来，川三眼疾手快，左手截住大个子持棍的手腕，身形一转一蹲，从大个子手臂下穿过，随即轻轻一跃，膝盖已向大个子面部飞去，听得一声惨叫，大个子已经鼻血横飞了。

"滚！"川三大吼一声想借势吓走他们，一群人也确实被怔住了。

"怕他什么，大家一起上！"一个光头男回过神来，一群人一拥而上，川三左打右冲，但人数上的劣势也让他越打越狼狈，小安虽然胆小，但看着身后尖叫连连的女孩也只有冲了上去。

"滚开！"只听一声尖叫，小安转头看到一个红毛冲向寄希，他此时也不知道哪来的爆发力一下跳了上去。

"啊！"一声尖叫，小安伸手硬接了那一木棍，惨叫之后重重跌在地上，他没有感觉到疼痛，他只是发现他什么也听不到了，慢慢眼前越来越白，他恍惚看见寄希抱着他哭了，他看见寄希的双手使劲地在摇动着，那一刻寄希委屈紧张地流着泪水，像个丢了大人的小孩。

"出人命了，快走！"

红毛看得愣了，惊叫一声，一群人随即四散逃开。

月滴看着晕过去的小安，吓得在旁边哭得一塌糊涂，不知如何是好，川三已经被打得眼角肿出老高，头上流着血，他自己也不知道手指是不是给敲断了，他喘着粗气，准备抱起晕过去的小安。

"别碰他！他已经死了！"没想到寄希一把推开川三，死死抱着小安不放。

"哈哈，今天怎么这么心疼这傻子呀？"川三看着哭得梨花带雨的寄希，被惹得哈哈大笑。

"他都死了，他是为我死的……呜呜……"寄希抽泣着，伤心欲绝地

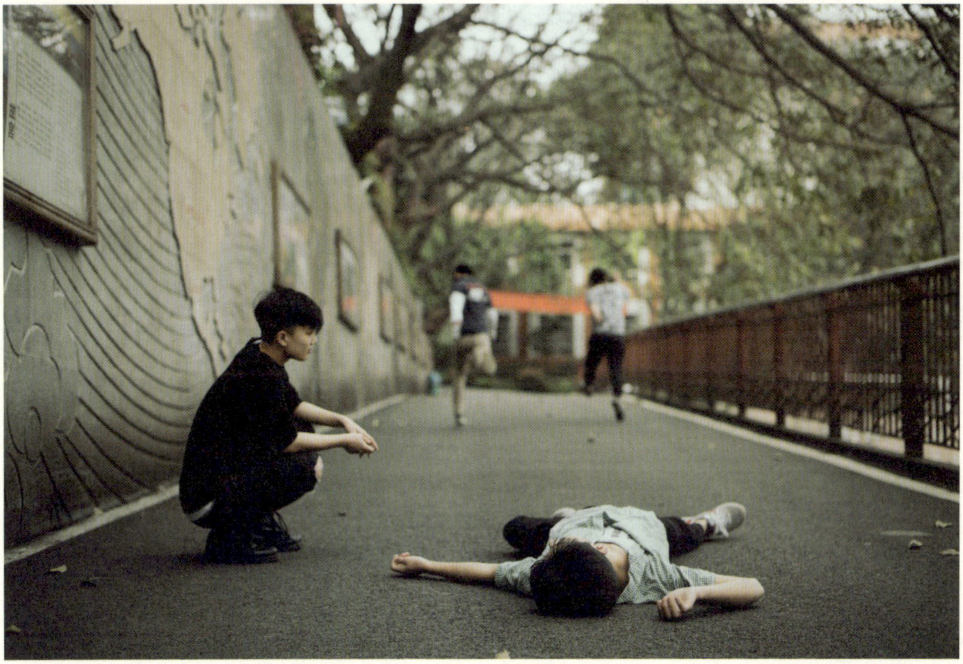

说。

"哈哈哈哈……"川三一听寄希这话更是差点没笑晕过去,他走过去狠掐小安的人中穴,"他呀,不是疼晕了,就是给吓晕了。"

"啊?妈的,被耍了。"寄希那似恼非恼的表情滑稽得很,带着哭腔的狠话听着无比好玩,就连旁边的月滴也听得破涕为笑。

"喂,申哥啊,我们接到月滴和寄希,但是出了点儿意外,放心,月滴和寄希没事,我和小安受了点儿小伤,我们在阮师傅的诊所等你好了,你过来我们再细说,好的,待会儿见。"

61

这几天渐渐沥沥下起雨来,整个城市雾蒙蒙的,温度也随之陡降,寄希坐在她家的奔驰轿车里,眨着眼睛看着车窗上的雨痕……

"你就知道从家里拿钱,喊你正经读书你要出去鬼混,画什么画。"父亲抽着烟,寄希觉得他陌生,她想不明白一个从不关心她生活的父亲,有什么资格来管束她的生活方式,一个一天到晚只知道自己生意的父亲,一个连自己妻子都留不住的父亲,有什么资格对她大呼小叫。

"我在北区买了套房子,环境很好,你给我过去住,我会尽快送你出国读书……你看你不男不女的样子,怎么见人!丢我的脸!"父亲继续在家里大喊大叫,一脚踢翻寄希的画架。

"你看你画些什么玩意儿?这也叫画?哎,生了个什么东西!……这里,给你两千,这个月零花钱,我要去趟日本,明天走,自己照顾好自己,有什么给二婶打电话,想吃什么就叫李师傅开车去买,听到没!我还有事……"父亲走出门,寄希在想自己是否还记得住父亲的脸,寄希知道,他一定忘了,明天是自己女儿的生日。

寄希想哭，但她在很小的时候就把眼泪流干了。

下车，提上小安喜欢吃的"趣多多"饼干，走进弥漫着消毒水味道的医院，跳出电梯，换上笑脸，寄希强迫自己不再去想昨晚父亲回家的事，强迫自己变成那个快乐活泼、天不怕地不怕的拉拉。

"伯母好……小安，看，我给你带了好吃的！"寄希微笑着给小安和小安妈打招呼。

"哎呀，寄希你真是太乖了，谁有你这么个女儿真是福气。"小安妈呵呵呵地笑着，"傻儿子，老妈今天要陪张伯伯打麻将，我就先不陪你了，晚上来接你，哈哈，再见啦。"小安妈对儿子使了个眼色，笑嘻嘻地走了。

"好点没？"寄希坐到病床上。

"小伤，我陈小安是谁啊？从小就是跟着申哥出来混的，这点……"

"你行了吧，你当时不是被吓晕过去了吗，胆小鬼！"寄希笑，像个天使。

"不跟你争，你不陪月滴去学画画？"小安问。

"洪申正在找人呢，准备把那天的几个崽儿全收拾了，所以我给老师打了电话说晚几天去上。"

"你哭过了？"小安突然问。

"啊……没有。"寄希一怔，赶忙去摸自己的脸，惊愕小安怎么会看出来，但还是嘴硬。

"我知道你有不高兴的事情，"小安微笑一下，"你不愿意说就算了。"

"我真的没有不高兴，也没有哭，可能昨晚没睡好，看到你残废我才高兴死了呢，简直高兴得彻夜难眠！"寄希敲小安的头。

"对了，这是给你的，生日快乐！"小安从枕头下摸出一个盒子，递到寄希手里。

"谢……谢谢。"寄希十分惊讶，她完全没有想到小安居然知道自己的生日，还准备了生日礼物。

"我妈昨晚打牌赢了些钱，一高兴就给了我六百，所以我就给你买了件短袖衫,你看看喜不喜欢?"小安一脸羞涩。

"男式还是女式?"

"女式,不喜欢啊?"

"没有啊,喜欢,只是很久都没穿过女式的了,嘿嘿,有点不习惯呢。"寄希摆弄着手上的衣服,"既然你这么有心,那我明天穿给你看好了。"

"嗯,我想肯定很不错。"

他们俩说说笑笑时,洪申和月滴也来了,大家一起为寄希唱生日歌,月滴送给了她一条精致的手链,是月滴自己亲手编制的,洪申拿出生日蛋糕,插上蜡烛,这时又有两个人出现在门口,一个是川三,一个是我。

"我没晚吧,小孩,生日快乐!"

我给了寄希一个大大的拥抱,本来我应该出现在老师的家里补习数学的,因为突然拉肚子就出现在了小安的病房里。

"哼,迟到啦!绝对绝对不能原谅!"寄希大力跳到我身上,在我湿漉漉的头发上一阵恶搞,把头埋在我肩膀上,不让大家看到她的泪水。

在病房里,寄希许了愿,吹了蜡烛,和大家一起吃了蛋糕,聊起了各自近况。

"我提议今晚去我那里狂欢!我爸……我爸他去日本了。"寄希再怎么装得一脸兴奋,也难以掩盖她的落寞和感伤。

"有我们陪你呢,寄希!"小安伸出手拍她的肩膀。

"哼,白痴,我又不要你陪,只有你才是要人陪的单身汉!"小安知道寄希是个女孩,她再是个拉拉,但她是个女孩这是不争的事实,也会敏感、脆弱、受到伤害。

"啊,什么嘛,关心你还要被骂。"

"活该!"寄希特别喜欢打小安的头。

"我叔叔家电脑坏了,请我去帮他修一下,所以我得先走了。"川三不好意思地说。

"你们知道的,我还要赶回学校,回去晚了我就完蛋了,不能陪你玩,也只有抱歉了，小孩。"我抱抱寄希，和兄弟们一一击掌拥抱，背上书包赶车回学校去了。

洪申也因为场子上的事还要去看看，又只剩下月滴和寄希两人了，寄希虽然一直保持着微笑，一直说没关系没关系，但她还是觉得难过。

"寄希，我陪你去吃晚饭吧。"

"你饿了吗？"

"没有呢，其实我也没胃口呀。"月滴拉拉寄希的手，她与寄希朝夕相处，寄希的心思她很明白，她知道寄希多么渴望与爸爸一起过一次生日，哪怕只有一小会儿，也心满意足。

"那先回我家吧，饿了再出来吃。"

她们俩告别了小安，到楼下打车回家了。

扭开房门，偌大的房间黑漆漆一片，在黑暗中，在没有人注意她的喜怒哀乐时，寄希心里失落到了极点，她紧紧握着月滴的手，眼泪在眼眶里转啊转，月滴也紧紧靠着她，想给她多一丝的安慰。

寄希茫然地打开灯，空荡荡的房间刹那被照亮，而客厅中央那价值不菲的大理石茶几上，一只巨大的棕色泰迪熊公仔呆呆地坐在那里。

寄希无比惊讶地走上前，大熊的怀中放着一张卡片：

好女儿：

　　十七岁生日快乐！

　　　　永远爱你的、不称职的爸爸

寄希的表情凝固在了那一瞬间，忍了很久的眼泪簌簌落下，她的心一下被温暖，她抱着那只熊再也不肯放开。

原来一个人在一天里，可以被感动这么多次。

62

　　我发现，这个重点中学里的孩子，总是喜欢抱怨父母的种种不是，抱怨他们的唠叨，抱怨他们的多此一举，抱怨他们一天到晚就是要自己学习，除了学习还是学习，抱怨他们把自己送到学校门口才走，抱怨他们总是塞进一大包我们不爱吃的食物，抱怨他们三天两头地打电话来问这问那，抱怨回到家后父母关掉电视陪着我们复习，抱怨他们的俗不可耐，抱怨与他们无话可说。

　　那些父母们含辛茹苦，他们把自己不能完成的梦放在我们的肩上，他们希望我们生活得更好，他们倾注所有心血，只为了自己的孩子能有个不错的将来，当他们把所有的心思放在孩子的身上时，他们不再害怕贫困疾苦，病痛折磨，甚至是死亡也无所畏惧，他们忍受孩子厌恶的目光，他们坚信他们所做的都是对的，他们耗尽一生只是为了铺平我们脚下的路，我们扬起风帆前行，却不知脚下是父母用汗与血汇成的江河。

　　我们以成长为借口，以不自由的童年与青春为凭据，漠视那些固执的爱，非要等到我们踏上了一条平坦的道路，我们将面临他们所肩负的责任时才蓦然发现我们曾经的想法是如何荒唐，是如何的幼稚与悲哀。

　　而观音路的少年们也会抱怨，抱怨生日节日没有和父母团聚的机会，抱怨他们不关心他们的生活学习甚至不管他们死活，抱怨他们一天到晚就是麻将赌博输得倾家荡产，抱怨他们让自己的童年受尽了皮肉之苦，抱怨父母让他们时常饥寒交迫，抱怨他们给了自己一个支离破碎的家庭，给了自己一个茫然无措的未来，也有孩子抱怨自己根本没有父亲或者母亲。

　　我们承受不一样的遗憾，我们狠狠地把这看作是成长。

　　我们也失去了设想未来的能力，我们只是做着既定的事情，父母规定的，命运规定的，也不曾想过做这些事的意义，未来是个遥远的词汇，就像昨天一样，都遥不可及，却又近在咫尺。

　　我坐在寝室的床上翻着石康的一本《心碎你好》，罗天和刘立正为数学老师的长相在下铺争论不休,其余的室友做的做作业,听的听音乐。

"再过两个星期就要半期考试了,我们讨论这个有什么意义?不管那老师长得像什么动物,那都比不上他长得像人!"刘立终于做了总结发言。

"我也觉得我们是在浪费时间,你看佳贤都开始复习了。"罗天表示赞同,并探出头来看我的死活。

"别,我在看小说。"我将脚递过去挡住他的脸。

"我其实也是想到了的,我们都没开始复习你怎么会……"

"我说你们这个寝室是想去学生处啊?"

生活老师一通狂敲门把我们都吓了一跳,看到玻璃窗口忽然覆盖上了黑漆漆的一片。

"把应急灯关了,不然把你们班主任喊起来哈!"我一直以为重点中学的职工都是四级英语的水平,随便逮个人一开口都是温文尔雅,哪知道我碰上的第一个生活老师就跟观音路常见的骂街醉汉没两样。

罗天提着应急灯,趿着拖鞋大摇大摆走到门口,然后又大摇大摆地走回厕所,一泡尿之后"啪"的一下把灯关掉,只看到玻璃窗上那张大脸贴了半天之后,才怏怏离去。

我们笑了几声,然后没有人再说话,房间一下静了下来,只听到水龙头滴滴答答的漏水声,我又开始胡思乱想。

想阿函笑得坏坏的样子,想起她冰凉的手指,想起悠扬的琴声,想起那个开心的夜晚,开心的海南之旅,想起开学以来都没和她见几次面,没说上几句话,突然很想见到她。

也很想洪申他们,不知道他们如今怎么样,不知道他们是不是还在乱七八糟地生活着,游荡在中区的夜色里。

不久传来刘立的呼噜声,迷迷糊糊中我和阿函吻在一起,觉得离不开她,觉得这应该就是爱一个人的感觉了。

63

"喂，我是洪申，我给你说，美院的那个事不能算。"

洪申坐在台球室门口的台阶上抽着烟。前天跑去在自己的后背上文了一个图腾模样的刺青，给月滴买了一条漂亮的裙子，又给自己场子的兄弟买了几条好烟，这是他赚的第一笔提成，一天就花得所剩无几。

"什么叫摆不平？"洪申霍地一下站起身，"有人罩？多大个人罩？你不是要我喊人过去你才觉得好看吧？……好，你行，我不要你动手，你告诉那群崽儿，就说我洪申不弄死他们我就不出来混！"洪申本想一下把手机扔出去，但想到这是康狼大哥才送自己的新款诺基亚，又只好忍了，洪申想到川三和小安被打伤，月滴被调戏，心中的怒火就烧得越发的旺。

"妈的，美院那边我认识的人居然不动手，说什么有人物罩着，有多大个人物？大得过奉狼帮？"洪申愤愤地说。

"要不算了，我们轮流陪月滴和寄希上课就是了。"川三把球杆放到架子上。

"这事怎么能算了，我的兄弟被打了，我的妹妹被人调戏，你要我以后还怎么出来混。"洪申把烟头丢在地上踩灭，"今天晚上我要和彭东、康狼大哥一起吃饭，我就把这事说了，我看美院那帮兔崽子能顶多久。"

"我就觉得你最近跟这几个老大走得太近了，我们还年轻，我们是混着玩的，申子，有些事情可千万别干，有些东西我们也碰不得，以后你得养活月滴，别太过了。"

"我知道，我有分寸的。"洪申拍拍川三的肩膀就往外走。

快到十一月了，温度一下降了好多，城市笼罩在乌云里，冷飕飕的，好像顿时没了生气。洪申提提衬衫衣领，想想应该买件外套了，月滴的圣诞礼物也该考虑了，想着想着已走进了餐厅。

康狼大哥已经到了，他上身穿黑色皮衣，头发抹得锃亮，威风凛凛，他和一般的老大并不一样，他不戴小指一般粗的黄金项链，取而代之的是一块用象牙刻制的图腾，他喜欢喝龙井，身边带的人从不超过两个，他的身世和背景，亦如他看人的眼神一般，高深莫测。

"洪申，又长高了。"康狼笑着拍拍洪申的肩膀，热情又不失威严。

"康狼大哥好！"洪申在康狼坐下后还站着，他略显拘谨，毕竟他和康狼一同吃饭的次数并不多，他尽力想让自己看起来自然轻松些，但还是紧张得不得了。

"今天康哥就想看看你小子酒量怎么样，别让叔叔我失望哟！"彭东一笑已是一杯红酒下肚，"来来，给洪少满上。"

"也别光顾着喝酒，多吃点东西。"康狼热情地招呼着洪申，席间，也关心了洪叔与月滴的近况，但洪申一直是心不在焉，他盘算是否要把美院的事告诉康狼大哥。

酒过三巡，洪申忍不住还是说了出来。

"洪申，我问你，你想怎么办？"

"我只想让他们知道我洪申的妹妹和兄弟，不是他们能欺负的！"洪申借着酒性，有些激动，两眼炯炯放光，一股狠劲儿打动了康狼。

"好！自古英雄出少年嘛，我就喜欢你身上这股子狠劲儿，像你康叔，给你康叔三天的时间，就三天我让全中区道上的兄弟知道，你洪申是我康狼的人，观音路得我说了算！"

"谢谢康狼大哥栽培。"洪申感动极了，要想保护身边重要的人，就得有实力，而康狼大哥正是能给予他最有力帮助的人，他举杯的手因为激动而有些颤抖，一仰脖子，喝了干净。

"阿申，慢慢来，"康狼示意洪申坐下，"我还有事儿要你帮我呢。"

"有什么我能做的，康狼大哥尽管吩咐！"

康狼向彭东使个眼色。

"阿申，你知道的，奉狼帮在中区有几间KTV和迪吧管着，但现在生意不好做，竞争大，利润低，所以我们放线倒些小药丸儿，刚过严打，条子呢还是盯得紧，我手下的人大多有案底，是所里的熟脸儿，货很不好走，所以需要你这帮小子出点力……"

"康狼大哥，这沾毒的事情……"

"我知道你有担心！"康狼一眼看穿了洪申的犹豫和为难，"你是我最器重的小子，又是洪叔的亲人，我怎么会害你，我当然会保证你的安全，你是康叔信得过的人，对于条子那边呢，你们都是生脸儿，绝对不会有问题的，事成了，我不会亏待你，你不赚钱，以后拿什么给月滴好的生活，拿什么保护月滴。"

"再说了，想当扛把子，可连这么点儿事都不做，怎么说得过去，这都是从小事做起，慢慢锻炼。"

彭东拍拍洪申肩膀。

康狼做了个手势，身旁的人递过来一个背包。

"很有料的哟，呵呵。"彭东点上烟，笑嘻嘻地看着洪申。

"阿申，出来混别婆婆妈妈，得有个爷们儿的样子，来，干了。"

康狼端起酒杯，洪申只好端了起来，两人碰杯一饮而尽。

"每次三个包，运一次是五千的红包，这是八千块，添的三千块是康哥疼你，恭喜你加入奉狼帮的。"

"好……好，谢谢康叔，谢谢彭叔！"洪申想到了自己的新外套，想到月滴的圣诞礼物，他答应了下来，虽然内心十分挣扎不安。

"喂，佳贤，最近怎么样啊？"

"阿申啊，挺好的啊，大家呢，还好吧？"

"都挺好的。"

"听说你最近混得很好啊，越来越有大哥的样子了。"

"谁嘴这么碎，什么大哥啊，就是帮人看看场子，不过康狼他们都挺照顾的……对了，佳贤，你知道偷运摇头丸这类玩意儿，会被判刑吗？"

"逮住了应该会吧，摇头丸算毒品吧，也得看数量，不过具体我就不清楚了，你怎么突然想起来问这个？"

"没什么，我有个朋友做这块儿生意，想打听打听，你睡觉吧，明天还要上课，再见。"

"喂……好，再见。"

挂了电话，在寒风中洪申百感交集，一咬牙走进风中，往家的方向埋头前行。

64

"这个……我有点怕。"小安摆弄着那只书包，局促地走上走下。

"要干就干，钱都放这里了……再说，康狼救过洪叔，对我们家有恩，我洪申是知恩图报的人，我干了！我也不想连累你们，但你们是我最好的兄弟，有钱大家一起赚，愿意干的就干。"洪申深深吸一口烟。

"我干。"川三踢了踢那书包，"其实想想也不是多危险的事情，观音路是我们的地盘儿，熟得很。"

"你们都干啊，那我陪你们好了。"小安瘪瘪嘴，把书包背到肩上。

"好，有钱大家赚，有事我来扛。"洪申背上包，几年来，他的肩膀越发的宽阔，个头更加高大了，他的肩膀扛起了一个家庭的责任，一个女孩的命运，从姓洪那天开始，他从来没有忘记过。

戴上耳机，震耳欲聋的重金属音乐安抚他激烈的心跳、复杂的心情。

在洪申他们背着书包走在去迪吧路上的时候，美院的那群小流氓正趴在学校后门外的水泥地上，满脸鲜血，动弹不得。

月滴和寄希在安静的女生宿舍里专心地看着画板，铅笔在纸上沙沙地画着，小桌上的咖啡冒着热气。

"要注意对人物眼睛的刻画，额角的碎发注意处理一下，和脸部的比例要搭配好。"老师端着一杯咖啡，指导着月滴。

"老师，可以抽烟吗？"寄希很难闲得住。

"不可以。"

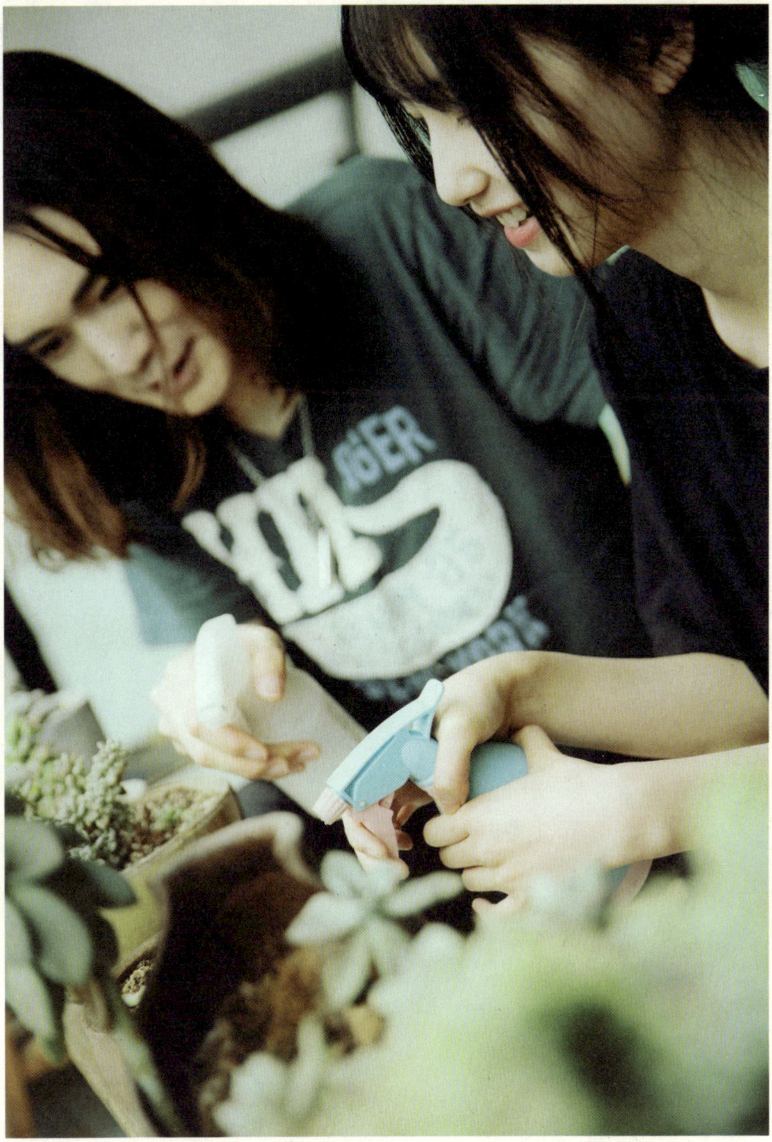

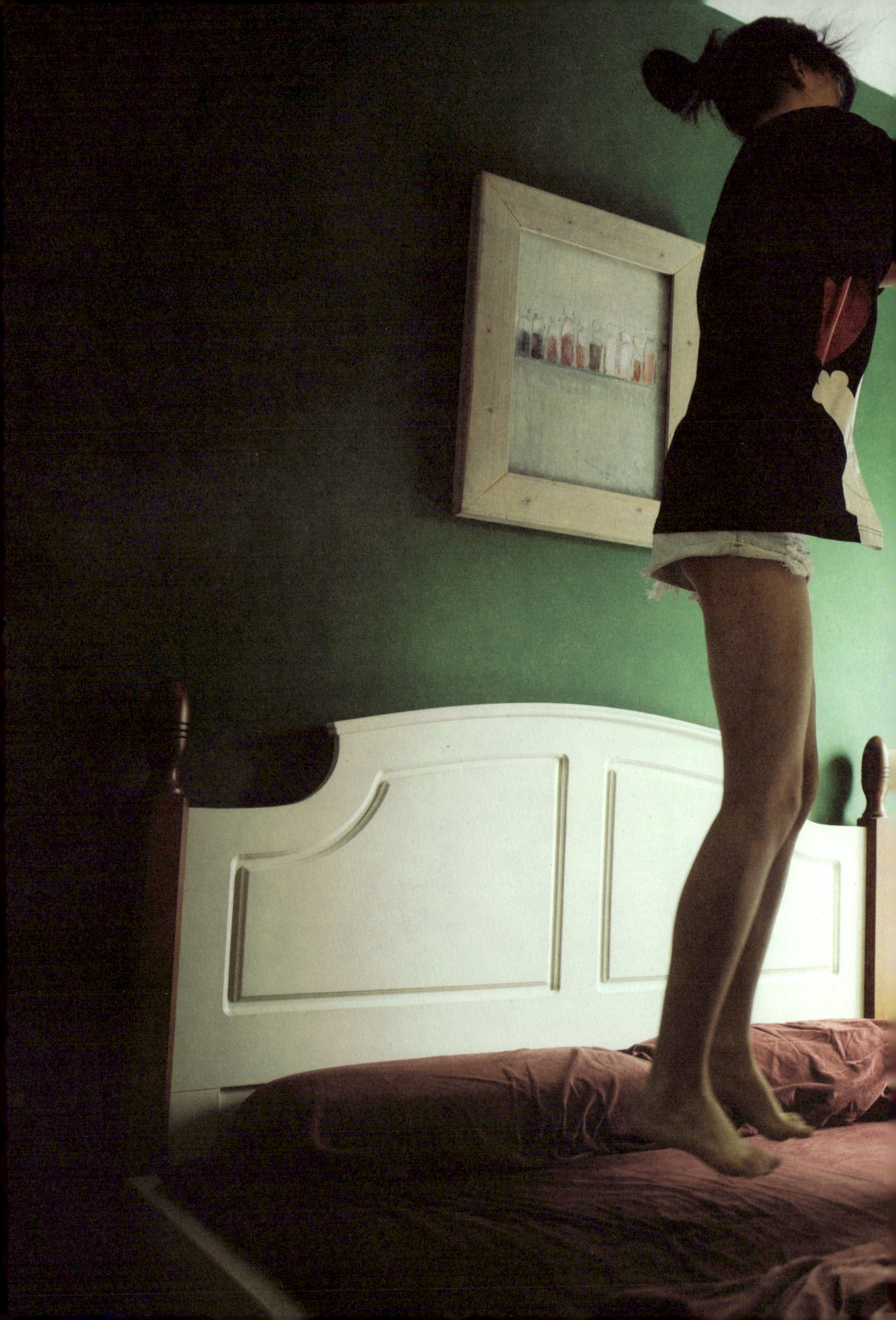

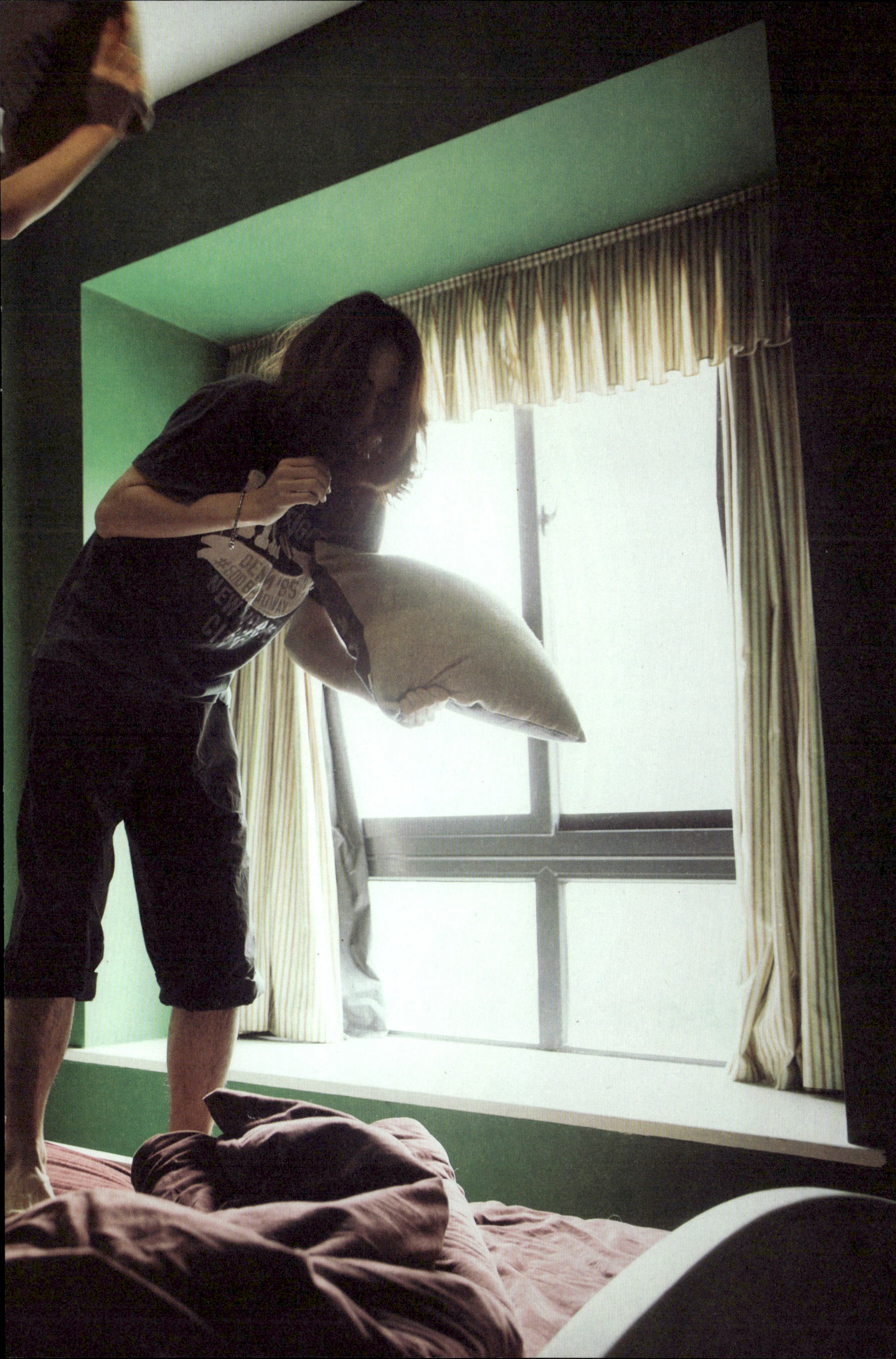

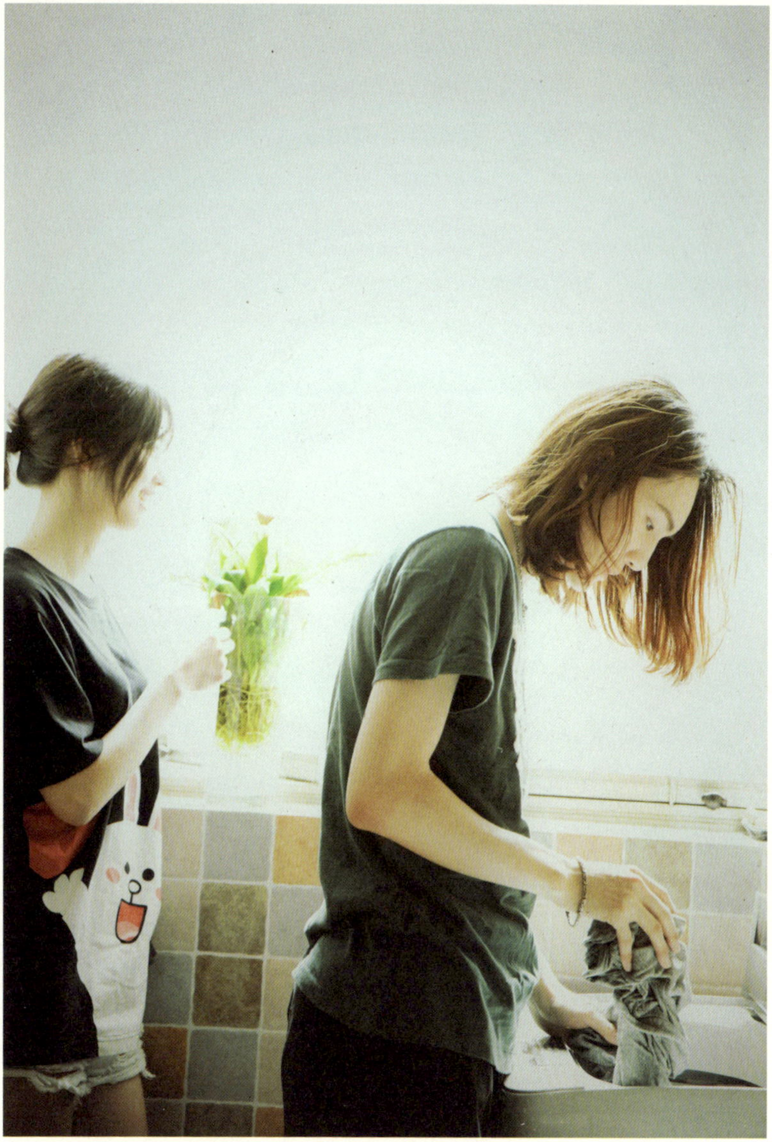

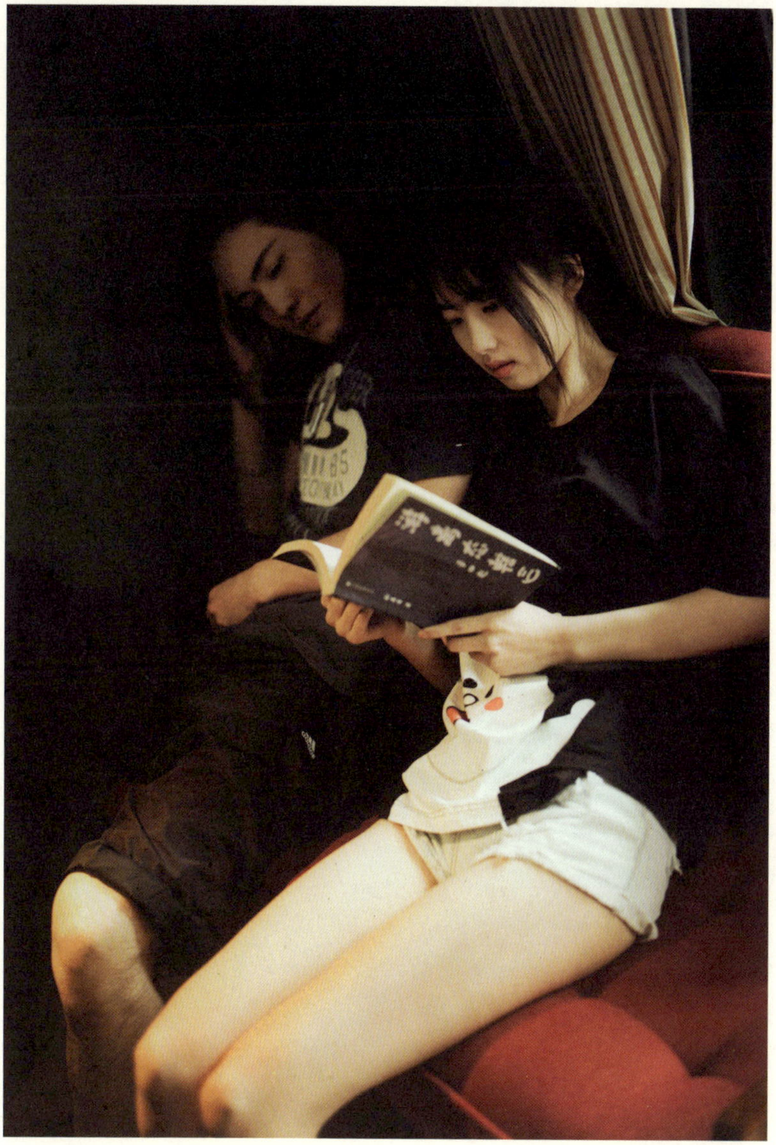

"哎，"寄希抓出一包薯片吃起来，"小滴，你吃不吃？"

"你再闹我把你赶出去哟！"

"老师老师，你男朋友来了！"

"你……！"老师拿起小沙发上的小熊维尼靠垫向寄希扔去，她们在狭小的空间里疯来打去，月滴只是掩着嘴笑，我一直都想不通，为什么在那样的生长环境里，会有月滴这般单纯美好如公主一般的女孩儿存在。

每天黄昏，洪申很准时地出现在美院的女生宿舍楼下，偶尔脸上青一块紫一块的，总是让月滴担心得要命。

"出来混哪有不受点伤的。"

洪申笑得那样自信，他摸摸月滴的长发，他想这一辈子都和月滴在一起。

他牵着月滴的手走在流光闪烁的街头，他给月滴买各式各样漂亮的衣服首饰，买月滴最喜欢的"LEE"牌牛仔裤，买新款的耐克运动鞋，买最好的画具。

"哥，这件好不好看……哥，你说这手链怎么样，配什么衣服合适……哥，这条裙子太贵了，等打折了再买吧……"

"月滴穿什么都好看……买吧，喜欢就买下吧，我们还有钱呢……"

他们依偎着一起逛超市，计划一个星期该吃什么好，月滴做的饭，洪申觉得是天下最好吃的无与伦比的珍馐。

"哥，你要多吃水果和蔬菜，不然要长痘痘的……你不要烧鱼啦！你总把鱼烧糊……"

"我爱吃牛肉，我知道月滴喜欢吃鱼肉，要是世界上有种动物上半身是牛肉，下半身是鱼肉就好了，哈哈……"

回家后，洪申偶尔也会做饭，做各种各样、稀奇古怪的食物，逗得月滴又好气又好笑，月滴在房门外的水池里洗他们俩的衣服，洗洪申的袜子、内裤，邻居私下说，他们就像小两口子，与世无争地过着日子，月滴听到了，就低头害羞地笑。

搞定一切后，他们会出去散步或去网吧上网，有时也在家里看看电视，月滴完成漫画作业时，洪申也会试着写写歌词，有钱的时候会叫上大家去吃顿好的，没钱了，他们也会愁眉苦脸地一起吃一碗泡面，他们再没钱也只喝可乐，拒绝白水，洪申不在家里抽烟，因为他怕烟味呛着月滴，他心疼她，那是相依为命的真切体验。

但他也在想这样的幸福会有多长，也许哪一天他被人砍死在街头，也许哪一天他被警察抓了去坐牢，月滴该怎么办？他想着，他惊慌失措，有时会忍不住落泪，毕竟他还未满十八岁，他不敢想象失去眼下的一切他会怎样。

自从洪申开始帮康狼运货，他常常做噩梦，一觉惊醒，开始后怕，开始后悔，但看到钱包，看到这个家，看到身旁睡得甜甜的月滴，也只能叹息，然后咬紧牙关。

65

来到这所重点中学已经半个学期了，我每天都过着千篇一律的生活，没有一点激情，没有一点动力。

七点起床，昏昏欲睡地走进教室，迷迷糊糊地混过前两节课，一觉睡到中午吃饭，吃完饭待在寝室看小说，下午第一节课胡乱写些想写的东西，在笔记本上涂涂画画，后面两节课又睡，晚饭时间打篮球，然后到教室抄作业，或和同学扯淡几句，看着黑板发呆，想想以前在观音路的时候，同一时间在做着什么。

阿函在隔壁班，碰到两次都是点点头，感觉怪怪的，很想和她说说话但总觉得别扭，她也许也这么想，总是有意无意地避开我，集体聚会时，我们站得很近，她也不看我，像不认识一样，这种感觉让我十分尴尬，让我孤独，有时还有些许愤怒。

一直到学校组织的排球比赛这种尴尬才算结束，后来我问起她为什么那时候要避开我，她总是看着我，然后低下头，一副欲言又止的姿态。

学校为了响应市教委的号召，促进课外活动丰富性的发展，开展了班与班之间的排球比赛。一下子学校炸开了锅，篮球也不打了，足球也不踢了，步也别散了，恋爱也别谈了，全校师生练习排球。

很不幸，我们班首场对战的就是实力强劲的，阿函所在的三班。更不幸的是，我们班只有十多个男生，看似比较运动的我被选作了首发队员为班级增光添彩，于是每天百无聊赖地练习发球、接球、传球、拦网和扣杀。

终于挨到了比赛那天，小小的排球场被同学们围得水泄不通，不想做作业的同学都以要为班集体加油而赶到操场呐喊助威。

当我走到场子中央时，还真感觉像那么回事，欢呼声震耳欲聋，对方同学虎视眈眈，对冠军是如饥似渴，而我和刘立仿佛只是对能不做作业备感庆幸，所以显得比较轻松。

也不知道那天刘立吃错了什么药，对方一位小妹妹有气无力地将球刚一发过网，他小子跳起来就是一记大力扣杀，我被他这种对弱者无情地痛下杀手的精神所带动，越战越勇，越打越顺，成功拿下第一局。

但意外就出在第二局开始，情绪高昂的我本想来个鱼跃救球，哪知道前脚在地上一滑扭倒在地，着地动作完成的难度系数过高，脚被扭伤了。

在我疼得龇牙咧嘴的同时，同学们七手八脚地把我抬起来往医务室冲，人群中，我看到熟悉的身影，倔强的眼神中是担心与紧张，我笑了。

晚自习课间，我坐在教室里听歌，脚上缠着绷带，穿着拖鞋。

"舒佳贤，有美女找你。"

在一阵起哄声中我跛着脚走到门口，不知道阿函什么时候跑去换了条裙子，头发也长长了好多，挺淑女的。

"看什么看！"但她说话一点都不淑女。

"啊……看你今天不大一样啊。"我笑笑。

"怎么不一样？"

"穿裙子啊，有点……"

"有点什么？"

"有点神奇，嘿嘿。"

"你找死！"她一脚踹在我小腿上，"很疼吧？哼，以后别惹我！"

"知道知道，遵命。"我扶着墙壁站稳，这时罗天走过我旁边，在阿函身后对我做个鬼脸。

"你好些没有？"她看着我缠着绷带的脚。

"还行。"我也看看，顺便仔细看看她的裙子，淡蓝色暗花很漂亮。

"你没吃晚饭吧，喏，烤鸡腿堡和香辣鸡翅。"

"哇，你这么好啊，谢谢！"我忽然觉得摔断腿也值得，真是因祸得福，"你怎么出的校门啊？学校不是管得很严，不许出校门吗？"

"我走读，你忘了我一个人住啦？保姆星期五来一次给我洗衣服。"

"哦……"我拿出汉堡咬了一口。

"别打什么歪主意。"她把头伸过来，狠狠地瞪我一眼。

"哈哈，我脚受伤了，需要回家，但家又太远，所以……"

"哼，你就只会想这些！"她用食指戳我的额头，"要去我那里得先经过批准。"

"罗天，我今天要回家，你帮我给生活老师说一声。"

"那秦老师知道吗？"

"没问题，待会儿去找他说，嘿嘿。"

"哈，我知道了。"罗天露出已意会的神情，走进了教室。

66

秋天来了，天气凉了，学校林荫道旁的银杏黄了叶子，在那一排黄桷树中显得特别显眼。

185

我和阿函又黏在一起，一起吃饭，一起散步，晚自习后一起跑步，下课后一起聊天。阿函喜欢给我听一些非流行音乐，摇滚、爵士还有民谣，都有，国内的地下摇滚乐队也会听。她还非常喜欢朴树，她觉得朴树的嗓音就跟他的脸蛋一样，充满了穿透力，我一直觉得那首《活着》的确不错，越听越亲切，闪过自己老了以后的样子，我开始晚上常常待在她那里，一起看小说听歌，闲聊亲热。

我们谈天说地，聊音乐也聊最近看的书和电影，我坐在沙发上抽烟，想一些稀奇古怪的故事情节，完了把烟头掷向窗外的马路，吃学校外面的烧烤和小面，用记号笔在我们的合照上写下"过日子"。她看我写的歌词，然后数落我一翻，我们乐此不疲地互相开着玩笑，在凌晨五点钟时我爬起来喝水，拭去她眼角的一粒乳白色眼屎。

买很多的打口CD，足足一箱子，一段时间我们收集电影海报，把头埋进电影院吧台的柜子里，找出我们心仪的，然后得意地笑个不停。她喜欢喝"统一"冰绿茶，只喜欢喝这种饮料，她身体还是冰凉，夏天抱着她很舒服，我喜欢和她抱着，她的手指纤细修长，轻轻地搂着我的肩。

有时候我也不得不住在寝室里，不然会被生活老师发现，我们就毫无时间概念地打电话，幸好那个时候有小灵通，电话费是包月的，不然几个通宵的电话就是一个月的饭钱了。但小灵通的信号实在是太差，不得不在床上翻来覆去地寻找信号，甚至还得穿着裤衩站到阳台上去打，哪怕每日都见着，也会很思念她，上课时不时以上洗手间为名跑到隔壁班看她一眼，听不进去课，满脑子都是为她写诗的念头，沉浸在这种感觉之中，感觉简单而快乐，我们不探究爱的问题，我们只是生活在一起，像一个整体……

半期考试还是着实让我紧张了一阵，临阵磨枪似的熬夜看书，看到两眼发直也不知道在讲些什么，惶惶进考场，连蒙带猜地考完了八科，感觉就是像虚脱了一般，终于熬到周末，我决定回观音路找洪申他们玩。

阿函因为这事儿还和我生了很久的气，说我有时间不陪她，她独在异乡为异客有多可怜，幸亏有朋友找她周末去逛街，才给了我一个之后将功补过的机会。

放学后，被关了一周的同学们跟打了鸡血似的向校门口涌去，又是一个小型车展，本来就不宽的马路再次被堵死，喇叭声此起彼伏。

我背着包走着，忽然在门口撞上了在军训时与我发生争执的胖子和眼镜，身旁还站着四五个穿得不伦不类的小混混。

"就是这个崽儿，跳得很。"眼镜发现了我，他对身旁的小混混说，我嗅到了危险，看他们人多势众，哑巴不吃眼前亏，先走再说，于是当作没看见快步走过去。

"崽儿，站到。"我听见身后有人喊，我没理，继续往前走，突然有人抓住我肩膀。

"老子喊你没听到啊？"其中一个个头挺高的小混混追了上来，我一看脑袋发麻，我赶着吃晚饭呢，难道要开打？

"哪个是崽儿？"我四下看看，看来是躲不过去了，只好把手插进口袋里，挺起胸膛。

"不要这么拽，很容易受伤。"眼镜走了过来，后面的小流氓跟着一阵哄笑。

"你们要干吗？"我把包丢到地上。

"别紧张，找你聊下天，来嘛。"大个子混混在后面边说边把我往人少的地方推，我想想也没其他办法，无非就是开打，只好跟着他们走进一条小巷。

"莫要这么拽。"

刚一进小巷我就感觉到后背一麻，转身腹部又挨了一拳，疼得我退了好几步。

"妈的，惹我，你现在跳嗦！"眼镜一脚又踢在我的小腹上，我来不及躲闪，紧接着一群人一拥而上，一阵雨点般的拳打脚踢。

"行了行了，别打死了，走吧。"这是眼镜的声音，我试着用力，还能用上，庆幸在观音路锻炼出不错的抗击打能力，虽然头都快炸了，但是还是努力让自己冷静，心里却想着，妈的，你们敢偷袭我！一肚子火气把所有的力量都憋了出来，我咬牙爬起来，乘其不备，抄起地上的半块砖头，

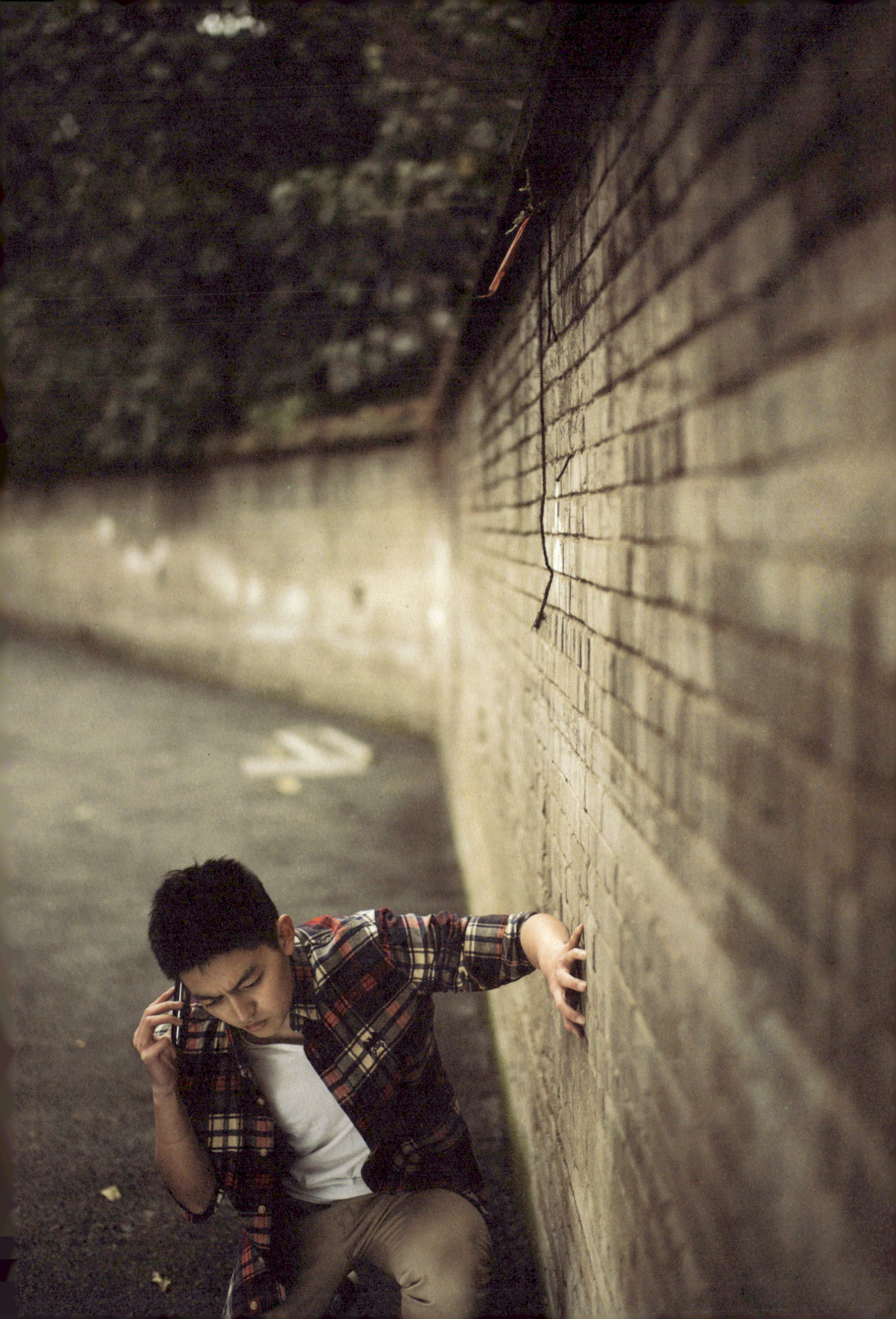

一板砖敲在回头来看我是死是活的大个子脸上。

"哎哟！"一声惨叫之后，那家伙赶紧捂住鼻子，鲜血从他的指缝流出来，滴在地上。

"叫什么叫，我刚才可是连个屁都没放！"

因为嘴被打肿了，说狠话也说得含糊不清，一个踉跄又差点摔了下去，那群人看傻眼了，都忘记了上来补拳，我借机操起手上的砖头，向眼镜扔了过去，因为眼睛也被打肿，弧线有所偏差，想砸他脸却砸在了他的腿上。

旁边看傻眼的小混混这才缓过神来，赶快冲上来补拳，几拳又把我放地上了，但因为大个子一直处于哀号状态，他们甩了几句狠话就离开了。

我想站起来，但全身一动就是一阵剧疼，我想还是得休息一会儿才行，我掏出手机，幸好没坏，赶紧给洪申打了一个电话。

"喂，申子呀，看来今天只能喝稀饭了，哎，对，我被人给揍趴下了……什么？你放心，我还是有两下子，没给我们观音路的人丢脸……

67

当然，那天没能和洪申他们聚会，回家后还被老爸骂得狗血淋头，幸好给他夸口说自己打赢了，不然更惨。

小时候，有一次和一群高年级的踢球，结果被他们人多势众给欺负得鼻涕眼泪抹了一把，哭着跑回家扬言要找我哥哥把他们都给灭了，哪知道我爸说，要么就别打架，要打就得豁出命去打赢，自己打不赢就别喊什么人帮你逞能，那就是懦弱。虽然当时很不服气，但是后来越想越觉得这是很有道理的话，就再也没有忘记。

洪申说要不要叫一群人过来把他们灭了，我说这是小事，哪个学校都有，就不用演《古惑仔》了，说到《古惑仔》，洪申聊起了近况，说他最近帮康狼运货赚了些钱，但总觉得不踏实，提心吊胆的，他并不喜欢这样的生活。

"申子，千万别陷得太深，我看康狼已经把你当奉狼帮的人了，但你自己得想清楚了，得把路选好了。"

"我知道，但那也是没办法，我没有退路呀，只有硬着头皮上，退一万步说，我还是赚了那么多钱，我还是在靠自己的力量生活，就先走一步是一步吧。"

"申子，我真想你们，我什么都不能帮你们分担，哎……"我叹口气。

"兄弟，你放心，我洪申顶天立地的男子汉，哪要你帮！倒是你呀，你是我们兄弟几个唯一能靠读书读出来的，你得坚持住了，好好读书，建设新社会。"

"哈哈，有你洪申搞破坏，我建设得过来嘛？"

"哈哈，这也是……"

"记不记得我们第一次说话？"我忽然问洪申。

"怎么不记得，为晓嫒那丫头是不是？我们打了一阵，你突然说，暂停，说好这是单挑，有本事打完了你别找人来报复，哈哈，当时真笑死我了。"洪申在电话那头开心地笑着。

"还打不打？"我说。

"你说呢？臭小子。"

"不打啦！我打累了。"

"不是怕我打输了，找人砍死你吧，嘿嘿……"洪申在电话那头笑了。

"我们都没忘，就像昨天才发生一样，真是怀念呀。"

每次我们俩聊电话，都会想到过去，回忆总是美好，回忆里珍惜的人都在身边。

第二个星期回到学校，我刚一进寝室门就被室友们上下打量不停，像看外星人一般看我。

"你不是被打断了六根肋骨吗，怎么只有嘴角是紫的？"罗天在我身上摸来摸去,"我早就告诉过你,这些人你不要惹,你看,你在道上又没认识的人,万一他们把你杀了怎么办,人生保险买了没有,我二姨正在做一个保险产品,感觉特别适合你,要不要来一份?"

"喂,我说你狗嘴吐得出人牙么,什么六根肋骨?"我被他们弄得一头雾水。

"全校都知道了,听说那天你被眼镜他们带进了一条小巷,只听到里面噼里啪啦一阵乱响,紧接着几声哀号之后,他们大摇大摆走了出来,看见你躺在血泊中已经不省人事了。"

"屁!你这完全是瞎编乱造!"我还没来得及说话,刘立已经跳出来反驳罗天了,"我有个兄弟亲眼看到了那天的事,根本不是你说的这么回事,佳贤,你说是不是?"

"其实……"

"其实是这样的!"我不得不佩服刘立不仅一起出去吃饭的时候下筷子快,说话下嘴更快,"当时眼镜那群人把佳贤带进了小巷,佳贤那是临危不惧,大义凛然啦!只听得里面噼里啪啦一阵乱响紧接着几声哀号传出,那群孙子夹着尾巴被打得稀里哗啦地走了出来,是鼻血横飞呀!只看见佳贤铁铮铮地站在那里,脱去上衣,嘴里还叼着根烟,风萧萧兮易水寒,厉害呀,那阵势,那真是比电影还真呢!"

"什么叫比电影还真?"我更觉得莫名其妙了。

另一个室友走过来拍一下我肩膀:"有你的!请客吧!"

"我靠!"一听这话我顿时语塞,被揍了还要请客?

这时候手机响了,一看是阿函的号码。

"你打架了?"

"没有!"

"那就是被打了。"

"其实……"

"其实个头!马上来我这儿……我妈给我做了白切鸡,她下午刚走。快点来!"

"好，遵命。"我笑笑，背上书包向阿函那儿跑去，留下室友们异样的目光。

68

晚自习后，在操场和阿函闲逛，聊起一些在海南时的事情，我们正聊得开心，这时有个看似高年级的陌生同学把我们叫住。

"同学，你是舒佳贤吧？"那个人身材并不高大，但看起来很强壮，笑得比我还坏，一看就知道不是好人，而且总觉得在哪里见过。

"啊，是，我是。"我说。

"怎么是你？"他突然注意到阿函，一脸惊讶。

"我和你认识吗？"阿函看到他，突然脸色一变，但又立即恢复了。

"哦，是我认错了，对不起，我是找你……男朋友。"那人重新看着我，"我知道你和我弟弟有点误会，我想你们和解，大家都是一个学校的同学，抬头不见低头见是不是？"

"我不知道你说的是眼镜还是胖子，或者他们都是你弟弟？"

"小子，你才刚进W中吧，我希望你识趣一点，不要搞得自己水土不服。"

"谢谢学长关心，你看我女朋友就是W中原产的，说明我还是很适应这所学校的，而且我是特别进取的好学生，并不想和你们这些牛人扯上什么关系。"

"你很会说是不是？我告诉你，别给你脸你不要。"

"但是……但是传说W中所谓的牛人在老师面前都很孙子的，在学校根本不敢怎么样，是不是？"

"妈的，你要不要试试？"

193

"千万不要用武力威胁我……老子不是吓大的！"我突然把声音放大，那人一下蔫儿了，四下看看有没有聚积太多侧目。

"行，既然你这么不识趣，那我们就走着瞧。"那人再看了阿函一眼，一副欲言又止的表情，然后转身离开了。

我拉着阿函往校门走去。

"你为什么要和那些人作对呢？"走到学校门口时，阿函问我。

"威武不能屈嘛，哈哈。"我摸她头发。

"还是别和这些人硬碰硬，确实对你没什么好处的。"

"我知道，我是乖学生嘛，刚才那个人你认识？"

"那个男生？我……我不认识，反正，不是什么好人就是了。"阿函的眼神怪怪的。

"嗯，我想你是认识他的。"我自言自语地嘀咕。

"你别乱猜啦！不然我生气啦！"阿函狠狠踩我一脚，表情有些尴尬，我一眼就看出她在掩饰着什么。

"好，不乱猜了，你有没有做那套数学卷子，AB卷那套，我明天要交，借我抄一下嘛，嘿嘿……"

"好好好，给你抄。"阿函看我不再问了，才把噘起的嘴收回去。

那个人是谁？和阿函有什么关系？难道是阿函以前的男朋友？我不知道，我也让自己不要再去想这些伤脑筋的问题。

69

课桌上的书本蒙上薄薄的一层灰，这个教室的采光不好，还有些潮湿。

川三不停地画着，每次画眼睛的时候都觉得鼻子酸酸的，画技真的提高了，越画越像，思念不减反增。小安自言自语说累了，在那里百无聊赖地玩儿手指，时不时抬脚看看他买的新鞋，很满意地傻笑。而川三接着画，手画得脏了，想去洗洗，下课时过道上站满了同学，热络地聊着天。洗了手，有个认识的朋友散了根烟给川三，川三是为数很少敢站在过道里就抽烟的学生，也有很多人传言他是观音路的打架王，所以他们都很怕川三。

一个女孩走过去，回头瞥他一眼，那眼神善良，他想序也曾经这样看他，川三叹口气，在老师来的前一秒把烟头扔进水池里。

他想严序，无时无刻不在想，想他们在一起的日子，想在青明带走她后的日子，他劝自己死了这条心，也许严序想要的是他不能给予的，也许严序是对自己没有感觉了，没了感觉就该离开的，他又想他救了严序，严序之前跟他，也就是为了报答他，和他睡觉也是为了报答他，根本谈不上爱，也就谈不上背叛。

川三越想越释然，越想越悲伤。

今天刚好有一点货要运，康哥每人给了两千，洪申忙着去接月滴，所以就叫川三和小安去送。

送完货走出迪吧，因为音乐实在太吵，川三的耳朵里还在嗡嗡作响，他们穿过大都会，准备去公车站坐车回观音路。小安在旁边抱怨天气太冷，花钱太快，或者美女都把自己藏在羽绒服里看不到身材。

"去看看手机吧，反正时间还早。"

小安拉着川三来到商场手机柜台，各种新款手机看得小安口水直流，并不时地祈祷这阵子老妈能逢赌必胜，给自己买部新手机，川三却显得心不在焉，他安于自己的小灵通，反正电话少，管它好不好，多个摄像头也没什么用。

"你看这部好不好？"川三听到身后传来的声音好熟悉。

"嗯，外型很可爱。"熟悉得让川三的心提到了嗓子眼。

"真的喜欢这支吗？"连这对话也那么熟悉。

"是啊，真的好喜欢，好可爱。"川三的心被揪了一下，鼻子酸酸的。

"服务员，就这部，开票吧。"

川三想转过头，他仔细地在脑海中搜索、确认，那声音，那对话，听来那么真切，听来那么讽刺，是幻觉吗？他想转过头，他觉得脑子发热，他不知道自己是否应该转过头，下一个动作应该是什么？该是怎样的表情？自己在流泪吗？川三在一秒或者是无比漫长的时间内，仿佛鬻尽全身的力气准备做那一个动作。

"走了，川三，洪申打电话来催了，他们已经回家了。"不知道是否一切都是那么巧，在这时小安拽住了川三的胳膊，在这时也不知道两个柜台之间从哪里冒出那么多的行人阻隔川三的视线，在这时那个女孩转过了脸，烫过的黄色卷发下，那张脸还是像从前那般漂亮，那般让人怜爱，是严序！

川三看清了，川三想叫住她，却怎么也叫不出来，川三想追出去，他推开拉住他的小安，却一个踉跄撞在了路人身上。

"怎么走路的这小子⋯⋯"

他来不及理会路人的埋怨，当他再抬起头，严序的身影已消失在了他的视线中，他追了出去，却不知道自己已经与严序擦身而过，太平洋百货门外，川三颓然倒地。

"你疯了呀，跑什么跑？"小安追了出来，气喘吁吁。

"我⋯⋯我看到严序了！"川三低着头，瘫坐在冰冷的地上。

"我看我得带你去二院神经科，有病！"小安拿出烟塞进川三嘴里，"走吧，忘了她吧，就当那个娘们和青明都死啦！"

川三呆坐在那里，眼泪不禁滴了下来，太多的情绪在内心翻涌，他想严序一定过得很好吧，她幸福吗？

"我就不知道，你长这么帅，学校那么多女生喜欢你，也有比她漂亮的，就算没她漂亮也比她单纯吧，你呀你呀，你要我怎么说你呀！"

川三不说话，原来他以为自己在忘记严序，其实关于她的一切都烙刻在了心里，再也无法抹去。

70

"青明?真的吗?他怎么还敢来这边。"寄希坐在窗台上喝着汽水。

"有什么不会,别人来买东西,很正常,再说他去的是购物中心,又不是观音路。"

洪申吸口烟,他一口气在左耳上又打上了四个孔,穿上银制的环,看上去更酷了,他的眼球布满血丝,连续在KTV里待了两个通宵陪一些老大喝酒唱歌,自己快累得不行不说,还让月滴在家里担惊受怕。

"也是……反正只要他小子踏进观音路一步,你可是放过话要砍他的。"寄希说。

"我当然说话算话。"洪申狠狠说道。

"哎呀,你们紧张个什么嘛,川三到底看清楚了没有都还不知道呢。"小安说。

"一定没错,我绝对不会看错,虽然我没看到青明,但我看到了严序……"川三一个劲地抽烟,真怕他把烟屁股也一下吞了,"我和青明一起长大,对他的声音再熟悉不过了。"

"上次我们把他砍那么惨,他一定会来寻仇的。"小安最胆小,越想越怕,"不行,申哥,我要到你那里去住!"

"嗯……啊?不行不行!"洪申一听,顿时无语,他看到月滴的脸红得跟熟透的苹果似的,"你不能来,太不方便了。"

"有什么不方便的,大家都是男人。"小安那傻子找了一颗苹果咬了一口。

"月滴是女孩哈!"寄希抱住月滴。

"哦,对了,我都忘了,你们睡一起吗?"小安塞了一嘴的苹果,嘟哝着很平静地问洪申,只见洪申沉默片刻,一跃跳到小安身上。

"哎哟,救命啊!苹果!我的衣服!"大家幸灾乐祸地大笑,这时洪申的手机铃声响起。

"待会儿再收拾你。"洪申爬起来，拿起落在沙发上的手机。

"喂。"

"喂，洪申，我彭影。"

"哟，好几天没看到你了，干什么呢？"

"没干什么，陪陈萤上了几天学，我跟你说，我叔叫你明天晚上去君园饭店吃饭，说是联系了新客户。"

"哦，怎么叫你通知我？"

"哎，原因很简单，因为那是个大客户，南区龙禾会的周敬，也就是……龙哥，你知道的。"

"什么？"洪申一听这话，脸色骤然暗下来，心里七上八下。

"而且听叔叔的意思，是单运货方面的生意，康狼有意让你来做，都是栽培你，两边都决定用年轻人来干，和你合作的人，就是在那边人气正旺的小弟十六，就是青明。"

"什……什么……"洪申大吃一惊，他觉得脑子里嗡嗡作响，"我可不接这单生意，你帮我给你叔说我不接，影子你也清楚我们和青明的关系，怎么可能合作。"

"我当然清楚，我叔也知道一二，所以叫我来劝你；这是康狼大哥的意思，千万别因小失大。"

"……要我和这种狗杂种合作我洪申做不到。"

"我知道，也理解，但你刚在中区有些名气，如果你违逆康狼的意思，少了康狼的支持，别说在中区混不下去，观音路可能都容不下你。"

"你以为我他妈想混啊！"洪申情绪有些失控，喊了出来。

"你跟我吼有什么用！我们都是最挺你的人……无论怎么样，我也为难，话也只能说到这个份上，明晚你去不去你自己看着办……挂了。"

"影子！"

"嗯？"

"对不起。"

"哼，是兄弟就别说这些废话。"

洪申挂了电话，木讷地望着天花板，然后把头深深埋进双臂之间，他觉得好累，觉得自己都快要虚脱了。

"怎么了？"月滴坐到洪申身边，拍拍他的肩膀。

"寄希、川三，看来我要失信了。"他抬起头，双眼通红，川三仿佛突然明白了什么，站起身看向洪申。

"阿申，我明白，你做你该做的。"川三说完，拿了烟走了出去。

"青明？"寄希轻声问，洪申点点头，寄希叹口气，站了起来，"不吵你了，我们先回去，有事联系。"

"怎么哟？"小安蒙了，这里也只有他搞不明白发生了什么，将要发生什么。

"走啦！"寄希拉着小安走了出去。

大家都走了，月滴将头埋进洪申怀里，长发像瀑布一样垂在洪申的双膝，月滴的眼睛明亮而洁净，淡淡流露着忧虑："大家都很支持你，像爷爷说的，跟着你的心走，你要加油啊哥哥！"说完，月滴一瘪嘴，眼泪流了下来。

无论如何，无论如何都要让月滴幸福。

洪申这样想着，他紧紧地抱住月滴。

71

冬雨哗哗落下，七点刚过，天色已黑了下来，空气冰冷，多吸一口气，仿佛肺都结了冰，路上三三两两的行人匆匆赶路，这样的天气总是给人带来坏心情。

君园饭店的大厅金碧辉煌，洪申身着白衬衫、西裤，精心整理了头发，挺拔英俊，身后还站着烂葱和彭东的几个手下，都是西装革履。这时，两

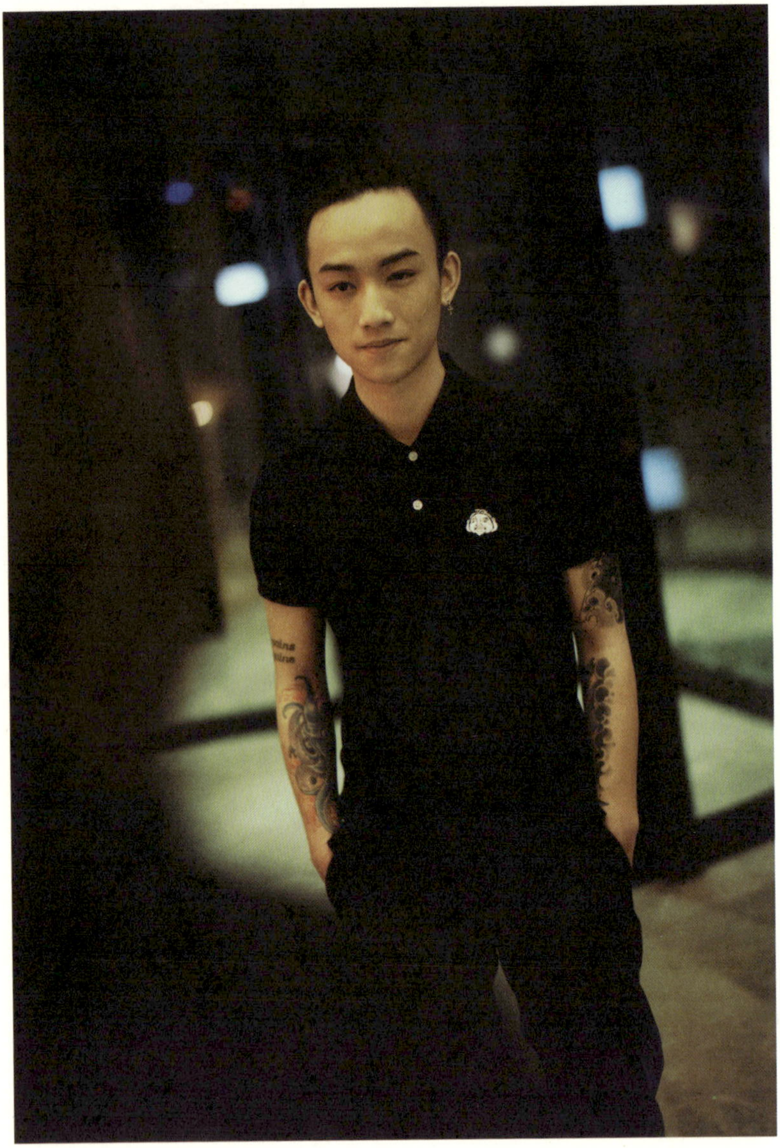

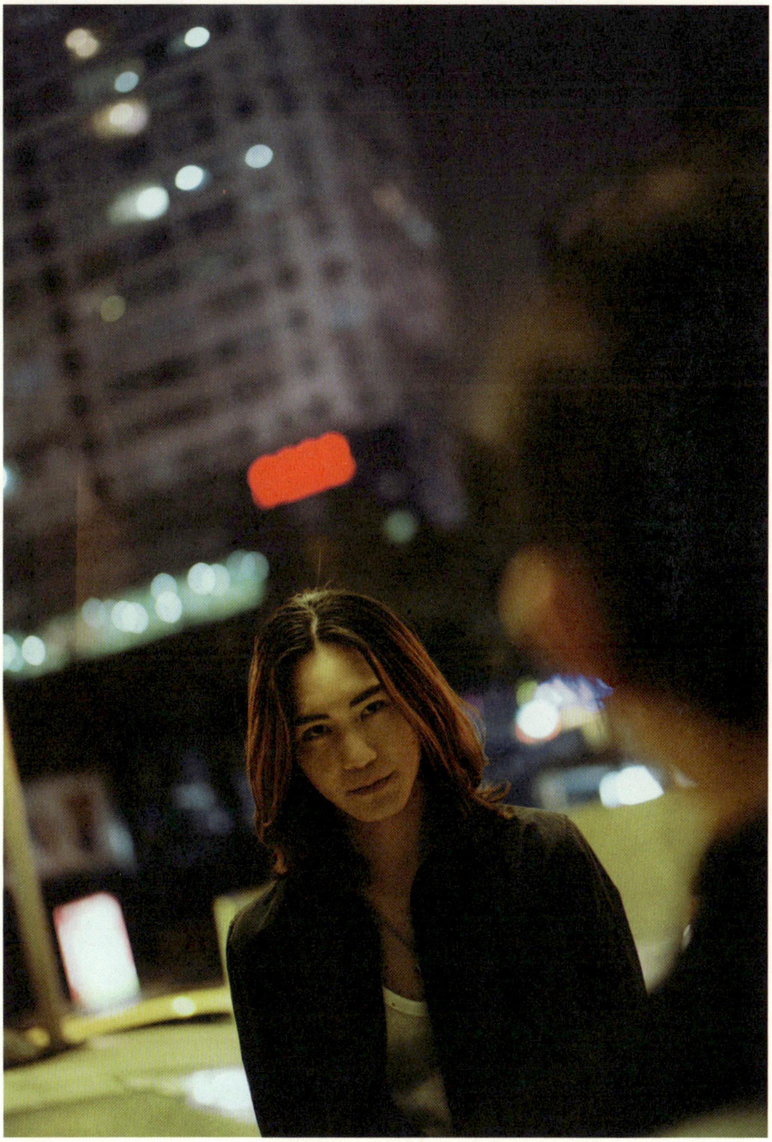

辆奥迪A6停在门口，两个年轻人举着黑色雨伞走出来，拉开右手的车门，雨下得更大了，淹没整个城市的喧嚣，桥城在今夜显得特别安静。

车门打开，从里面走出一位高高瘦瘦、面色阴沉的男子，他看起来还很年轻，最多也就二十八九岁，为他打伞的正是青明。

"那就是龙哥，南区人称龙少。"彭东的一个手下在洪申耳边轻声说，洪申立刻强撑一个笑容，迎了上去。

"龙哥，有失远迎！"洪申走上前就深深地鞠了一躬，身后的人也很整齐地鞠躬。

"哎呀，这雨真大，康狼大哥到了吗？"龙哥根本没看洪申，径直向前走去。

"到了，康狼大哥和东哥在楼上包房久候龙少了。"洪申满脸假笑，心中五味杂陈。

"好吧，我们上去。"周敬径直向电梯走去，没正眼看过洪申。

"申哥，好久不见？"洪申一偏头，一张再熟悉不过的刀疤脸占据视线，青明的光头更是格外耀眼，"哎呀，你看你一点都没变，还是张英俊的苦瓜脸，我可是……变很多了哟，哈哈哈哈。"青明笑得一脸放肆。

"是啊，你这个光头造型的确很酷。"洪申冷笑，其实他很紧张，他完全不知道下一秒他还能不能忍住自己的拳头。

周敬听到身后的动静又倒了回来，他上下打量洪申，接着伸出手，"你是洪申？果然英雄出少年，很帅！"

"多谢龙哥夸奖。"

"你们俩认识对吧？以后好好合作，出来混嘛，就靠个交情。"周敬说完，走进电梯。

饭桌上康狼和彭东一再夸周敬厉害，年纪轻轻就有一番作为，在南区开疆扩土，声震桥城，两位大哥一个劲儿地恭维周敬，让洪申一肚子气越憋越难受。

"当年家父出事，我也听过很多谣言……啊，都是过了这么久的事了，康狼大哥在多年后帮我手刃仇家，小侄感激不尽……以后我们两大阵营强强联合，做活中区和南区的生意，有钱大家一起赚嘛。"

"嗯，我们老了，身体精神都大不如前，一天呀，就想着早点退休，过几天安稳日子。"彭东喝了一口红酒，"以后还不是你们年轻人的天下，比如洪申这小子，小小的，刚出来闯社会，年纪轻没经验，但干起事儿来很有点我年轻时的狠劲儿！哈哈，以后两岸运货这一块儿，我们奉狼的意思，放手让年轻人干，再说嘛，也方便得多。"

"东哥说得对，我也是相同的意思，这是我才收的小弟，过来那天被扇了十六个巴掌，一声没吭，所以大家都管他叫十六，有点儿头脑，还敢打敢拼，据说和洪申也认识，以后这小子负责对接的事情，年轻人，好沟通，也需要机会，让他们练练手也是好的。"

"你们两个小子傻坐着干什么，还不谢两位大哥！"

"谢谢大哥栽培！"

举起酒杯的一刹那，洪申与青明对视，青明的笑容让洪申恶心，喝下这杯酒，恩怨情仇又续上了弦儿。

72

天气越来越冷，雨下个没完没了，上课睡觉也觉得很不舒服，心情烦躁，做什么事情都提不起劲儿，只能胡思乱想，圣诞节快到了，不得不开始思考该给阿函买什么礼物。

罗天还是如饥似渴地做着数学，刘立好像找班上的女同学谈恋爱被拒绝了，一天都很郁闷的样子。我有时候也会想该认真读读书，好对得起父母的血汗钱，但读书不比得下苦力，不是肯干就行，有时候你花光了一身的力气，往往结果让你吐血。

"一切都是借口，没有想做而做不到的事。"罗天说。

我一下拉开窗帘，对面正是千万男生同胞心驰神往的女生宿舍。

"想做吗？"我一脸淫邪而轻蔑。

"这是两码子事。"罗天吞了一口唾沫。

日子过得飞快，转眼间气温已在几度上下徘徊，除了早上起床简直生不如死之外，由于宿舍只在晚上提供热水，打完球没办法冲热水澡实在痛苦，几个不怕死的哭爹喊娘的洗了两次冷水，就回家养病去了。我还好，可以时不时地溜回阿函那里洗，在那一刻，那种幸福感就像腾着雾气的热水般温暖。我也算是一个知恩图报的人，在这种时候就来了灵感，想到要给阿函买礼物了。

那是一个星期四的中午，我照例打球打得一身臭汗，决定去阿函那里洗个澡，背上包边打她的小灵通边往她租的房子走去，结果她的小灵通暂时无法接通，于是我换作打她的手机，阿函为了晚上能和我发短信且便宜专门又去买了一部手机。

一打才知道她已经关机了，这种情况从未在我和她交往后出现过，多少让我有点着急，现在是休息时间她没理由不开机的。

也许，对，可能是她在充电吧，又在睡觉，所以才忘了开机，我这样想着，已经走到了她的房间门口。

"阿函！"我敲门，但半天里面却没回应。

这时，我听到她的卧室门拉开的声响，然后是一阵骚动，还有拖鞋被踢飞到门边的声音，我顿时紧张起来，该不会是有小偷吧，我想我是不是应该破门而入，或者立刻报警。

正当我思考对策的时候，突然门打开了一条缝，阿函探出脑袋，她的头发湿漉漉地搭在额前，穿着一件薄睡衣，黑色胸罩还若隐若现，下身穿着牛仔裤没系扣子。

"你吓死我啊？"我还没开口，她不耐烦地说，"你来干什么？"

"我？我打了球，来洗澡。"我被她的问话弄蒙了，她的言语和举动古怪姑且不说，就那眼神，像是受了惊的小猫般警觉又恐慌，我看出她刻意掩饰的慌张。

"这么冷的天你穿这么性感？演戏呢？"

"呵呵，"她笑，"没，刚洗了澡……停气了，所以没热水，我正痛苦呢！"阿函苦笑说。

"哦，那让我进来换件衣服。"我往里钻，东张西望地往里探，我看到了门边有一只篮球鞋，那不是我的，更不是阿函的。

"我好想吃可爱多！你下去帮我买！"她一把抵住我，她的眼神还是那么倔强，但满是慌张，我意识到发生了什么，我的心凉了一半。我知道我不会一声"贱货"之后紧跟着一巴掌，这不符合我的性格，我本应以凶狠地冷笑、辛辣地讽刺来拆穿她的，然后潇洒地离开把她抛在脑后，这才符合我的性格……但我没有，有一点吃惊，一点愤怒，更多的是悲哀和茫然。

"好，我下去买。"说完我扭头就走，我想我们都该给彼此留够面子，我的眼神充满失望，如果她在那一刻看到的话。

我踽踽地走到楼下，天还是灰蒙蒙的，什么样的天气就该有什么样的心情，我掏出烟点上，我并没有去买可爱多。

"他妈的可爱多，这么冷的天吃雪糕，不怕牙疼。"我愤愤地自言自语着。

两支烟的时间，阿函下楼来了，她穿着牛仔背带裤，一件粉色的长袖衫，外面套一件白色的厚外套，我掏出第三支烟点上，看她走近我了，我兀自向前走，她也不追上我，安静地走在我后面，我想我讨厌她这时候的坚持，我想她把我激怒了。

我转过身，看着她。

"久等了，不好意思。"她说，口气淡漠。

"没去给你买可爱多，不好意思。"我满腔委屈与愤怒，口气十分生硬。

"哦，没关系，你看，快上课了，你去上课吧。"

"你……！"我恨得咬牙，却不知如何开口。

"你不走，我先走了。"她姿态自然。

"你给我站住，你以为我不知道你刚才在家里干什么吗！"我咆哮，却觉得丝毫没有杀伤力，我想这也是咆哮的原因，恋爱让人笨拙，让人懦弱。

"我干什么了？你倒是说说。"她不咸不淡的一句话，让她倒显得聪明。

"你……你没干什么干吗不让我进去？"

"我不是告诉你停气了，我又想吃可爱多吗？走吧，我都饿了。"她放缓了语气，挤出一个笑容，她想缓和气氛，也许她不想事态更严重。

"爬！你干了什么你自己清楚，你……"而每个男生在那时都以为是女孩子在乞求妥协和原谅，或者面子作祟。

"我什么？你把话说完。"这个时候聪明的女孩就会再给你一个两难的抉择。

"你她妈一个字，贱！"而恰恰我这种笨人就会把诸如此类的话脱口而出。

阿函扭头就走，我觉得全身灌了铅一般沉重立在原地。

我丢了姿态，违反游戏规则，像每一个平凡的中学生一般懵懂地坠入爱河，这一刻，我突然想起了川三，想起他满脸是伤害心心念着严序，我傻了，也懂了，我想我爱上了李函。

73

"你怎么不买燕京呢。"罗天拉开拉环喝了一大口，还一边盼咐刘立关灯，"别让生活老师看到了，免得他来敲诈我们。"

今天星期四，明天下午回家，本来每周四晚上我都应该到阿函那里去住的，每周四都这样，由罗天和刘立为我掩护，先回到宿舍去生活老师那里打一头，给他留下我已经回宿舍了的印象，然后收拾一下，在熄灯前大摇大摆地走出寝室。

但今天我只能留在寝室里，窝在一堆脏衣服和有点潮的铺盖卷里，吮着啤酒，面对黑暗中闹作一团的寝室。

气也消了，就开始后悔，开始等待，我把手机窝在手上，满心期待阿函能打电话或者发短信来，我等着，喝了两罐啤酒，等到寝室都安静了下来，等到刘立的鼾声响起，等到直想流泪，心里酸酸的，说不出的难受，我想我怎么了这是，怎么会有这种感觉呢？

"佳贤，你还没睡呢？"罗天在下铺问。

"啊，没呢，你怎么还没睡？"

"我怕你的烟头把被子点燃了，我们挂掉。"

"哈哈，冷笑话不好笑。"

"嘿嘿。"我们俩干笑两声，我知道他是怕我一个人难过。

"你……和那丫头吵架了？"半分钟的沉默后，他问。

"嗯……我之前也交过女朋友，但还是第一次有这种感觉……你要烟吗？"我点了一根，才发现这是最后一根了，我把烟盒揉成一个团儿向垃圾桶的方向扔去，垃圾桶早就满了，我听见纸团儿弹出的声响。

"你以前交的女朋友你最多是喜欢，你这次八成是真的爱上那丫头了，爱，懂吗？牵肠挂肚的，你爱一个人，二十四小时里有二十三小时五十九分在不爽，但只要有哪一分钟你心里爽了，就抵过了所有不爽的时间，那叫幸福，小子，懂吗？"

"呵呵，听起来你像个高手。"

"那谁说的，不谈恋爱的人都是恋爱高手，我嘛，世外高人一枚。"他爬到上铺来和我并排坐着，"你告诉我，你现在有没有这感觉？"

我想起第一次和阿函见面的情景，在那家小卖部，她跌进我怀抱，牛仔裤、白色短袖，凌乱的发，倔强的眼神，还有那一次相遇，一夜的疯狂，她拉小提琴时我抱住她……我们混在一起时，不知疲倦，我想很多细节我忘了，留下的都是那时的感觉，或惊喜或快乐，或无奈或遗憾，想起我们不说话看着对方时的感觉,是不是我真的错怪她了,但明明……我想着手机里存满的短信,想着上课时脑海中浮现她的笑容,想着我们一起讨论周末大吃一顿时的兴奋,鼻子酸酸的,我想笑,我靠,我不会要哭了吧,结果眼泪滑到颈窝里。

"爱就是付出,爱一个人就是死心塌地,老想着她能给你什么,那不是爱……自己想,高人我得睡觉了,明天头两堂课是数学,几何,我来啦,晚安。"

最后一支烟微弱的光亮被我掐灭,我在想我下一个动作该是什么,但我还没来得及考虑清楚就拨通了阿函的小灵通号码。

"你拨打的用户暂时无法接通,请稍后再拨……"

爱一个人,二十四小时里有二十三小时五十九分在不爽,但只要有哪一分钟你心里爽了,就抵过了所有不爽的时间,那就叫幸福。我想我很幸福,我想也许只是需要更多的时间。

74

第二天做操时碰见阿函,她又开始装作不认识我,本想开句玩笑但始终放不下面子,发了几条道歉的短信她都没回,我同桌是个女生,沉迷于购物,信奉物质是解决一切问题的关键。她很中肯地告诉我,世界上没有摆不平的事情,只有不合适的价,女孩子都喜欢大方的男孩儿。

虽然我听的时候一脸不以为然,但中午我还是溜出学校买礼物了,口袋里还剩两百多块钱,就按剩的这点钱给阿函买了一个大狗熊公仔,我中饭也没吃,抱着公仔站在她家门口等着她回来,一摸裤兜才想起身上没烟了,只有站着干等,来来往往的大叔大婶无不侧目,很不幸的是还碰见一个认识的年轻老师。

"哟，你怎么在这儿，送给谁呢这么大只狗熊，不是女朋友吧？"他笑得一脸奸诈，不修边幅的样子怎么看怎么亵渎人民教师的形象。

"啊？没，同学过生日，同学过生日而已，哈哈。"我尴尬地笑笑，还蠢蠢地给他行个礼。

没有烟就觉得等的时间被延长了好多，本想打个电话，但又害怕达不到让她惊喜和感动的效果，二怕一开口没两句就给障碍了，或者吵起来更糟糕，所以打消了这念头，我怕把大狗熊的脚弄脏了，只好一直抱着，不一会儿就站得腰酸背疼的，换了几个姿势，不知怎么就坐地上了，大狗熊挡在面前遮住了光亮，午饭时间已经过了，楼道中行人少了起来，也没了锅铲锅盖哐啷作响，周围安静下来，也许是昨晚没睡好，我迷迷糊糊就睡着了。

我不知道自己睡了多久，有一个世纪的感觉，忽然一滴冰冰凉凉的液体滴在我鼻子上，我睁开眼睛，是阿函，她怎么哭了，我给她抹掉眼泪。

"我睡多久了？"问这句话时觉得自己像刚刚下手术台的高危病人，"喏，给你买的玩具熊，对不起。"阿函穿着一件白色毛绒领的带风帽外套，戴着一顶白底黑色花纹的短嘴鸭舌帽，几缕头发顺着脸颊垂下来，这一刻，我觉得她真是漂亮。

"你……你傻不傻呀？"泪花又从她的眼皮下钻出来，她瘪瘪嘴，虽然眼神没有要服输的意思。

"阿函，我爱你，真的。"我把大狗熊扔到一旁，紧紧地抱住她，我想这就是那一分钟的幸福，我闭上眼睛，狠狠记住那幸福的感觉。

我变换无数pose只为不弄脏的狗熊仔，还是安静地躺到了满是灰尘的水泥地板上，还有那沉睡一个世纪的等待，也只是最多不过五分钟的白日大梦而已。

75

　　一个学期快要过去，月滴努力地画画也有了成果。她的第一幅原创大作，也终于在老师的指导下完成了。

　　"哥，我给你看样东西！"月滴拉着洪申走到床边，画板被一块旧旧的桌布遮住。

　　"你画的呀？"洪申搂住月滴的肩膀。

　　"对啊，那你猜我画的什么？"月滴从未像今天这样兴奋。

　　"是风景还是人物？"

　　"人物！"月滴撒娇似的拉着洪申的大手，笑得一脸灿烂。

　　"嗯……不会是画的哈里波特吧？"

　　"啊，什么跟什么哟！"月滴撒娇着踩一下洪申的脚。

　　"那是什么呢？嗯……哈哈，我知道了！"

　　"快说！"

　　"猴子！"洪申学着动画片《德克斯特的实验室》中猴子超人的动作，高举右手，一双眼睛在灯光下闪闪发光，像孩童般的眼神单纯而善良。

　　"你真讨厌！不让你猜了！"月滴走过去，一把掀开旧桌布，洪申的表情在那一刻凝固了，他眼神中的惊讶仿佛溢了出来，他呆呆地站在那里，无法动弹了。

　　是一幅水彩画，画中是一张少年英俊的轮廓分明的脸，长发飞扬，左耳连成一串的银色耳环闪闪发光，那双眼睛坚定而忧郁，画得十分传神，身后的背景，是鲜红得惨烈的夕阳余晖。

　　洪申看到了自己，他看到的是月滴眼中和笔下自己的模样。

　　"哥哥，我画得怎么样，像不像啊？"月滴偏头望着看傻眼了的洪申。

　　洪申激动得不知该说什么，只是摆摆头又点点头。

　　"你这丫头才学多久啊？画这么好了。"良久，洪申抱住月滴，他低头吻月滴的眼睛，满是温柔。

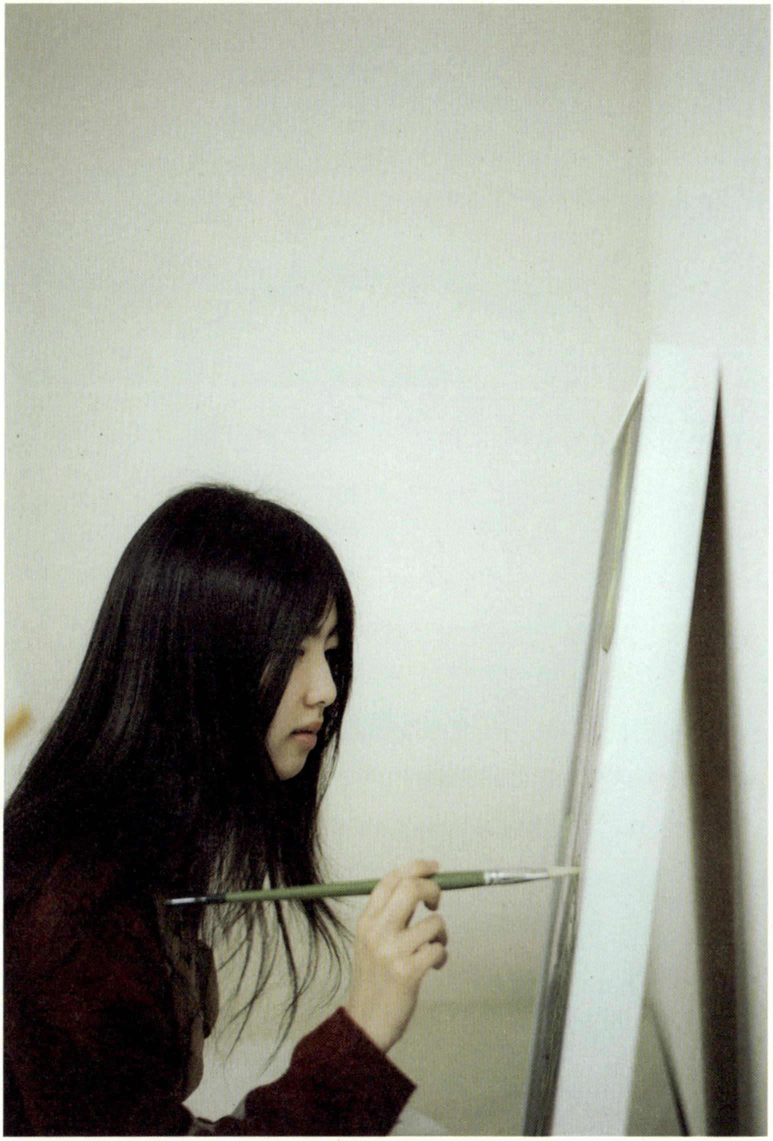

"嘿嘿，这是我第一幅成品呢，哥哥都说好了，那我这么几个月也算没白学。"

"嗯，今天哥哥必须得好好奖励你，请你吃好吃的去，走！"

"哥，我还给这画取了个名字呢！"月滴边穿鞋子边说。

"叫什么？"洪申又回头看那幅画。

"叫《理由》。"月滴穿好鞋子，跳到洪申宽阔的背上。

如何去诠释相依为命呢，我就想起了月滴为洪申画的那幅叫《理由》的画，相依为命嘛，就是把深爱的对方视为活下去的理由。

76

真正到了十二月，反而感觉没有那么冷了，圣诞节就快到了，中区的商圈里处处张灯结彩，老外的节日，中国人比谁过起来都来劲儿，其实无非也是找个由头，朋友们能聚在一起，放松一下，忘却平日的烦恼与压力。

最近，洪申他们忙得不可开交，节日的到来，意味着大大小小正规不正规的场子都需要足够的货，而节日的到来，也意味着严打的开展在即。洪申和川三几个兄弟常常坐在一起讨论运货的路线，运货时的穿着打扮，遇到突发情况的应急方案。小安和川三因为帮洪申这档子事，耽误了不少课程，学校打了好几个电话到家里，都被他们俩自己接了，教导处的老师还信以为真，自己的电话打到了万豪酒店的总服务台和源源网吧。

洪申打理场子上的事务也渐渐显得得心应手，认识了形形色色的人，也拉拢了许多有点小钱或者有点小权的熟客，当然还有那些贵妇、老板包的二奶，更是洪申那里的常客，洪申帅气的外形、内敛的个性，让那些女人们恨不得天天住在洪申看的场子里。

最先，洪申总是很不好意思，不会和那些人应酬，只知道傻乎乎地灌酒，后来慢慢熟悉了，也能和各种客人闲扯寒暄，时不时主动向熟客敬酒，恭维几句好听的。

没有人一开始就能罩得住一个场子，那些兄弟不会认一个软角色当大哥，不管名声多么响亮，不管背后撑腰的人是谁，出来混就得拿实力说话，洪申明白这个道理，所以他事事求个尽善尽美。

"申哥，那边有人闹事。"

洪申走过去，看见两个醉汉在那里胡乱叫骂，还推搡服务生，周围的客人都纷纷侧目来看。

"两位有什么问题吗？"

"哼，他妈的，你们这酒有问题。"

"请问你们觉得这酒有什么问题？"洪申沉住气，尽量面带笑容，身后的几个兄弟都冷冷看着这新来的小子会怎么处理。

"问题，他妈的你们这酒要钱就是问题，老子出来喝酒从来不要钱，老子要喝不要钱的酒。"

"你认为哪瓶酒不要钱？"洪申指指桌上的几瓶啤酒。

"他妈的！都不要钱。"

那醉汉话刚说出口，洪申抄起一个瓶子就往那人头上砸了过去，醉汉吭都来不及吭一声，洪申第二个瓶子又追了上去，鲜血从那人头上冒了出来。

"这两瓶不要钱了，你看还有哪瓶不要钱？"

"要！要！都要钱！哎哟……"醉汉哭喊着往外爬。

"小四，带这位先生到前台去结账，那两瓶我请了。"洪申站起来整整衣服，对周边围观的客人客气恭敬地说，"各位，实在是不好意思，搅了大家的兴致，今天全场啤酒九折，算是我洪申给大家赔罪，请多见谅，大家接着玩。"

洪申身后的几个兄弟都用佩服的眼光看着他，从此以后再也没有人不服这个中区最年少的看场大哥。

213

洪申也成了块活招牌，几间迪吧和酒吧的生意都做得越来越红火。

77

W中在圣诞前两个星期就开始沸腾了，校外的礼品店、文具店还有小摊小贩早早就摆出各式各样的贺卡、装饰品、喷雪还有彩带之类的东西，校园里也充满了节日气氛，大家都兴致高涨，同学们都积极排练元旦晚会的节目，消极应付期末复习，购买要送给心上人的节日礼物，开始商量平安夜该在哪里狂欢，该和谁一起聆听钟声。

也许学校里最不快乐的人都会展开笑颜，最一丝不苟学习的乖学生也会用数学书作垫，写几张漂亮的贺卡，楼道间是追逐的初中生，没雪仗可打，但可以用喷雪取而代之，看到大家对学习有些心不在焉，正想骂几句的教导主任忽然收到往届学生纷纷寄来的圣诞卡片，也自顾自开心起来，懒得过多责备学生了。

我挺喜欢这种节日将至的气氛，每天不用慌张学习，可以多出很多时间陪阿函。其实的确是这样，两个人在一起，如果只是很平淡地过日子也没什么意思，偶尔吵吵架、闹闹别扭，然后再和好，那段日子两个人会加倍珍惜在一起的快乐和幸福。

就像我和阿函，现在两个人黏在一起，有说有笑，更用心呵护彼此重新建立的感情，至少我是这么在想，这么在努力。说实话，我还是对那件事耿耿于怀，所以会时不时地拿出来分析，当然这个时候一般都是阿函让我不高兴了，我想借题发挥一下，其实大家都知道这事根本分析不出什么结果，只会又导致争吵，所以我们都以切磋玩笑技术为准则，点到为止。

准备是一种期待，而狂欢则是一个借口。

总之平安夜刚好是星期五晚上，爸爸妈妈又不在，留我一个人过圣诞。

这又叫我很为难了，到底是陪阿函呢，还是回去和兄弟们见面，想不到的是，阿函狠狠让我感动了一把，她答应跟我回观音路，和洪申他们一起玩。

从上车那一刻就开始堵，天色渐渐暗下来，车窗外的大树上挂满了彩灯，流光闪烁，令人兴奋。我和阿函挤在一个座位上，她的手中抱着我送给她的圣诞礼物，不时抱怨车里太闷。她今天穿着我最喜欢的白色带风帽外套，戴着一顶深蓝色滑雪帽，粉红的水晶唇膏，可爱得一塌糊涂。我挤到窗边打开一点窗户，冷冽的寒风一下子钻进来，阿函一个激灵，缩缩脖子，看我正看着她，对我吐吐舌头，做个鬼脸。

当跳下车的时候已经八点了，购物中心人山人海，一眼望去在五彩的霓虹下尽是黑压压的一片，每一个角落都被人群的欢笑喧闹所充斥，每一片地砖仿佛都在跟着这节日的旋律跳跃。大家拿着充气锤子、喷雪追逐打闹，气球不时飘上被灯光照亮的夜空。我想不一会儿情况就会失控的，所有的人会在每一次钟响疯狂，天知道桥城的孩子们会上演什么好戏，玩出什么样惊天动地的花样。

我和洪申他们约在太平洋百货门口碰面，老远就看着寄希拿着一把充气斧头在痛砍小安，小安戴一副黑色边框的方型眼镜，多日不见，他成熟帅气了不少，洪申和月滴站在一起，月滴穿一件宽大的湖水蓝毛衣，下面是一条碎花百褶裙，看上去还是那么楚楚动人，而洪申那双眼睛，越发的忧郁，闪亮的耳环帅气逼人，还有影子、川三和烂葱都在。看着这一群人，想想就在几个月前，混在一起的狐朋狗友，如今竟少了一半，蛮狗去了广州，野猴子蹲在少管所，果冻跟爸妈去了别的城市读书，晓媛当然也斩断了和我们的羁绊，连陈萤也不知什么原因今天来不了。我看看站在自己身边的阿函，忽然百感交集，我想到洪申帮康狼运货的事情，他现在算是道上的人了，一念之间竟然犹疑阿函是不是该认识他们。

我感到害怕，害怕自己有这样的想法，洪申可是我最好的兄弟！

这时，寄希看到了我，她把大斧头塞到小安怀里，三大步冲上来扑到我身上。

"呀！佳贤！你长胖了！你看你的脸，肉嘟嘟的！"

"嘿，小孩，你也重了吧，啊？"

"嘿！"洪申走过来，他对我笑，那笑容让我觉得既熟悉又陌生。

"咱们申哥越来越帅了啊！"我们握手击掌，似乎什么都没有改变。

"三好学生！"小安双手一指，我们两飞到空中撞背，然后和月滴、影子一一打了招呼。

"我来介绍，这是李函，W中的，这是我兄弟洪申，这是他的妹妹月滴。"

"嗨。"阿函微笑着摆摆手，她看起来比我自然多了。

"这是小安，陈进安！"

"嘿嘿，你比我想象中的还漂亮呢！"小安边拍马屁边握"马蹄"。

"喏，影子就不用介绍了！"

"好久不见。"

两人相视笑笑。

"哼，怎么还不介绍我！"寄希瞪我一眼，双手叉腰仔细打量阿函，看得我一头是汗，害怕阿函表现出她无比野蛮的一面，到那时……

"你是佳贤的新女朋友啊？他很坏的，你要小心他哟。"寄希突然大笑。

"帅哥，你误会了，我是他的女性朋友。"阿函笑着说，我的心咯噔一下，不知怎的在尴尬中暗暗地吃了一惊，还有默默涌上的失望。

"你叫我帅哥呀，我真的很帅吗？"寄希摆了个pose，故作认真地问。

"她是女的啦！"小安赶忙解释，也不知他急什么。

"好吧，我们先去吃饭吧，吃什么好啊？"影子问我。

我完全没反应过来，我还沉浸在刚才的窘迫之中无法自拔，忽然几根凉凉的手指碰到我的手心，阿函拉住我的右手，我觉得心口又忽然暖了，我有种被弄糊涂的感觉，我想在那一刻问她，你到底爱不爱我？但我想起来，我也没介绍她是我女朋友啊，那我有什么好生气的。

我们去吃火锅，等了半个小时才排到位子，洪申说，既然我们都排了那么久了就吃到十二点再走，大家一致表示赞同。旁边一个为我们倒茶的服务员不小心听到，顿时面部开始抽筋，要吃地道的火锅也只有在桥城，偌大的店堂闹得天翻地覆，毛肚鸭肠这种烫火锅的极品也只有摆上个八、十来盘吃起来才有感觉。川三和小安又打起了毛肚仗，你一碗我一盘地干起来，看得服务生心惊胆战，阿函也是睁大了眼睛看着他们两个，寄希早已笑得前仰后合，因为平时川三吃起东西来都是很文雅的，但当他和小安较劲时吃相就很搞笑了。

"喂，注意点文明嘛！"洪申用筷子敲小安的头。

"哎哟，申哥你怎么不敲川三，不公平。"

"因为你小子坐在我顺手方嘛。"

大家边吃边聊，不一会儿就喝了一箱啤酒，小安好像已经喝得半醉，靠在椅子上红着一张脸，影子看小安已经快挂了，大家也正在兴头上，所以提议玩"真心话大冒险"。

"小安，玩真心话大冒险来不来？"

"你们不要赖我就来。"

"耿直一把火，谁作弊谁请客。"洪申信誓旦旦，今天早就说好是洪申请客的。

"好！"小安坐起来，这个笨蛋果然上当，刚好这个时候寄希去上洗手间了，而她坐在小安的左手方，影子马上提议说划拳输了的吻左手方人的脸一下。

这轮划拳，洪申、川三、小安和我参与，很快小安就怏怏败下阵来。

"你们一定要赖了。"小安还觉得难以置信。

"少来，认赌服输！"

等到寄希回来，只见我们一桌人窃笑不止，寄希看着我们，一脸不知所谓。

"你们在笑什么哟？"她看着小安低着头，脸红得跟猴子屁股似的。

"喏。"洪申向小安努努嘴，大家又是咧嘴奸笑。

"喂，陈进安，你是不是个男人！"川三做出一副很凶的表情厉声说

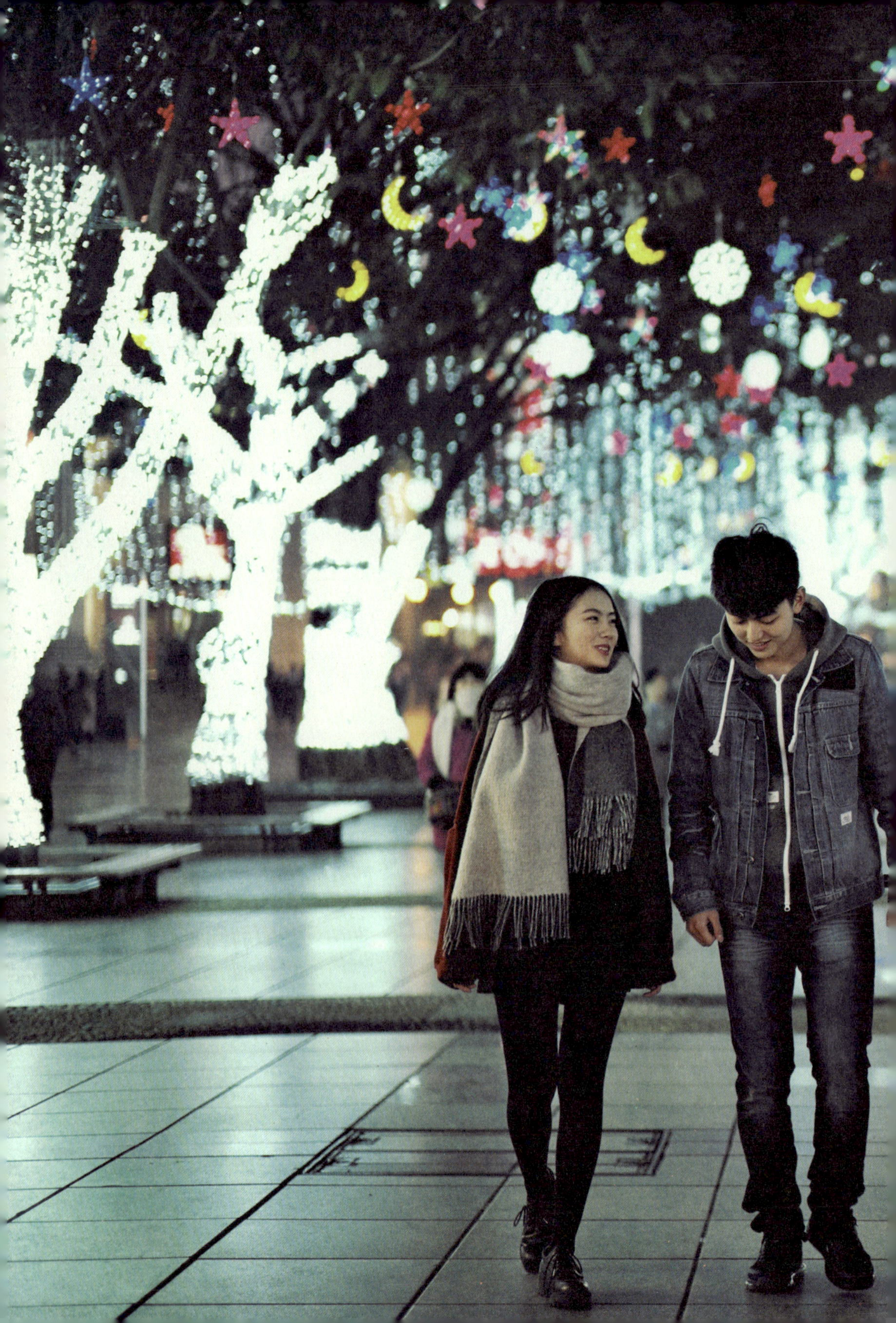

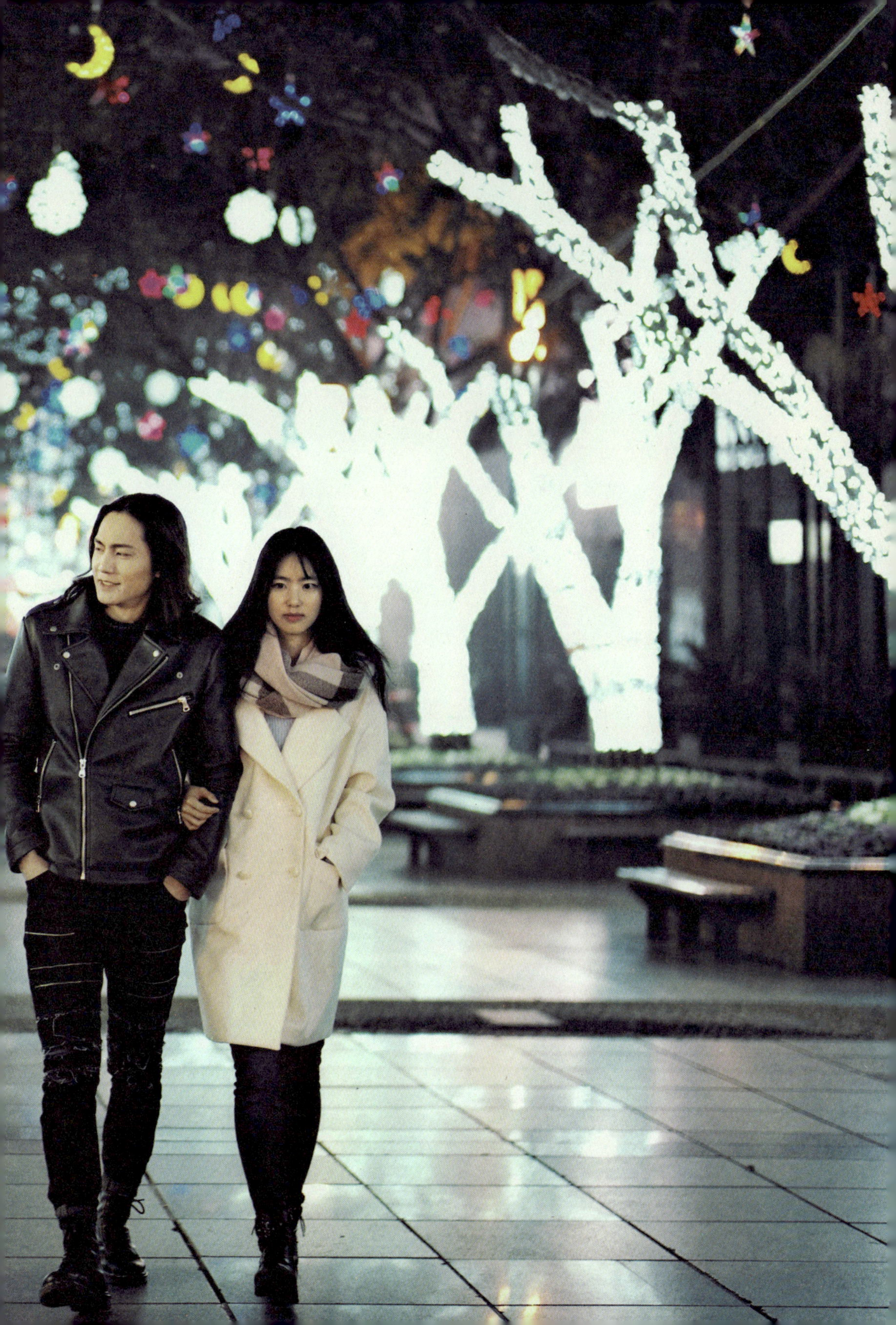

道。

"好好好。"小安的声音小得跟老鼠叫似的,他抬起头对着寄希,"寄希,既然你自己都当自己是个男的,那应该没什么……"

小安闪电般地闭上眼,闪电般地嘟起他油叽叽的嘴巴,闪电般地在寄希的脸颊上亲了一下。

寄希睁大眼睛愣在那里,所有的人都屏住呼吸。

"陈进安!"寄希操起一个可乐瓶子就打了上去,大家的狂笑声随之爆发。

大概十一点的时候阿函跑出去接了个电话。

"佳贤,我有事,我得先走了。"

"你不是说今天没事,住我那里吗?"我有一点点恼火,我讨厌原本设想美好的计划在一瞬间落空的感觉。

"我家里有事情……"她显得紧张,我知道她想说什么安慰我,但她没有。

"你家在成都那边,未必你今晚要回去?"

"不是不是,是桥城这边的事,我……哎呀,明天再给你打电话!"她匆忙站起身,"各位对不起,我有急事先走了,谢谢你们,圣诞快乐!"

她机关枪般说完这些,飞快地奔了出去。

我呆呆地坐在那里,她的椅子旁还放着我送她的圣诞礼物,我在想是在哪个地方出了差错,老天也会在这么美好的时候,给我来点黑色幽默。

"被放鸽子了?"洪申笑着问。

"没事。"我不知道自己这勉强的一笑比哭还难看多少倍,"本来就是回来和你们相聚的,咱们自己玩就是。"

之后的几十分钟我完全不在状态,一个人呆呆地烫着一根鸭肠。

"你没事吧?"川三拍拍我。

"没事啊。"

还说没事,我这才发现他们已经酒足饭饱,全都起身准备离开了,一行人决定先去听钟声然后去唱歌，影子因为父亲回家来过平安夜，必须先走。

小安看来是真醉了，走路摇来晃去地，他忽然一把搭在我肩上。

"佳贤哥，我告诉你一个秘密。"

我惊讶地看着他，他的眼中闪着异样淫邪的光芒，看来是酒精作祟，他幸好没喝成烂醉，不然没准会当街扒光自己衣服。

"你答应我不许告诉别人！"小安前所未有地严肃起来，虚着眼看我，把我从对阿函的胡思乱想中带入对他惊天秘密的胡思乱想中。

"好吧……"我在想小安不是杀了人吧，但看他那操行也不像啊。

"我喜欢上了一个人！"听这话我顿时晕了过去，看着他睁大的眼睛我差点没两手指头插上去。

"哦，谁嘛？"我敷衍地问，注意力放到了跟上洪申他们，怕人流将我们冲散。

"我……她……她是……哎呀！我喜欢上了寄希！徐寄希！"

这下我放下的心瞬间被一脚踹上了天，我差点没……没就地扒光衣服。

"你……你发烧了还是喝太多了？"

"没有……我真的喜欢她。"小安羞红了脸。

"小孩？她是拉拉呀！"

"我知道，但我怎么能控制自己的感情。"

"小孩他不会喜欢男生的，哪怕你再娘娘腔。"

"我知道，我还……我还……我还看出，寄希她喜欢小滴姐……"

"啊？"在小安的双连击下我开始不再相信这个世界。

"佳贤哥，这是个秘密，我永远都不想公开的秘密，但是我又憋不住想给别人说，我知道你和寄希关系好，你现在又没和我们混一块儿，所以我才告诉你……千万别给任何人说。"

"嗯，小安，你这次搞的可不是一般的笑了。"我摸摸他的头，把着他肩膀跟上洪申他们。

钟声敲响了，这不是元旦的钟声，听来却仿佛真的是翻开了新的一页，身旁的兄弟们各怀心事地望着飘上无际夜空的气球，无论气球在哪里爆炸，它都比我们的视野更远，比我们的梦想更高，比我们的生活更壮烈凄美。

78

大概是一点钟的时候我看到手机上有未接来电，号码是阿函的小灵通，我赌气，没第一时间打过去，到两点半大家准备转移阵地时我再拨阿函的号码，她已经关机了。

四点钟回到家洗了个热水澡，却全然没有睡意，把上个星期和阿函一起照的大头贴拿出来看，我们的脸贴在一起笑得很灿烂，那亲密的样子让人心疼，我发了条短信告诉阿函我想她了，在天蒙蒙亮的时候我才睡着。

我一觉睡到中午，然后跑到水果摊称了四斤红富士苹果赶公车到外婆家，已经有很久没看到外婆外公了，之前下了好长一段时间的雨，在圣诞节这天，终于有丝丝阳光安静地洒在了观音路脏分分的后街上。

敲开门，围着围腰的外婆搓揉着手上的蒜末端详我的脸庞。

"瘦了。"一段时间没看到我，哪怕我长成了一颗猪头，外婆还是会说我瘦的，她扶扶塌鼻子上的老花眼镜，她的眼镜总是一副摇摇欲坠的模样。

我走到阳台上问候外公，他喜欢在有阳光的时候坐在圆椅上看报纸，他取下眼镜，整个脸贴在报纸上，真害怕他的鼻子把报纸给戳穿了。

"来了。"外公笑，他是烈士的后人，笑起来也是那么爽朗，连这爽朗的笑声，也透着一股固执劲儿，我们闲聊两句当今的时事，要说在学校里除了能看看中央台的新闻联播，其余的社会动态一概空白不知。

一桌子都是我爱吃的菜，为了让我吃这么一顿，他们要从头一天就开始准备，而剩下来的饭菜他们可能要整整吃一个星期，我从来都没仔细地去体谅过老人们的用心,我们享受着美味,却并没有花更多的时间去陪伴老人。

这是我第一次吃着这些饭菜不是滋味,我想,我是不是长大了。

是的,我们都在长大。

就在这圣诞节的清晨,洪申强抑住疲惫从沙发上爬起来,走到一个小卖部门口,他敲了三下紧闭的卷帘门,半分钟后卷帘门上的小门打开一条缝,递出一只黑色书包,随即小门关上。他从书包最外层取出四百元钱放进裤兜里,背上包,迈步走上天桥,阳光洒向横卧在观音路主干道上的天桥,在陈旧斑驳的护栏板上投射出一个少年孤单的身影,他低着头,每一步都显得沉重。

小安还在床上呼呼大睡,输了个精光回家的母亲看着自己儿子四仰八叉地睡在地板上,一脚把他踢了个翻身,一转头,抱出一床厚厚的被子裹在小安身上。

"傻子,这么睡别扯了湿气。"小安妈在小安头上戳了两下,自己洗澡去了。

寄希穿着小安送她的衣服,抱着老爸送她的熊仔坐在窗台上,看着渐渐多起来的行人与车辆,她喝口可乐,看着正睡在自己大床上的月滴,金色的阳光洒在她的长发上,寄希庆幸自己是个女孩,能天天陪在月滴身边,如果她真的是个男生,怕早就和洪申拼个你死我活了,她浅浅地笑,她觉得这样已经足够,不知道从哪一天起,她开始蓄起头发。

川三下身穿着内裤、上身套件卫衣给花浇水,心里抱怨小安带他去打的耳洞发炎了,这时他看到放在凌乱书桌上的装星星的罐子,他重新坐下来,嘴里边嚼着夹心饼干边开始折星星,他回想自己有多久没做这事了,快一个星期了吧。他突然笑了,在一个星期里他的脑海里没出现严序的身影,他搞不懂那些令人头疼的感情,忽然间,觉得今天的阳光特别美好。

影子早就醒了,躺在他的大床上,想着陈莹,想着他们做爱时的姿势,又想象他为陈莹设计的新发型,他笑得痴痴的,像个大男孩。这时房门被轻轻推开,他马上装睡着,影子的妈妈帮他盖好被子,在他床头放下一叠现金。

"十一点的飞机，你快点！"影子的爸爸不耐烦地喊道，影子妈妈眷恋地看一眼自己的儿子，悄悄关上门，影子突然很想哭，哭就哭了，反正没人知道，他抱着陈莹送他的软软的布娃娃呜咽起来。

圣诞节，与以前的每一天差别又有多大呢？我想还是差不多吧，但其实，下一秒都是一个未来，而未来永远是崭新的。

79

在离开外婆家时外婆在我兜里塞钱，没有理由收下也没有理由拒绝。外婆说叫我去买衣服买好吃的，我听话，跑到太平洋百货挑了一件灰色的带风帽的外套，打包了一盒寿司吃。我把风帽戴上，遮住自己的眼睛，有种莫名的安全感，回家收拾了几件干净衣服到书包里，提早回学校打篮球了。

到寝室放了包拿上篮球跑下来当作热身运动，今天天气不错，昨晚下过小雨，操场上坑坑洼洼的有几摊积水，篮球场上只有一个小子在打球，看来是我来太早了。

"来来来，我来当你的伴。"我把球抛了过去，那小子一转头，我才看到是那天我和阿函逛操场时遇到的高年级男生。

"哟，你好。"他看了一眼是我，似笑非笑地点个头，转身投出一球，擦边入网。

"你好。"我的笑脸瞬间僵硬，觉得走路都怎么这么别扭。

我们沉默着打了一会儿球，空气沉闷得像停止了流动一般。

他投出一记三分球，是个漂亮的空心球。"你很喜欢李函？"他忽然转头问。

"跟你有关系吗？"我也投出一记三分，打筐弹回我手里。

"嗯，我是她……是她以前的男朋友，呵呵。"他笑，一个转身，上篮得手。

"哦，她，你也看得上啊？"我也笑，一个胯下之后上篮，球打在筐上弹下砸了我的头。

"我们在一起两年了，因为一些事情我和她吵得很凶，我们就分开了。"他也做胯下，将球打在篮板上借反弹转身上篮。

"你的私事我就不关心了。"我把球又投出，球滑筐而出向中线滚去。

"我很爱她，她也爱我，这点我很清楚。"他停下来，沉思着，用食指把球转得很漂亮。

"关我屁事。"我转身向中线走去。

"她和你在一起只是和我赌气，我不相信你几个来月的相处能抵得过我们两年的感情，还有，你惹的那些事你也知道，如果你想在这个学校没麻烦，我劝你离开她吧，她只是开不了口，其实这样对你也好，希望你明白。"

"我不明白！"我用脚勾起球，使尽浑身上下全部的力气将球掷向篮筐，球打板入网，整个篮球场随之一震。

"好球。"他还是那欠打的笑容，我一直觉得他像个什么人，我终于想了起来，像连环画里的西门庆。

"我不明白的是……"我低下头向寝室走去，忽然转过头，"你他妈怎么这么狗屁？"想象他放大的瞳孔，我觉得全身充满了力量，却又无比空虚。

我觉得鼻子发酸，觉得好像整个世界都欺骗了我，我觉得无辜委屈愤怒悲伤不知所措，我觉得有股东西往上涌，很快眼睛酸涩疼痛，我不自觉咬住了牙齿，我不自觉握紧了拳头。

回到寝室看见罗天在收拾床铺。

"哟，你早来了，打球去了？"

我想开句玩笑，我想至少我该吭一声，我是准备吭一声的，不知道怎么一吭眼泪就自顾自地掉下来。

"哟，佳贤，你别吓唬人呀，演技太逼真了。"

我爬到自己床上，他妈的报应，该怎么就怎么样吧，爱都爱了是吧，就忍了吧。我这么想，不一会儿枕头湿了一片，像我和阿函亲热后汗水在卡通骨枕上浸出的一大片漂亮的轮廓，我想哭得惊天动地，却又像个孬种似的咬紧了嘴唇，我想我和阿函就这样了，这个世界够虚伪了，就让自己的失败真切一些好了。

"你们俩来了呀，佳贤，我带了卤味，绝对巴实！"刘立爬到我床上。

这时手机铃声响了，我一看是阿函的电话，我没多想就接了起来。

"阿函……我们分了吧……"我以为我的声音会气势十足，会排山倒海，结果哽咽得就像吃了一个滚烫的汤圆。

然后刘立手上的卤鸡翅膀落到了地上。

80

也就是在这新年即将到来之际，康狼和周敬利用洪申和青明这帮少年，牛刀小试地做成了第一笔买卖，一张中区和南区的轻型毒品交易网就此展开，交易隐蔽而安全，十分成功。

康狼非常满意，请洪申一起吃饭以示嘉奖，席间洪申提到了洪叔的状况。

"洪叔他身体很好，隔三岔五地还去河边钓钓鱼。"

"嗯，身体还好就行。"康狼点点头，洪申全然没有看出老大的态度不冷不热，自己反而兴致大起。

"我想我赚够了钱，就把洪叔接回城里住，让他老人家风风光光地过几天好日子！"洪申是个孝顺的孩子，提到洪叔，有些得意忘形。

"嗯……"康狼本没怎么注意听,一下子意识到不对劲,猛把筷子一放,"不行!洪申我警告你一点,洪叔不能回桥城,听到没有!"

"为……为什么?"洪申被康狼突如其来的认真吓了一跳,这盆冷水泼得他坐立不安。

"为什么,你敢跟我问为什么?"康狼怒目圆睁,手一挥把筷子掀到了地上,旁边的几个服务生和康狼的小弟都吓了一跳,康狼自从建立了自己的帮派和公司,位居老大后就很少这样莫名地发脾气了,门外的手下也因为听到里面的动静探头进来看。

"老板,没事吧?"

康狼没说话,站起来走到窗边,将落地窗帘拉开,脚下是一片灯火辉煌,他点了根烟吸几口,使自己平静下来,他重重地叹一口气。

"你们都出去吧,洪申留下。"最后一位服务员退出去带上了门。

"洪申。"

"康狼大哥,对不起。"洪申没见过康狼发火,吓得满身冷汗、手足无措。

"你知道吗?洪叔曾经杀过人。"

"我有听说。"洪申轻声说。

"当时我刚到这个城市不久,人生地不熟,认识了洪辉良、阮寅,还有几个在码头瞎混的青年,他们没什么本事,整天游手好闲,但他们每个人都重情重义,又很能打,后来我们成了好朋友,我们结拜成兄弟,我是最小的,他们都很照顾我,但我脑子还算厉害,所以他们几个什么都听我的。"康狼重新坐下,指指沙发示意洪申也坐,他又点了支烟接着说,"后来我们一起加入了一个不成气候的小帮派,混了没几天那个土包子老大捅了篓子,跑路了,我们几个就顺势控制了帮派,为了树立威信,就到处联系生意,而第一单生意,就是有人出十万取一个大帮派老大的性命……"康狼说着又站了起来,他端起茶杯喝了口水,他很久没说这么多的话了。

"那后来……"洪申吞一口口水。

"后来，帮派急需这笔钱，我接了这单生意，而提着刀去砍那老大的不是我，而是你的洪叔和另外一个叫苗明的兄弟，我记得……那天大雨好像要把天都下塌了，辉良他跌跌撞撞地走进我们住的平房，他带上两件衣服就往外冲，他说他得马上跑，他就说了这么一句，就消失在大雨中了。"

"那……那个叫苗明的呢？"洪申忍不住问。

"死了……我们在报纸上看到他的尸体被醉汉在江边发现，全身被砍得稀烂……

洪叔幸运地活了下来，但年少干的错事留下的阴影却是一辈子的，后来的洪叔甘于贫穷，只要能生活就够了，他结婚生子，后来又有了外孙女小月滴，不幸的是小月滴才两岁父母却在一场车祸中双双去世，洪叔知道这是报应，而报应还会再降临到他头上的，他只希望自己的外孙女能幸福，他愿意受一辈子的苦，老天也许被他的忏悔感动了，让你洪申来带给他垂暮之年意外的安慰，圆他外孙女有人照顾的心愿。"

康狼说不下去了，他双眼通红，他努力使自己平静。

洪申如坐针毡，过了良久，康狼才平静下来。

"你知道为什么洪叔会收留你吗？"康狼呼一口气，笑笑问洪申。

"知道……不知道……"

"那是因为在二十多年前，我也是饿晕在了他的屋门口，跟你的遭遇很像。"

"康狼大哥……"

"好了好了，"康狼闭上眼睛，"你小子知道得够多了，害我忍不住告诉你这么多，你给我记住，如果你把我今天给你说的话透了半个字出去，我会杀了你的，还有，死了让辉良回来这条心。"

"是，我知道了，康狼大哥。"

"自己好好干，我不会亏待你，这是我欠他的，我就该还，你走吧，我想一个人静静。"康狼轻轻挥挥手。

洪申退了出去，在众人诧异的目光下他兀自离开，走到街上，回到家中,他的脑子里都像是塞满了东西,明明又是一片空白。

81

  最近小安爱上了听张学友的歌,他想可能是上次听到寄希说她喜欢听张学友的一首《她来听我的演唱会》的缘故。他跑去影音店买了一盘张学友的CD,一下子就被那充满穿透力的磁性嗓音吸引。现在小安一天就抱着他心爱的CD听个不停,上课就趴在桌上听,还时不时地打打拍子,有一次还在上数学课的时候哼了起来,没把数学老师当场气晕。

  "什么叫天籁!"小安得意地在川三面前挥舞着那张CD。

  "什么叫天籁?"川三心不在焉地问。

  "什么叫天籁!"小安又感叹了一遍,川三懒得再搭理他。

  "什么叫……"

  "你够了啊!"川三瞪一眼小安。

  "我想去学吉他。"小安突然把住川三的肩膀。

  "你有那细胞吗?"川三觉得小安最近有点神经质。

  "我决定了,义无反顾,我这里有四百,你那里有多少,快拿来,下次拿了运货钱再还你。"

  "晕,我这里只有两百,我得留五十吃饭。"川三很勉强地掏出两百块,把钱拿给小安去做这种不搭调的事跟被扒手摸包没什么区别。

  而此时的小安完全沉浸在幻想之中,他怀抱着吉他,坐在寄希对面,琴声像流水淌过,寄希甜甜地笑,他们四目相对,微风穿过发丝,响起在耳边的是最熟悉的《想和你去吹吹风》,他放下吉他,轻轻地抱住寄希,他嘟起嘴,笨拙地亲吻寄希羞红的脸……

  川三惊异地看着小安那如痴如醉的表情,接着把右手伸到了小安的额头上。

寄希踩着走远的清洁工刚刚扫到一起的落叶,牵着月滴的手,嘴里呼出一团白气,大声唱着《她来听我的演唱会》,觉得喉咙被风割得有点痛,月滴背着画板看着寄希又蹦又跳。

月滴越来越少看到洪申,只有寄希陪伴着她。

"你知道……"寄希气喘吁吁,她忽然停下来,看着月滴干净明亮的双眼,"你知道我喜欢你吗?"

寄希的语气出奇地平静,像是在和自己说话。

"啊?哈哈,寄希,我也喜欢你啊。"月滴的笑容像冬日午后的阳光。

"不是。"寄希继续向前走,"是不一样的喜欢啦!"

"啊?"月滴跟上她,有些惊讶。

"我一直都很喜欢你的啊。"寄希转过身,她拉起月滴的手,看着她一脸的疑惑,"如果不是因为洪申,我早就要你当我女朋友了。"

"啊!"月滴显得有些慌张,眉头微蹙,"但是我没有……"

"哈哈,没那倾向是吧?我知道!"寄希捏月滴的鼻子,大笑起来。

她牵着月滴的手向前走:"其实说实话,连我自己也开始动摇了。"她自顾自地笑。

"嘿,月滴,你觉得陈进安那小子怎么样?"

"他啊,什么怎么样?"

"就是……"寄希有些不好意思,她咬咬嘴唇想该用什么词汇表达,不过急性子的她一下子就想烦了,"哎呀,就是他……他怎么样嘛?"

"啊!"月滴今天算是彻底搞不懂寄希这个小拉拉在想什么了,"他很好啊,很……很可爱。"

"是吗?"寄希咬起了指头,"我觉得我有一点点喜欢他了。"

"啊!"月滴惊叫出来,她的心脏还行,还能挺得住。

"我他妈怎么就喜欢上她了呢!"几十公里之外,小安突然在放学的人群上大喊一声,引来无数侧目。

川三不得不再一次把右手放到了小安的额头上,以确定他的确没发烧。

82

　　我不知道这两天我是怎么熬过来的，成天抱着一本数学教辅书呆坐在那里，我一道也做不来，就像晓媛曾经说我的，一个目录也会看上几个小时。我使劲儿回想那天阿函说的话，我忘记了我们最后到底是分手了还是没有，反正我们又有两天没说话了，这样真累。

　　我无比想发条短信给她，我想讽刺她并嘲笑自己傻，我又想道个歉和好算了，只要在一起，无论如何都好。我对阿函的感情优柔寡断，我舍不得放开，又觉得已无法维系。

　　这几天我也搞得室友们很不习惯，通常中午最晚回到寝室的我，端着一碗方便面早早就窝在罗天挂满衣服的下铺角落里。晚上一群人聊天时也再看不到我手舞足蹈与罗天打闹的情形，睡觉时也听不到我手机短信来时震动的响声。他们看到的是黑暗中忽明忽暗的荧光屏，也许还映着我犹豫不决又失魂落魄的表情。

　　下个星期就是期末考试了，寝室里灯火通明，大家都在紧张地复习，不时传来痛苦的呻吟声，整个一个伤兵营似的。看着他们忘我的抱佛脚精神，虽然多少有些不屑，但还是入乡随俗，装模作样地把一本英语书从第一页翻到最后一页，又翻回来。

　　正在我百无聊赖、昏昏欲睡之时，手机响了，一个熟悉的头像出现在我闪动的荧光屏上。

　　"喂……"我有些不知所措。

　　"喂，我李函。"

　　"哦……这么晚了，你还没睡？"

　　"你睡了吗？那算了，再见。"

　　"喂……！"我不知道我为什么那么奋力叫住她，我也揣摩不出自己心里的想法，我什么时候变成了一个拿得起放不下的人。

　　"嗯？"

"你……你有事吗？"

"没什么事，就是告诉你，期末快到了，自己好好复习。"

"哦……谢谢。"一下子，肚子里的怨气被一股暖烘烘的气流驱散，那感觉来自于心底。

"那晚安吧。"

"喂……！"我又叫住了她，我在猜她在那头是不是真的想挂上电话，"阿函，我那天，我那天是喝多了。"

"不用说了，和你在一起我很快乐，很轻松，如果我让你觉得累了，那么我们还是分开吧。"阿函是一个拿得起放得下的人，但我不确定的是，她是否真的像我那样拿起过。

"阿函，我爱你，我们和好好吗？"我想，我真没出息呀。

"但我不知道我是否爱你，你还愿意和我和好吗？"

"我……"我被刺了一下，血慢慢浸出，但我却咬了牙，"我愿意，怎么样都行。"我不知道自己是不是懦弱了，在这一点上，我输得很彻底。

"我们是两个世界的人，我们不合适的。"阿函的言语透出淡淡的忧伤，我想她一丁点的情绪波动都会让我的情感像坐云霄飞车般忽上忽下。

"我也不知道我属于哪个世界，但我想进入你的世界，你愿意告诉我的话，我想知道你的世界是什么样子，我能不能待。"

"佳贤，感情不是侦探游戏，往往事实会相冲突，比如我爱着另一个人，但我偏偏又愿意和你在一起！"她也有些激动，语调有些颤抖，我想她想哭了，我想我的决定应该坚定，应该再给彼此一次机会，我想我能允许她心里还有不能完全放下的人，这在我后来听到一首叫《低等动物》的歌时，自嘲地笑个不停。

"阿函，我们聊聊别的吧，我们很久没打电话聊天了。"

"嗯，好吧。"

我们开始聊天，我试着聊一些轻松的话题，我们谈论某位同时教我们两个班的老师，谈论电影和最近彼此听的歌曲，谈论她喜欢穿的衣服和我送她的圣诞礼物，但当说到圣诞节时我们又发生了争吵，我极力想知道她到底去了哪里，但她却极力隐瞒那晚的事情。后来我又谈到了第二天去看望老人，我们开始谈论老人们，谈到我们都掉了眼泪，我们又回忆童年，一晃已是凌晨四点多钟。

刚刚互相道完了晚安挂掉电话，阿函没一分钟又打了过来。

"佳贤我想你了，我睡不着了，你过来吧。"阿函说。

"我也想你，可是我在寝室，怎么出来呢？"我们的想法吻合了，我们都知道我们彼此在此刻多么需要对方。

"寝室几点开门？"

"最早也得五点半。"

"那我们等吧，别挂电话，我想听你的声音。"阿函的声音那么温柔，在冬夜温暖我全身。

"嗯。"我不知道该说什么了，我想享受此时彼此的心跳，那律动仿佛一致了，我想至少在此时她深爱着我，一种满足感，让我支起快塌下的上眼皮。

"阿函，你睡着了吗？"

"没有，你呢？"

"笨蛋，这不是废话吗？"

"呵呵。"她笑。

"呵呵。"我也笑。

"还有多久啊，你快过来吧。"

"嗯，快了，我马上就来。"我忍着冬夜的寒冷开始穿衣服。

"多穿点别冻死了啊，佳贤，来的路上别挂电话！"

"好的。"我看时间差不多了，就往屋外跑。

"哟，你小子起这么早，是不是去打电脑？"生活老师一边开铁门一边疑惑地看着我。

"为那东西，我没那么好毅力。"

我听到阿函在电话里咯咯地笑。我一路小跑往阿函家的方向冲去，远远地就看到阿函那层楼道灯亮着，我跳上楼梯，阿函穿着睡袍，戴着我送给她的圣诞礼物——粉色的羊毛手套和羊毛围巾立在门口等着我。

我刚一站定，还没来得及笑一个，她就扑进了我怀里，我们抱着跳进卧室，阿函一脚关上门，我们互相脱下衣服，拥抱着钻进被窝里，拥抱着亲吻着取暖。

"呀，被窝这么一会儿就凉了。"

"没事儿。"我抚着她的头发，"一会儿就暖和了。"

"不行，你让我冻着了，你得请我吃学校门口那家牛肉米线！"

"行……呀！我把钱包忘在寝室了。"

"哼，你就想要赖，那我请你吃牛肉米线，星期五陪我去买东西，我想吃阿德西餐厅的咖喱蛋包饭了！"

"好好好！"我抱着她，她的身上还是那么凉凉的，"那我们睡会儿？"

"不要！我要听你讲笑话。"

"晕你，讲笑话是需要感觉的，现在没感觉。"

"好，我给你感觉！"她使劲在我背上掐了一下，痛得我差点没一声吼出来，我一下再翻到她身上，吻她湿润的嘴唇。

我觉得很幸福，就是罗天说的那种幸福吧。

早上我们一起吃了一碗四两的牛肉米线，喝了两杯热豆浆，再依依不舍地回到教室睡觉。

当我正趴在桌上呼呼大睡时，罗天和刘立抱着一堆卷子走了进来，刘立可能是因为昨晚睡得太早又太沉，所以什么都不知道，他拍拍我的肩膀对着罗天说。

"你看，可怕的爱情又毁掉一个无知的少年。"

83

  青明，每次都是邪邪的笑容，不多说一句话，也不表现他的一点心思，虽然曾经被洪申他们砍得差点丧命，但他如今的姿态更像一个胜利者，或者说是一个城府极深的高手。

  有时候洪申觉得自己这样想也很搞笑，虽然他们已经踏入了这个乱七八糟的社会，但他们毕竟还是十几岁的小子。

  元旦刚刚过去，这个节日对于我们并没有什么特别的感觉，春节那才是过年，哪怕我们从来记不住农历。

  洪申和场子上的兄弟聊天时聊到今年几个帮会的收入，排在第一的是龙禾会，排在第二的是奉狼帮旗下的公司，现在这两家合作，不赚翻才怪。

  的确，现在康狼对手下出手也相当阔气，特别是对洪申，有一次康狼叫洪申去帮他买条烟，甩手就给了洪申五千。康狼营业了两家正规的KTV和一家酒楼，还经营着一家小贷公司，大家都在猜这个黑社会的大人物是不是会突然金盆洗手拿钱走人呢。大家又在猜想谁会来坐他的交椅呢，是盟友彭东，是表弟景翔还是毛头小子洪申。

  周敬靠着他父亲的余威和生前强大的关系，不负父愿，振兴了周家在南区道上的地位，重建龙禾会，还垄断了南区的货源，并和中区的康狼、北区的刘昆联合，共同对付公安机关时冷时热、时急时缓的打黑行动。各大帮会如今内部稳定，帮会之间的冲突摩擦也只是些小波小浪，俨然一个黑社会共同繁荣的"太平盛世"。

  但其实不然，周家和龙禾会的迅速壮大乃至膨胀，无形中成为了康狼和刘昆的心腹大患，明争暗斗也从黑社会的底部开始暗流涌动，而龙禾会越发的嚣张也引起了公安机关的警觉，一个大规模的打黑计划在公安局高层会议中初见雏形。

  在这同时，周敬，这个向来阴险狡猾、诡计多端的龙禾会老大全然没有意识到他所面临的威胁，更大肆集中自己的资金，在南山上盖起了一个规模甚大的龙禾度假山庄,这个度假山庄内,一座奢华的山珍酒楼,有一所大型地下赌场,一个拥有近百名小姐的歌舞厅,二十几栋独立别墅,可谓是一个集黄赌毒于一体的"天堂"。

开业那天,他请了几十家企业的大老板和好几位政府高官,龙禾山庄热闹非凡。当然周敬万料不到,在那个灯火辉煌、歌舞升平的夜晚,在他耀武扬威感叹人生得意须尽欢的时候,两名公安局情报科的侦察员已经秘密进入了这乌烟瘴气的巢穴。他的得意忘形,为不久之后龙禾王朝的覆灭埋下了祸根。

而这样一个夜晚,有个少年也做出了令他后悔一生的事情,他带着自己深爱的女孩随自己的老大去参加一个可以让他见大世面的聚会,这个少年,就是洪申。

84

"下午五点我们出发,就去一个车。"康狼在电话里对他的手下安排着。

"嘿,我说洪申,你把月滴那丫头叫上吧,我很久没见她了,刚好你们俩一起去玩玩。"

"这不大好吧。"洪申难得看到康狼有如此好的兴致。

"没事,我就说你是我的助理,没问题的,你不是跟阮寅学了开车了吗,驾照也拿了?今天就你开,老赵就不去了,看看你开得怎么样,我们三个去,住一晚就回来。"

"那……那月滴以什么身份啊?"洪申既兴奋又担心。

"我秘书?呵呵,不好不好,你女朋友嘛。"康狼拍拍洪申肩膀。

下午四点半,洪申提前去美院接了月滴,黑色宝马车在一片血红的余晖下向南山疾驰。

　　这的确是洪申从未见到过的世面，山庄气派的大理石围墙后面是挺拔高耸的松树，漂亮的喷水池拾阶而上，柔和的灯光打在不知哪位著名书法家提写的"龙禾山庄"四个大字上。宽阔的红地毯一直延伸到气势恢宏的主楼，而大道两旁的草坪中，停满了各式各样的豪车。

　　他们先被服务生带到了自己所下榻的那栋别墅。走进房间，就连康狼也为这里布置的高规格暗暗吃惊，全套花梨木家具，真皮沙发，顶级的影音设备和装修豪华的卫生间，一台最新款的IBM笔记本电脑放在欧式风格的小型写字台上。

　　洪申和月滴睡在一楼的次卧，那床也有两米宽，洪申从没睡过这么宽大这么柔软的床卧。

　　洪申好奇地拉开床边的抽屉，一本圣经旁放着一只别致的红木小盒，他打开来一看，里面放的竟然是避孕套，赶紧关上抽屉，对着一脸疑惑望着他的月滴一个劲儿傻笑。

　　休息一会儿后，服务生将他们引去晚宴。

　　宴会厅的高阔气派、富丽堂皇更是让洪申和月滴张大了嘴，乐队演奏着舒缓悠扬的乐曲，与大厅的金碧辉煌相得益彰。

　　"这简直像是童话里的宫殿！"月滴挽着洪申的手兴奋地说。

　　再看看宽大的餐桌上，各式各样的美味放了个满，山珍海味，中西佳肴，应有尽有。

　　"哟，康狼大哥，幸会幸会！"

　　周敬一身湖蓝色西服，头发梳得油光水滑，豆大的钻戒和时隐时现的江诗丹顿腕表让这位年仅三十的龙禾会会长今晚万分抢眼。

　　"你看，小弟我这里还不错吧？"春风得意的周敬脸上写满了骄傲，鼻息中透着的尽是轻蔑。

　　"龙哥年轻有为，我们这些老头也只有惊羡的份了。"康狼毕竟是康狼，憋着一肚子气，说出来的话却像是发自内心的肺腑之言，听得周敬越发的飘飘然了。

"康狼大哥客气啦，一个人来的，秘书和保镖呢？"

"来玩耍带秘书和保镖干吗，带了洪申那小毛头和她女朋友来耍耍，让他们年轻人见见世面。"

"哈哈，好好好，就让他们热闹，洪申和十六那小子干得不错，也该让他们偶尔享受一下嘛，你也知道我这里有很多好货色，今天晚上大哥可以到夜总会来随便领。"

"老了，哪还干得动，这些还是留给你那些老板朋友吧。"

康狼从服务生那里接过一杯红酒，将一百元小费丢到盘子上。其实在大厅里的服务生穿的全是比基尼，只是下身绑了块五颜六色的布，怎么看怎么是模特的身板，胸罩里塞满了老板们给的小费。大多数老板还是碍于面子将小费丢在餐盘里，但总有些色狼将钞票塞到服务生的胸罩内，服务生绝无异议，都很乐意接受。

"嘿嘿，大哥要是嫌夜总会那地方闹，我就定几个好的送过来你挑。"

"到时候再说吧。"康狼说话间，曲外集团的老总张东洋走了过来，这个人是个地地道道的下流坏子，黄毒赌都来点，特别热衷于嫖，靠洗钱赚来的上亿资产，怕有不少数目投资在了风流快活上面。

"哎呀哎呀哎呀，天呀，今天龙哥真是气宇非凡啊！"

听到张东洋的这声马屁，康狼差点没吐出来，赶紧抽身离开，给那猪头留下献媚的空间。

"哥，吃这个，这个好好吃！"月滴今天高兴得像只叽叽喳喳的喜鹊叫个不停，牵着洪申的手楼上楼下地跑个不停。

"月滴，你在那里坐下慢慢吃，我去找康狼大哥。"

"嗯，你快点回来啊，我一个人怕，这里的人我都不认识。"

"嗯。"洪申摸摸月滴的头，消失在人群中。

五分钟过去，十分钟过去，月滴看到洪申还没有回来，有点坐不住了，便站起身去找洪申，她在人群中漫无目的地找，从楼下找到了楼上，心里有些发慌。

不经意间，她不注意撞到了人。

"对不起，对不起。"月滴马上转过身道歉，而那人很有绅士风度地将她扶稳，月滴紧张地抽回手，低着头道歉，像个犯了错的孩子。

"没关系。"那人的声音很低沉浑厚，他抬头看月滴，他的眼睛一亮，他的声音因为激动微微有些颤抖，"你真漂亮，小姐，你是……？"

"我……"月滴紧张得说不出话来。

"哦，没事，你是在找你的朋友吗？"那人问。

"嗯……"月滴想起来洪申告诉她不要和任何人搭讪，"对不起，你没事的话，那我告辞了。"月滴扭头向楼下跑去。

这时一个脸上有刀疤的光头走到那人身边："龙哥，那几个客人房间里的摄像头已经安排妥当了，在你卧室里的电脑上可以尽情观看。"

"哼哼，要确保不会被发现。"

"确保不会！万无一失。"

"我们有一失，康狼那老狐狸看样子是不会上当的，他好像对那事儿不感兴趣。"

"他是不是不行啊，哈哈，那也只有先不治他了。"

"嗯，十六，我问你，你认识刚才那个小姑娘吗？"

"认识，他就是洪申那小子的妹妹，说白点儿，就是洪申他女人。"

十六一脸漠然。

"哦，那姑娘……让我想起一位故人。"周敬意味深长地猛吸一口气，转身。

"故人？"

"对，已故的人，设法带她来见我。"

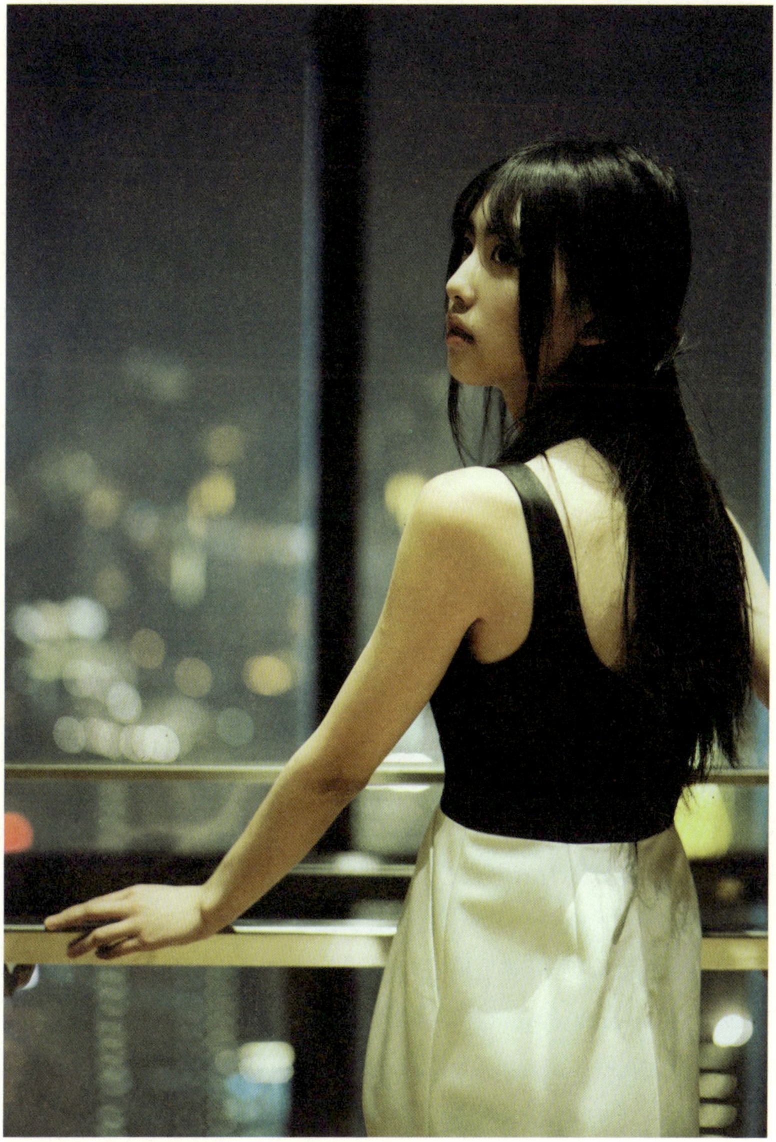

85

洪申推开别墅的大门，让那几个身材惹火、胸挺臀翘的小姐灰溜溜地走了出去。不管那几个女人再怎么搔首弄姿地挑逗，洪申始终冷冰冰地看着她们。

"走了？"

康狼穿着睡衣走下楼梯，点燃一根上等的高斯巴雪茄，坐在宽敞舒适的沙发上。

"嗯，走了。卧室的摄像头……"

"不管它，我照样睡觉，我这把老骨头抱着枕头睡觉的样子，我想周敬也看不下去，月滴呢？"

"在洗澡。"

"检查过洗手间了吗？"

"检查了，没问题。"

"刚才周敬给我来电话，说约了刘昆一起喝一杯，我不能不去，你自己照顾好月滴……这次，不该叫你们来，我没想到周敬那小子小动作这么多。"

"没什么，我信康狼大哥。"

"有你这句话就行了，我先去，你自己看着点。"

"大哥小心。"洪申将康狼送到门口。

康狼走后，洪申在床上看着电视，月滴洗完了澡坐在他身边吃着新鲜的荔枝。

"哥，有钱人的生活原来就是这样子啊。"她一边用干毛巾擦头发一边换着频道，"要是我们能有这样的房子该有多爽，寄希、小安、川三、影子，还有佳贤哥，我们住在一块儿，那该有多好！"

洪申不知道该怎么回答，也不知道该怎么面对月滴充满憧憬的眼神。这时候电话响了，洪申接起电话。

"喂，是洪申吗？"

"我是。"

"康狼大哥他喝多了，你过来接接他。"洪申正在犹豫之际，听见电话里传来有人呕吐的声音，他想这里离主楼只有几分钟的路程，应该没问题。

"好，我马上来。"

洪申穿好衣服，在月滴额头上亲了一下："我去接康狼大哥，你锁好门待在这里哪儿都不要去，我马上就回来！"

洪申飞快地跑出房门，发现山上雾已经很大了，刚走出去没三分钟，手机振动起来，显示一条新的短信，只有四个字：赶快回去。

洪申心中一紧，飞奔回别墅，他一脚踢开门，看见三个陌生男人正站在客厅里。

"你……你怎么回来了？"

"立刻给我消失。"

洪申握紧双拳。

86

越临近期末，我对这所谓重点学校的厌恶也与日俱增。

首先是我乱七八糟的感情生活，更主要的就是这个虚伪透顶无聊透顶的地方丝毫没有可以让我觉得宽心的东西。

我发现，重点中学里大有那么一群人，屁都不懂，沾着爹妈有点钱耀武扬威地耍宝。他们的特点是，装得很懂时尚又很懂社会，但因为他们跟社会接触甚少所以显得四不像，跟个怪物似的。有几个臭钱，比衣服比鞋子比女人比背景比成绩，不过成绩是比谁都更糟糕。更恼火的是有几个根本没钱的，又硬着头皮撑面子，说自己的鞋是法国某著名品牌，中国没卖的所以你们没看到过，说自己睡过的女孩跟日本韩国沾亲带故，笑起来都特别整形。

有一次，宝器甲和宝器乙打架，甲扯坏了乙的衣服。

"我这件衣服，五百多，你给我赔！"乙叫嚣道。

这下甲听傻眼了，向老师坦白了情况，结果老师请来了双方的家长。

"阿姨对不起，我以后再也不打架了，那衣服，你看赔多少吧。"甲向乙的妈妈保证。

"知道打架不对就好，至于那衣服，五十块钱的东西就算了。"甲顿时无语，乙的脸瞬间变成了红绿灯。

这个学校还很有一部分学生，擅长作弊。当然每个学校每个时间都会有作弊的人，但我们学校毕竟是重点中学，作弊都要比别人高个档次，做到与时俱进，开拓创新。

有一个女生，夏天的时候作弊，把手机绑在大腿上，穿着连衣裙，答案一发过来，就牵起裙子看，你说酷不酷？监考老师是位男士，当时就看傻眼了，不知道该怎么下手，赶快跑出去找女监考老师来抓人，在这个空当，不知有多少那个考室的作弊者下手。那位女生算是牺牲了，但她的壮举的确引人"赞叹"。

还有一个男生，极其厉害。那堂考英语，他摸出一个电子词典准备开查，被监考老师发现缴了上去。监考老师心情好，不想一开考就杀生，给了他一次改过自新的机会。五分钟过后，他掏出了另一个电子词典，得意地对旁边的考友说："嘿嘿，我还有二手准备。"

结果，又被缴了，并踢出考室。

其实，这些作弊方式都算差劲的了，毕竟都被逮到了，没被逮到的当中，不知道还有多少高招呢。

就是这样一个学校，还有那些惹是生非的白痴缠着你，打个架摆半天架子，又怕老师又怕家长的还拽得屁股都放头上去了。安分守纪读书的，都不是什么公子小姐，少数派的他们窝在四脚课桌前，壮志凌云，卧薪尝胆，看似美妙的明天，但是明天又是什么样子呢？这个属于知识的时代里，活着的又是怎么一群精英和垃圾呀。我们学会的是什么？我们的时代里，有本事的没了脾气，有脾气的又屁都不懂。让人难过，又身在其中，不知所措。

我知道阿函也是我这么想的，我们都厌恶自己待的地方，却总是屈服于命运的不可抗拒性，总有一天我会离开，也不知道是以怎样一个姿态。

87

期末考试刚刚结束的那天，川三带着小安一起去养老院看他的奶奶。

川三奶奶精神看起来好了很多，坐在窗边的摇椅上看报纸，看到川三和小安走进来，她显得很高兴，但因为腿脚不方便无法站起来。

"哈哈，杨健！"奶奶叫川三时，都是叫他父亲的名字。

"你说你多久没来看奶奶了？"

"奶奶，对不起。"川三抱抱奶奶，把刚买的水果和几本老年人爱看的杂志放在茶几上，"最近学习很忙，所以没能来看你。"

"是吗，学习怎么样？"奶奶紧紧握着川三的手。

"还行，进步了。"

"那还不错，小安，他说的是老实话吗？"川三奶奶慈祥地看着小安。

"啊，他是进步了，比我强多了。"小安到门后拿出抹布帮着擦起了桌子，这小子从没见他在其他任何地方这么勤快过。

"哦，对了，昨天小明带着序姑娘来看我了，喏，那一大捧鲜花就是小明送来的，还买了很多营养品，我骂他乱花钱，他说以后不能常常来看我了，说要我想吃好的就给护士小姐说……你知道怎么着？"川三递过茶杯，奶奶喝了一口热茶用杯子暖着手，"当天晚上那小护士就给我端了碗鸡汤，还有一碗像粉条似的东西，护士说那一碗要几百，吓了我一大跳啊，你说小明那小子也……"奶奶一点没注意到川三奇怪的表情，她只是觉得说得有点累了，平时根本没人陪她说话的。

"哎，我有点累了，想睡一会儿，阿健，你收拾好了，就早点回去，别让序姑娘等久了。"川三奶奶说完把茶杯递给川三，就在摇椅上打起了盹儿，川三把一条毛毯搭在奶奶身上，收拾了一下房间便带上门走了。

"这到底是怎么回事？是奶奶糊涂了，还是我耳朵出问题了？"川三叹一口气对小安说，小安拍拍他的肩膀，也不知道该说什么好，他也是满腹狐疑，不知道这青明在搞什么鬼，走到楼下时，川三被服务台的一位护士叫住了。

"哟，小三今天这么早就走了。"那护士曾经负责照顾川三奶奶那个病房，所以她认识川三。

"嗯，奶奶她睡着了。"

"对，这是她的午休时间，最近你奶奶睡眠不错，身体也好多了。"

"那都要谢谢王阿姨的照顾。"

"谢我什么，老人家需要你们这些孩子来陪，你放寒假了吧？有空就多来陪陪你奶奶。"王阿姨是个善良的护士，也是名副其实的白衣天使。

"我知道了，王阿姨，那我先走了。"

"嘿，等等，昨天序姑娘来看奶奶了你知道不？"王阿姨把川三叫住，她跟着奶奶一样称呼严序为序姑娘。

"嗯，奶奶告诉我了。"

"喏，这里有封她要我带给你的信，你们……闹别扭了？"

"啊，哦，嗯……谢谢王阿姨，我改天再来，再见。"川三拿到信时，手不禁颤抖，他一路上一句话也没说，小安跟着他回了川三家。

川三一进屋就跑进自己卧室关上了门，小安只好自己打开电脑玩起了游戏。

信封是咖啡色的，似乎还散发着一丝严序指间的味道，川三拆开信封，取出淡蓝色的信纸，那是他万分熟悉的娟秀字迹，每一个字，都撩拨着川三的神经。

阿三：

你还好吗？

我知道，我唯一有资格给你说的三个字，就是对不起。

也许在你眼中，我是个忘恩负义、追求名利、不知廉耻的坏女孩，跟街上的小姐没什么两样。其实也是如此吧，小学和你一起上学放学，和你一起享受最美好的童年的那个严序在领到小学毕业证的那一天，已经死了。

我一直都没有告诉过你我去广东后发生了什么。

到那里不久后我爸爸就靠做房地产大赚了一笔，他购置了一套房子，买了小车，我以为我可以幸福地生活了，我爱上了那种用金钱捧起来的感觉。但我那该死的爸爸好赌，不久就被人给坑了，一夜之间输得倾家荡产，竟然跑回家偷我和妈妈的衣服和首饰去做抵押，后来他们离了婚，我被判给我妈。我们那时已经身无分文了，母亲受不了突如其来的巨变上吊自杀，我那该千刀万剐的爸爸竟然灌迷药给我喝，把我强奸了！他要我出去卖！他说是为了保住这个家！

我本想杀了他再自杀，但最后还是没有那个勇气，我偷光他所有的钱，买了张火车票带着自己被玷污的身体逃回了这里。无依无靠又花惯了钱的我很快就把那两千多元钱花光了，我从小虽说不是什么大富之家，但向来娇生惯养，要我干什么我都吃不下那苦。你没有尝过挨饿的滋味，你没有尝过睡在天桥下的滋味吧？我尝过，太难受了。而我是一个女孩子，我再也受不了了，想到自己的身子反正已经脏了，为了活着我只好去卖，我还在那期间吃药吃起了瘾。再后来我就在接客时认识了彭东，那人太小气了，所以我一气之下偷了他皮夹里的钱，其实也就是六百块。

后来我就和你重逢了，你救了我，我想你是老天派来救我的英雄，我想我终于可以好好地活着，忘记过去。

但是，阿三，我错了，我从遇到你开始就想错了，我已经习惯了奢侈下流的生活，我喜欢大把的钞票买衣服买化妆品，喜欢一顿饭花上千元的感觉，你可以满足我吗？我已经戒不了吃药了，我一天要生活在那种醉生梦死中才快乐，你能满足我吗？我喜欢和男孩子上床，在床上我要他对我千依百顺、为我是从，以此近乎变态的行为来弥补我所受过的伤害，你能满足我吗？你不能！你都不能！你是个混混没错，但是你正直你善良！

阿三，我的确爱你，很爱你，但是我们天各一方，我们不属于同一个世界。

而青明，他愿意给我这些，现在他也给着我这些，我的生活荒淫无度，但我感觉到麻痹的快乐。在行人眼中我还是一个快乐健康的女孩，其实我的身体千疮百孔，我的灵魂扭曲堕落，我虚伪，我的人格早已残缺不全，但我却没有勇气结束我荒诞的一生。

阿三，知道这些你还会爱我吗？呵呵，我知道我没有资格这么问你，我这个贱女孩，是没有资格说到爱情的。

谢谢你给过我的美好和幻想，如果真的有下辈子，我想做你的恋人，一辈子。

忘了我吧，阿三，你爱的严序已经死了。

序

川三发现那淡蓝色的信纸被浸得模糊了，他慌乱地擦拭着信纸上的泪痕，他在屋里大吼大叫，疯狂地摔着东西，他痛哭流涕，用力地捶打着墙壁。小安在屋外敲着门，着急地呼喊着川三。

"阿三，你怎么了，你没事吧？你别乱来！"

门突然打开了，川三赤裸着上身站在那里，泪流满面，他用光了浑身的力气，他像一个刚刚从溺水中被救起的人一般，无力地跌入小安怀中。

"结束了，小安，一切都结束了。"

88

  我和阿函又和好了，我们分了和、和了分，有时候觉得没意思，有时候又觉得很必要，两个人从相遇到相知不容易，何况混在了一起。

  但我们彼此也都清楚，如果困惑我们的那些疑虑不解决，我们迟早还是会分手的，比如阿函她究竟是否放下过去，是否爱我。

  万分庆幸，临近期末考试时我和阿函正处于和的状态，经过无比虔诚的抱佛脚之后，以四科绿灯四科红灯的成绩再一次让老爸陷入在希望与绝望间徘徊的两难境地，这让我们都很郁闷，因为那意味着假期补课在所难免。

  而让我欣然接受补课任务的则是因为阿函在看了我成绩单之后的一句话。

  "哟，考得还人模狗样的嘛。"

  放假没来得及和洪申他们碰面，就被阿函拉着去唱通宵了。

  "我明天早晨七点的火车，今晚只有耍个通宵了。"

  "但是我妈叫我回家。"我看着她无奈地说。

  "给你妈妈说你才考完，得放松一下。"

  "回到家很轻松的，我不用煮饭也不用洗碗，还可以玩电脑看电视听音乐，你说，轻松不轻松？"

  "那你回去吧，再也不要见到你了。"阿函嘟起嘴说。

  "你赢了，那我试试。"我拨了妈妈的手机号码，"喂，妈妈，我是小贤啊，我考完了。"

  "哦，你考得怎么样啊？"妈妈问。

  "还可以。我同学约我今天晚上到他家玩，就是成绩特别好那个罗天！"

  "那你什么时候回来，你带钥匙没？"

  "我想住罗天那里。"

  "不行，你得回家睡，你看你还有……"

  "啊？行啊？那好吧，我还有钱，我听不清了，哦，好的，再见。"

"你这小子……"

我赶忙挂上电话，对阿函抱以万般无奈的一笑。

那天我们先去唱歌，然后大吃特吃，又去照了很多大头贴，最后在超市买了几大袋零食，再买了两张DVD带回家看。我和阿函一点回到她的住处，睡在床上边吃零食边喝啤酒边看电视边接吻，真有点小两口的意思。

清晨六点，我送阿函到了火车站，破晓时分温度特别低，我把围巾给她围好。

"想我了，就发短信给我。"阿函嘴里呼着白气，她把鼻尖贴在我的胸膛，她有些疲倦。

"我得睡觉呢。"我打着哈哈，四处张望。

"我一个人在火车上害怕。"阿函第一次没沉下脸，她显得小鸟依人，紧紧抱着我。

"你不是一个人……"我柔声说，"车上还有很多人，男男女女，老老少少……"

"佳贤！一点都不好笑。"她抬起头认真地看着我，她眉头微蹙，"你想过这是我们最后一次抱着吗？"

"怎么会？我们的日子比火车还长，比铁轨还长。"

"但我们拥抱的时间还有多长？我像今天，像此时此刻这么爱着你，还有多长？"阿函说着，眼眶红了。

"阿函，我爱你。"

月台的广播再次播响，前往成都的火车将要开动，阿函挣开我的怀抱，提着箱子上了车厢，那车厢亮着灯光，让人疲倦又温暖，当火车驶向远方，那光亮就会被寒冷的冬夜所吞噬，只剩下留在清晨车窗上的水汽，那是温暖的尸体。

火车启动了，我站在月台上挥手道别，看着她泛着红晕的脸蛋贴在玻璃上，她用手抹抹窗户，她对我微笑，眼神中有些疲惫又有些不舍，不过却没有了那份倔强，留下一抹我无法读懂的惆怅。

我一点都不想哭，一点也没有怀疑，我相信她很快又会回到我身边，和春天一起回来。

火车驶入了破晓的晨光中。

"想我了就给我打电话、发短信！"手机屏幕上是阿函刚刚发出的短消息。

"我想你，阿函。"

她离开了，把微笑留在了钱夹里的大头贴上，还有我思念她的脑海里。

89

送了阿函之后我打车回家。

到家后洗了个热水澡倒头就睡，我做了很多梦，都是些琐碎的片断，我不知道在哪里找到了一节废弃的旋转木马车厢，阿函坐在里面，她开心地笑着，我推着车厢在空旷的学校礼堂里欢快地旋呀旋呀，她像是童话里的公主，我像是永远不知疲倦陪伴她玩耍的车夫，阳光耀眼，我听见此起彼伏的笑声。

然后是坐云霄飞车，那是世界上绝无仅有的双轨道双车厢同时启动的云霄飞车。我上了一节车厢，而阿函上了另一节。那是一个巨大的圆环，两节车厢背道而驰，在一点相遇，眼看相撞，再擦肩而过，漫天泪花，不知是谁人流，不知为谁人流。

大概是上午十点时，我被家里的电话铃声惊醒。

"喂，找哪位？"我迷迷糊糊地问。

"你好，你是舒佳贤的家长吗？"

"我就是舒佳贤。"

"哦，我是政教处的胡老师，你能马上来学校一趟吗？"

"怎么了，出什么事了吗？"

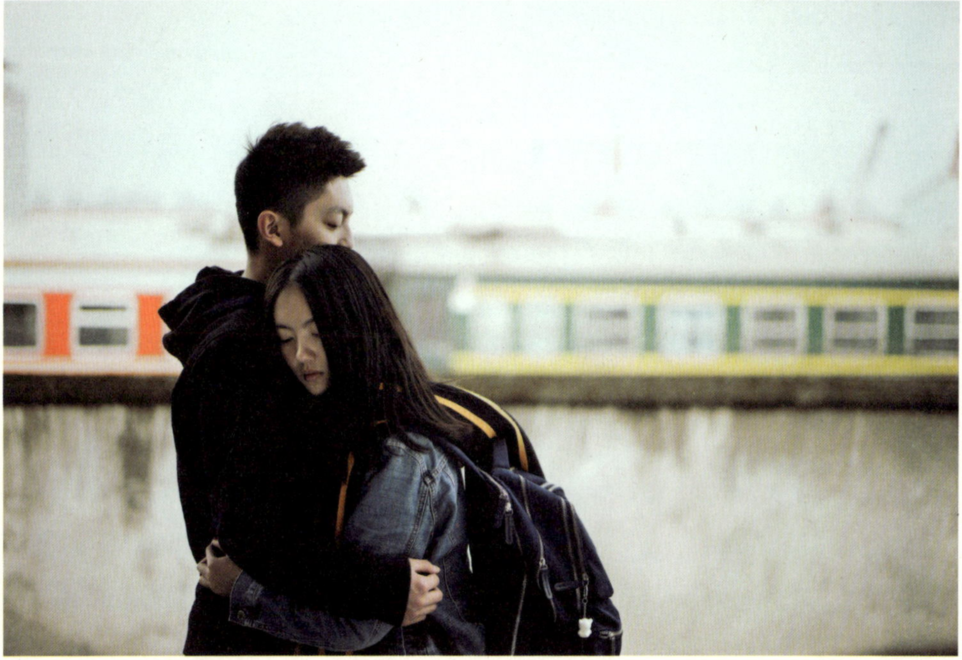

"昨天生活老师在检查寝室时，在你的窗上和柜子里发现了香烟盒和香烟，还有几个喝光了的啤酒易拉罐，我想你和你的家长能否来学校一趟，有同学揭发你教唆室友喝酒和吸烟，请你赶快过来。"

我的心凉了一半，手心中渗出冷汗，要是这被我父亲发现我就完了，我不仅要记大过，而且很可能面临转学，那么我就要离开阿函。

"我马上就来。"

挂了电话，我打车往学校赶去，我在车上仔细回忆，我的确是把这些东西都收走扔进垃圾堆里了呀，这怎么可能……除非，脑子里忽然一个念头闪过，除非有人陷害我！

走进政教处，胡老师、年级主任和班主任秦老师都坐在那里，罗天和另外一位并不算交好的室友也在。

"来了？"胡老师假惺惺地站起身微笑着招呼我，"来，坐下说，你爸爸妈妈没来？"

"他们有事。"我坚持站着，不想和那个看起来屁颠屁颠的室友坐一起，我给罗天使了个眼神，他却避开了，我一直以为他是我的朋友！

"这个情况你也看到了。"胡主任指指桌子上的烟和空易拉罐，"说轻点，是你不懂事，但严肃地看，这是很严重的思想错误啊，舒佳贤！"

"老师，我不明白你怎么这么肯定放在我柜子里的东西就一定是我的。"我窝着一肚子火，想反驳，"我柜子上又没有上锁，你怎么知道……"

"有你说话的分吗？现在！什么素质！"年级主任大声吼到，她对我怒目而视，一副轻蔑的样子，我迎着她的目光瞪向她。

"好了好了，不要激动嘛。"胡老师扮演起和事佬来，令人作呕的惺惺作态，"舒佳贤同学，有什么意见，你是可以提出来的，但是你看，现在铁证如山，那里又有你两位优秀的室友作人证，如果你是想以这个态度来对待你自己的错误的话，那我们也没什么好说了嘛。"他喝一口茶，装出一副痛心疾首的模样。

"你这个同学其实我是很了解的。"

这一学期我一句话也没和这个胡老师说过，很了解？听了我差点没吐血。

"你初中，是在一个三流中学读的是吧？那中学里面能有什么好老师吗？就算有，学生大多也是不怎么样的，对吧？甚至还为社会生产了很多垃圾，简直是在危害社会！你父亲舒先生，一直对你寄予厚望，把你送到我们这样一所优秀的市级重点中学读书，我们校方也是愿意教育你，把你改造成一名品学兼优的好学生的，你也完全可以成为栋梁之材的嘛！只要你老老实实地交代问题，承认错误，什么问题不能解决？就凭你这个态度，这说得过去吗？这是说不过去的！"

听着听着，我的思绪已经飘向了别处，思索着到底是谁这么处心积虑想害我？

"但是你看看，你看看你自己！"年级主任又开始大吼大叫起来，"你这个样子，你……太让我们失望了，我们这些老师，辛辛苦苦培养你教导你，你却还和原来一样，甚至把你在那所烂学校学来的肮脏的陋习带到这个神圣的地方，还毒害我们的学生，你说你叫不叫人心疼，愤怒！"我想她再讲下去就会哭起来，或者被我忍不住一拳打晕，心里纵使不爽，嘴里也懒得反驳。

"好吧，舒佳贤，你听听你的室友最真实的声音。"年级主任点上一根烟抽起来，忽然发现有点不妥，赶忙把烟掐灭。

"舒佳贤倒也没什么，品质还是挺好的，就是一天都在寝室里抽烟，还教我们抽，他还说抽烟有助于熬夜的。"那个室友的头低得就快抵拢脚尖了。

"那罗天，你说说，你是连续几年的三好学生和优秀团员，你评价一下你的室友。"

"他是个好同学……但他要抽烟我不能否认。"自始至终罗天都没看我一眼，我看着他，眼睛里快冒出血来，我感觉自己被朋友给卖了，我想这是我最大的失败，但这到底是为了什么，纯洁校园环境，肃清阶级敌人？

255

"舒佳贤同学，你也都听到了，你也不用再解释什么了，五千字的深刻检讨一份写了交给我，你爸爸的电话我会抽空打的，最后记什么过，看你的悔改情况而定，还有，劝你不要想打击报复希望你悬崖勒马的同学，不然那就不是记过这么简单了。"年级主任的丑恶嘴脸我已不想多看一眼。

"你还有什么意见要说吗？"胡老师惺惺作态地问。

我转过去最后一次直视那张臭脸。

"我的意见就是，希望你们两位以后不要再误人子弟！"说完，我和一直沉默不语的秦老师四目相接，自始至终，他没有落井下石，也没有轻易为我扣上什么帽子，眼神里也没有轻蔑与不屑，也许，他是真的对我有所期待的。

我走出门，觉得阳光刺眼。

我深呼吸一口，故作轻松走进厕所撒尿，这时罗天他们两个人走了进来。

"对不起。"罗天说。

"算了。"我没看他，我不想看他那一副可怜样。

他们先走了，我在洗手池洗了很久的脸才出去。我觉得口渴，想喝水，就慢步向阿函家楼下的小卖部走去，我习惯了在那里买饮料喝。

"哈哈哈哈，这次把那小子整惨了，走走走，吃火锅还是什么？"我听到那个高年级男生龌龊的声音。

"算了，不要了，以后有什么事你罩着点我就行了。"是我室友的声音。

"对了，罗天那臭小子呢？"

"先走了，他看起来很气恼的样子。"

"哎，总之他还是帮了我忙，我也不会亏待他的。"

"我他妈看你罩得住谁！"

我发了疯似的冲进小卖部，一拳打在那高年级男生的脸上，转手操起一个玻璃瓶又敲了上去……

90

约会，对于小安来说是个新鲜的玩意儿，和寄希约会，更是让他激动得一晚上睡不着觉。他妈妈看来今天是大丰收回家，记起昨晚儿子说要和寄希出去耍，要点钱，小安妈一高兴，就在他儿子的手上塞了五百。

小安感觉到吉星高照，像梦到捡钱似的笑得合不拢嘴，一睁眼才看到自己要迟到了，他拿上钱和手机火速奔向寄希家。

远远地他就看见寄希穿着他送的橘红色短袖衫站在那里，怒目圆睁，真是铿锵玫瑰，小安不由得紧张起来，腿脚发软了。

"你看你迟到了多久？"寄希正准备开骂，想到自己都快是小安的女朋友了，要温柔！她忽然娇滴滴地低下头，拉住小安的手，"算了，第一次，饶了你。"

"呀！"小安吓得着实不轻，闪电般地抽回手，一蹦老高。

"你干什么？！"这下可把寄希惹毛了，一巴掌打在了小安头上，原形毕露，"你约会我，你还……气死我了！"

"啊，错了嘛，我只是有点不习惯。"小安揉揉被打疼的头。

"这样你就习惯！"寄希捏着拳头在小安面前比画。

"这样……比较习惯。"

"你！"寄希又要开打，但突然警告自己女孩子是不能这样的，她一跺脚，"哼"了一声转身背对小安，那一声婉转悠长的"哼"听得小安掉了一地鸡皮疙瘩，牙齿打颤。

"喏。"小安一咬牙，握住了寄希的手，没想到这次全身一激灵的竟然是寄希，她感觉到小安的手是那么宽大与温暖，她用余光看小安，他乱蓬蓬的头发自成一派，那白净的脸上洋溢着青春的气息，个性的耳环更透出年轻的活力。

寄希看得痴痴地笑了，这个她再熟悉不过的软蛋小子，竟然是那么可爱。

他们手牵手走进电影院，许多人都用疑惑的眼神看着他们，以为他们是一对同性恋，但始终分不清的是，究竟他们两个都是女的，还是都是男的。

在那晚，小安家的桌子第一次没用来打麻将，而是摆了满满一桌子菜。虽然都是外卖打包，但小安、寄希和小安妈就像一家人一样愉快地围坐在一起吃饭。

正吃到一半，寄希手机响了，一看是爸爸的号码。

"喂，爸爸。"

"寄希呀，我刚从新加坡回来，看你怎么不在家，我给你带了新鲜的芒果，你快回来吃。"

"爸爸，你吃晚饭了吗？"寄希看看小安和小安妈。

"没有，但是在飞机上吃了点，不算很饿，你吃了没有？要不爸爸带你出去吃？对不起，我春节可能又不在家……爸爸我……"

"伯母，"寄希都叫小安妈伯母了，"我爸爸刚从新加坡回来，我能带他过来吃饭吗？"

"好啊。"小安妈喜笑颜开，小安爸去世来这几年，家里还没来过除了牌友以外的客人。

"嗯！"寄希也好久没笑得这么幸福了，"爸爸，你车子在楼下吗？"

"在啊，怎么？"

"我马上过来接你吃好的！"

"你这丫头，好，爸爸在家等你。"

寄希笑出了泪花，她穿上鞋飞快地奔了出去。

小安家片刻宁静。

"傻儿子愣着干吗！还不赶快收拾。"

"哦！"小安幸福得有点摸不着头脑了，他傻笑着，觉得此时他是全天下最幸福的人。

91

从南山回来后,洪申总是觉得忐忑不安,觉得自己赚的钱越来越多,在观音路的地位越来越高,前面的路却越来越失去了方向。洪申知道,出来混,就总会出事。洪申想,丢钱丢脸都无所谓,千万别丢了月滴。月滴就快成为一个小画家了,月滴也很快就成年了,月滴想当洪申的老婆,一起赚钱,一起生活,一起生孩子,然后白发苍苍,生老病死,葬在一起。这些月滴在夜晚枕边咬耳朵的愿望,也是洪申所祈求的未来,但如今的他发现,这一切都会因为他走下去的路,而化为泡影,洪申开始恐惧,害怕,担忧。

有一天,洪申正在和兄弟一起打牌,突然收到一条短信,他掏出手机是一个陌生的号码。

"时时处处都小心。"

洪申看到这句话,心中一惊,招下一辆车直奔美院,当他走到美院楼下给月滴打电话时,听见的是月滴清纯的懒洋洋的哈欠声,洪申想是哪个家伙搞恶作剧那么无聊,便也稍宽下心,点上烟等月滴放学了。

92

也不知道为什么,小安妈也越来越少打牌了,重操旧业在家里做起了饭,还每天下午跑到清水街的一家健身中心去跳操。

寄希的爸爸也花更多的时间陪女儿了,竟然打算把公司未来的发展重点放回到桥城。小安和寄希成天混在一起，还是像以前那样打闹个不停，时不时地也要装模作样柔情一番。

川三走出了他感情的低潮，并把心思放回到学习上，狂K计算机编程方面的书籍，每天早上坚持锻炼，想捡回自己曾经苦练的武术，去武术班当个临时老师，寻找一下儿时的快乐，顺便赚点正经钱。

影子在消失数日后回到桥城，得意地向大家宣布有朋友愿意资助他开一家理发店，并有希望在一年半载后出国深造。但他和陈萤分手了，个中原因，也没多说，总之，影子是个乐观的人，能很快走出来。

"有得必有失，只好坦然面对了！"

看得出他伤心，但也看得出他的坚强。

洪申的场子平安无事，运货做得还算顺畅，月滴的画技也大有进步。

但人生并不会跟着你写好的剧本走下去。

洪申和青明交货的一天，月滴还是像往常一样，和寄希来到美院学画画。

月滴在老师的指导下很认真地画着，寄希则躺在老师的床上和小安嘻嘻哈哈地聊着电话。

"我想上个厕所。"

画了一个小时，月滴伸个懒腰站了起来："嘿，寄希，陪我去。"

"呀，你去吧，我正打电话呢。"寄希向月滴做个鬼脸，换个姿势接着打。

月滴无奈地摇摇头，笑着独自走出了寝室门。

五分钟、十分钟、十五分钟……

"月滴怎么还没回来？"老师问寄希。

"可能是那个来了吧。"寄希满不在乎地说，又接着和小安瞎扯。

二十分钟、二十五分钟……

"有点不对劲。"寄希挂了电话也觉得奇怪，"我去厕所看看。"

片刻之后寄希冲了回来："月滴不见了！"

"喂……小安……喂……快……快……通知……通知洪申……月滴不

见了……不见了……"

"喂，东哥，货没问题。"

洪申检查好货，还是很谨慎地再看了一遍："可以把钱拨过去了。"

为什么，为什么今天青明没有他平时惯有的笑容，洪申看着青明故意掩饰的凝重，觉得有点奇怪。

"申哥，可以走了吗？"洪申的兄弟拉开车门，问洪申。

"大哥，可以走了吗？"青明的手下轻拍他的肩膀。

"等等。"青明低着头走到洪申对面，离洪申近在咫尺。

"你要干吗？"洪申的拳头已做好戒备，身旁的兄弟也上前半步。

"赶快去接月滴，再晚就来不及了。"青明冷不丁的一句话，让洪申心中一颤，他的每一根寒毛都竖立起来。

"走！快！美院！"洪申向司机大声吼道。

三十分钟前，月滴一个人穿过狭长的走廊，准备去上厕所。忽然，斑驳的墙壁上出现了另一条长长的影子，一个人向月滴迎面走来，光线让月滴看不清他的脸。

"肖月滴小姐，还记得我吗？"

那是一张三十多岁的男子的面孔，他的微笑显得邪恶，他的眼神像是躲在古堡里的吸血鬼伯爵般幽幽地发着光，那眼神，像是火焰燃烧在寒冰之中。

"你是……"肖月滴努力回忆这张似曾相识的脸，她有些惊讶，她往后退了一步。

"龙禾山庄好玩吗？"

"你是？"肖月滴差点叫出来，来人闪电般地捂住了她的嘴。

"嘘，别打扰了其他人……能请你吃个饭吗？"

"不，我还要上课呢。"月滴害怕那眼神，她想赶紧脱身回到老师的房间。

"走吧，我们去吃一顿丰盛可口的午餐，是你从来没有享受过的，令你耳目一新的极致享受！"

月滴不知道为什么，她听到的声音有些模糊，她觉得头晕乎乎的，全身渐渐没了力气，她隐隐约约感觉到她被那人抱着下了楼，她被放进了一辆轿车里，轿车的门关上了，车窗也关上了，轿车开始启动，轿车在公路上行驶。

慢慢四周没有了声音，车停了下来，月滴努力睁开眼睛，她看到前排的司机下了车，身边的男人按下一个按钮，慢慢她的四周漆黑一片，只有车子的天窗处透进一丝微微的光。

"我要回去……"月滴竭尽全力，她想呼喊，但声音却异常微弱，她感到一只手，一只巨大的手贴在了自己的身体上，那手在自己的身上上下抚摸，月滴意识到了什么，她的眼泪流了下来，她想喊叫，她想求救，可是她一点力气也没有。

"哥哥……哥哥会找到我的……"月滴哭泣着，她再也发不出哪怕是稍微大一些的声音了。

"你跟我吧，我包你享尽荣华富贵，我有的是钱，你要多少都可以。"

"混蛋……我哥哥会杀了你的……"

"妈的！杀我？你爷爷杀了我爸爸！他的龟孙子还要杀我？我他妈把你们杀光！"

那只罪恶的手撕开了月滴纯白的连衣裙，那只手抚摸着那圣洁的每一寸肌肤。那恶心的口水在月滴天真美丽的脸上任意肆虐，月滴从未经受过的恐惧与痛苦，让她无助地祈祷这只是一场噩梦。

忽然身体里是一阵撕裂的剧痛，月滴连咬紧牙关的力气也没有了，在她生命中最痛苦的时刻，她穷尽最后的力气去呼喊那个人的名字：

"洪申！"

就像沉入一片大海般，一切再一次地静止了。当月滴浮出水面时，她发现自己正躺在自己家的巷子口，四周一个人也没有。

"我是在做梦吗？"月滴这样问自己，忽然她的下体传来一阵剧痛，她低下沉重的头去看，她看见那里还未干涸的鲜血，她隐隐回忆起了那些痛苦的过程，她经历一生中最悲惨的时刻之后，她唯一想到的只有一个字，死！

月滴坚信，她的身体和她的生命早是属于洪申的，她只是在等待，等待她的王子在一个恰当的时间永远和她连接在一起。她是落入凡间的天使，而洪申是她留恋凡间的理由。

她的身体已经不洁了，那是只有洪申才能拥有的身体，她已经被一头来自地狱的野兽所污辱了！她只能死去，带着对那头野兽的诅咒，带着对她深爱的人的歉意与眷念。

她走进他们居住的城堡，她要在这个最熟悉最温暖的地方回去，回到天堂，告别那些美好的残酷的东西。

这是月滴最熟悉的房间，她记得很小的时候就开始和爷爷生活在这。后来，洪申来到这里，他们一起成长，他们同甘共苦，房间里的每一个角落每一个物件都留着他们的气味和无限延伸的记忆。

她看到了放在床头的那幅画，那张英俊忧郁的脸，那是她深爱的哥哥，那是他深爱的男人。她流着眼泪，亲吻那幅画，就像亲吻画里的男人般仔细。

她走到灶台旁，常常她和洪申站在那里打打闹闹，他们在那里依偎过，在那里说过的每一句话，在房间里回响着。月滴看到了那把生锈的西瓜刀，他们用它切西瓜，洪申拿着它在月滴面前比画招式，逗得她咯咯地笑。

"哥哥，对不起，对不起……"

月滴拿着刀，闭上眼睛，她说。

慢慢地，慢慢地，温暖的海水漫过她的头顶，她看见时间倒退，她回到了温暖的襁褓中，她看到逐渐明亮的天空。

她的泪水消融了，化为雨水洗去人世的肮脏；她的身体沉没了，化为土壤养育真爱的幼苗；她的笑容模糊了，化为蓝天为自由的候鸟护航。

"若我是天使，我会将我的权杖，插在这罪恶的土地上。"

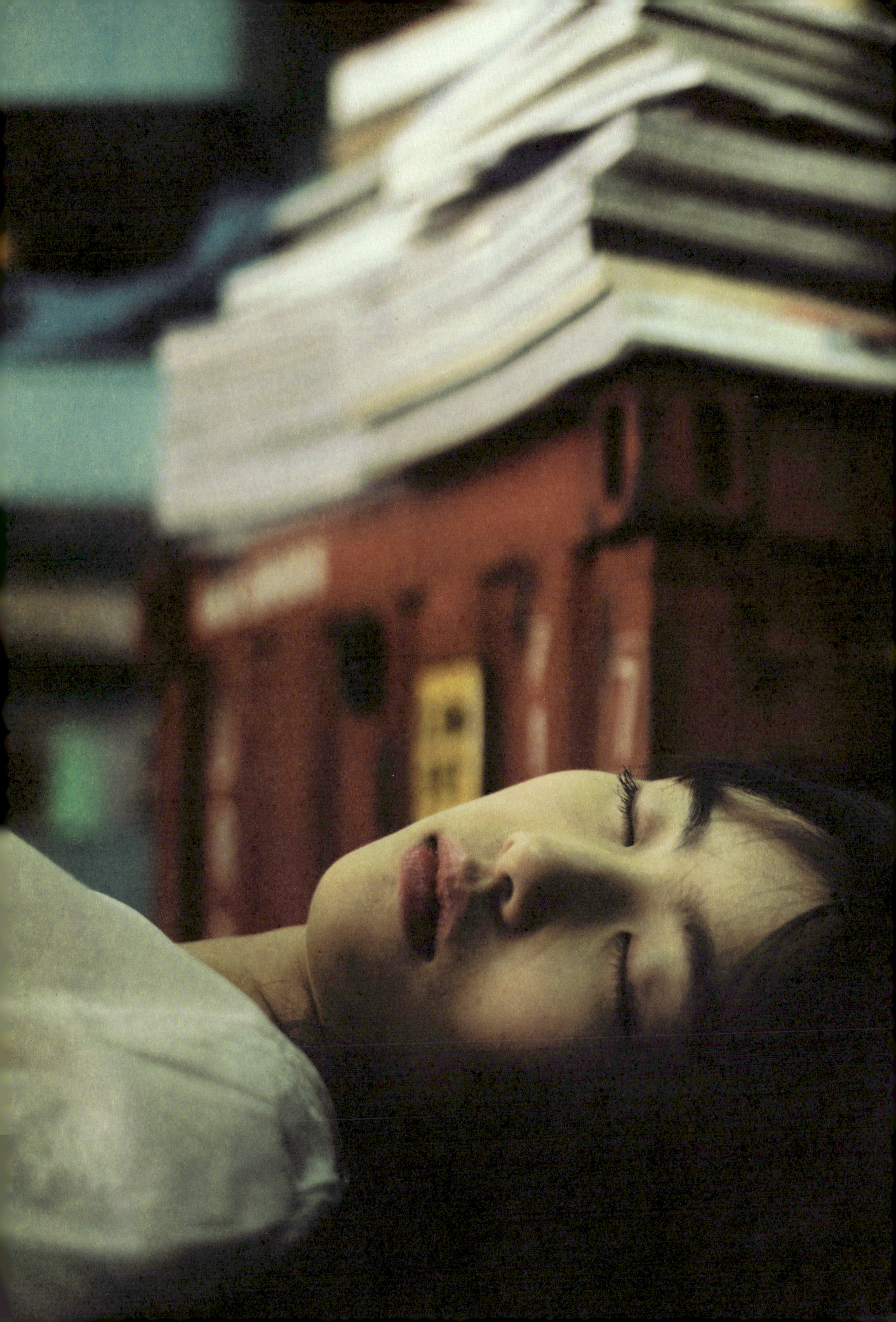

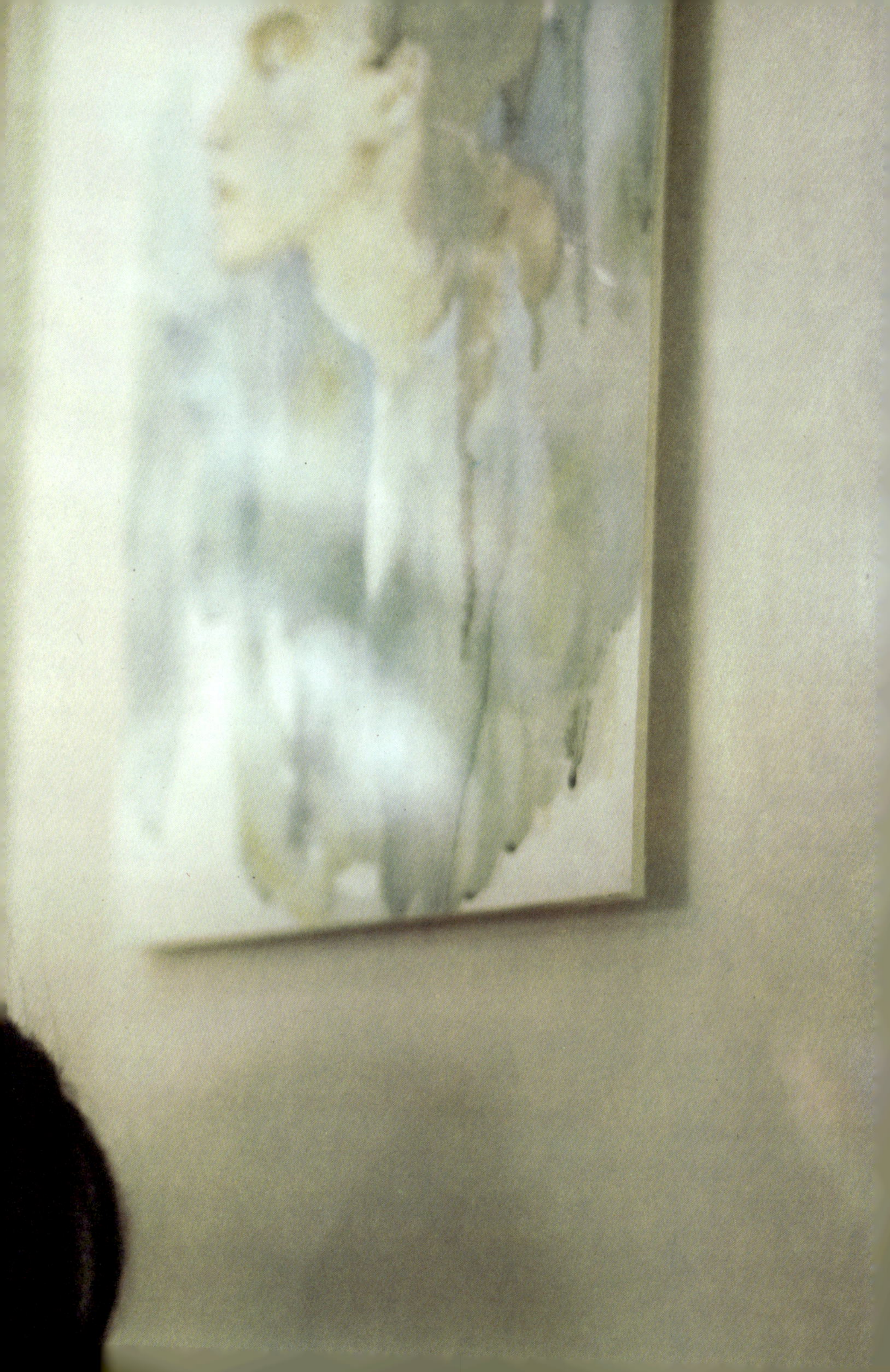

93

"……呜呜……我不知道她去了哪里……我去厕所……她已经不见了。"寄希倒在小安怀里几乎要哭晕过去，嗓子已经哑了，"……是我没看好月滴……都是我的错……"寄希的眼泪已经哭干了，她虚弱得要命，要不是靠小安把她抱着，她早滑到地上去了。

洪申双眼通红，青筋暴跳，全身剧烈地抖动着。

"川三，去场子叫齐所有的兄弟，给老子翻遍观音路，影子你通知你叔帮忙找人，我回家找……小安你照顾好寄希。"洪申说完跳上车向家的方向飞驰。

清水街还是像往常一样车水马龙，木棉垭还是像往常一样充满贫穷的静谧，观音路还是像往常一样乱七八糟，这每一条街道每一个胡同都是那么熟悉，而奔驰在它们当中的少年却来不及看清。

终于到了家门口，洪申剧烈地喘气，他试着把钥匙插进钥匙孔，插了两次都没插进去，他发现他的手颤抖不止。

"月滴不会有事的，月滴一定不会有事的……"洪申默默祈祷着，心里却越来越着急，他再也没办法冷静下来用钥匙开门了，他一脚踹开屋门冲了进去。

那一幕，让洪申毕生无法摆脱的梦魇般的一幕，像一把尖刀毫不留情地刺进了他的心脏，他感到自己全身无力，他多么想眼前的一切都只是一场噩梦。

洪申愣在那里，半响也不能动弹，他的眼泪刷刷掉下来，却发不出一点声音。

月滴，他深爱的亲人，他发誓一生保护的妹妹，他活着的理由，穿着干净的睡衣，安静地躺在地板上，她乌黑的长发散落一地，她的手腕上血红的伤口还静静地在流淌着那温热的液体，一把已是锈迹斑斓的刀落在身旁，一片鲜红的涟漪静静地托着她，月滴骨子里的决绝与刚烈，让她在告别人世的那一刻，如一朵燃烧的红莲般绽放。

　　洪申冲过去，将月滴抱起，月滴的胸前已经没有了起伏，她是那么安静，那么美丽。

　　"……哥哥来救你了……"洪申几乎是在梦呓地说着这些话，他想奋力抱起月滴往外冲，可他一点力也使不上来。

　　"不，不……你会没事的，哥哥还没有给你买漂亮衣服，哥哥还没带你出门旅游过，哥哥还有好多话要给你说……我爱你，月滴……我答应要照顾你一辈子的，我从来没有忘记呀，我不要你离开，我们说过要永远在一起的，你忘了吗？你要当骗子吗……月滴，你睁开眼睛呀！不玩这个了，我们不玩这个了，我们玩别的好不好？你别吓哥哥了……月滴，月滴！"

　　洪申嘶喊着，泣不成声，那是一种撕裂的疼痛，那是比死亡更决绝的悲伤。

　　洪申抱着月滴，他努力站起身，好像撞到了什么，门向外倾斜，屋子也倾斜了，他像一头困兽，找不到出口。他感到自己的眼前一片血红，只有从月滴眼中流出最后的一滴泪是一道刺眼的明亮，他的脑中一片空白，他的眼前一片黑暗。

94

　　洪申醒了的时候发现他在阮寅的诊所。

　　"月滴！"他霍地一下抽身起来，他感觉到自己眼睛酸涩，脑子里疼痛难忍，他好像突然想起了什么，发了疯地摇晃着阮寅的手臂。

　　"快告诉我，月滴情况怎么样了？她在哪间医院？钱够不够？要请最好的医生……我有钱……"洪申通红的眼里已经掉不出一滴眼泪。

"洪申。"阮寅轻拍洪申的背，试图安抚他的情绪。

"你快说呀？康狼大哥，你把月滴安排在哪个医院哪个病房的？我现在去看她。"

"洪申……"康狼低着头不看洪申，他使劲吸一口烟，力图压制自己颤抖的声音。

"不，她只是割伤手腕而已，我得去照顾他，我都叫小安妈妈帮忙熬汤了……"洪申开始穿鞋子，一副准备去看月滴的样子。

"洪申！"

康狼大喝一声，走过去抓住洪申肩膀，他也双眼通红："月滴走了！你妹妹已经走了！你……"康狼再也说不出一句话来，他哽咽着，像是突然被人捂住了嘴巴似的，张着嘴吐不出一个字。

洪申一屁股跌坐在铺着干净白色被单的床上，双眼无神，木讷地望着前方。良久，好像过完了他的一生似的，他站了起来，深深地吸了一口气，径直向门外走去。

"你去哪儿？"康狼拦在他前面。

"杀了他。"洪申淡淡地说出三个字。

"杀谁？"

"周敬。"

"你怎么就这么肯定是他干的？"康狼问出这句话时发现自己把心虚暴露无遗。

洪申什么也没说，继续往门外走。

"你今天走得出去吗？"康狼说，门外早已站满了康狼的手下，"事到今天，我也不必再瞒着你，一切的一切都是我造的孽。"

康狼叹口气："洪申，二十几年前，洪叔因为帮助我而去杀的人……就是当时的龙禾帮老大周正，也就是周敬的父亲。周敬当时比你还小，但在他心中早已暗发毒誓要让杀害他父亲的人全家死光。苗明一早被杀了，他以为他报了仇，但纸包不住火，他才知道原来杀他父亲的还有另一个人，他找了那个人和真正的幕后主使几十年，眼看洪叔就要被找出来了，我只好派人把他给撞伤，以此来保住他的命和我如今拥有的一切，我还向道上散布谣言说当年杀周正的另一个凶手被车撞伤，医治无效死了。哪知道……哪知道我真的是老糊涂了，竟然傻到带你们去参加那次宴会，周敬看过洪叔和月滴拍的照片，认出了月滴，但他可能没有想到月滴长得如此漂亮，那个淫魔才……"

"不要说了，这些都不重要了。"

要是在以前，这些真相可能会让洪申惊讶万分，但如今，在心如死灰的他的眼中看不出一丁点的波澜了。

"洪申，你现在是洪家唯一的后人了，说什么我也不会让你去的，这张卡里有五万，我还会定期打钱进去，直到你能养活自己为止，洪叔有我派人照顾你不用担心。明早的飞机，你给我去海南。"

康狼招招手，他的手下提着一个箱子进来。

"里面有些衣服和生活用品，你不能回家了，马上到机场。"阮寅帮着洪申披外套，他擦擦眼泪，帮洪申提起了箱子。

"康狼大哥。"洪申站着一动不动，"你试过，把一个人当作是你活下去的理由吗？"

康狼听到这句话愣了，站在旁边的阮寅也愣了。

"因为一个人，我才坚持着活下去，吃再多的苦，干自己不愿意干的事都无所谓，一切都是为了一个人能快乐，能常常微笑。每个人的生活都有自己不同的意义，而我的意义就是月滴。你说，当一个人失去了生活的意义时，他还会在乎什么？"

所有的人都安静了，看着这个疲惫的少年。

洪申说完，往外面走去，外面是在为他而安静的城市。

"君子报仇十年不晚！"阮寅哭了，他还想做最后的努力。

"我不是君子。"洪申站住说，"我朋友佳贤说，我们只是这座城市微不足道的一粒沙。"

95

午夜的码头，早已经没有了嬉戏玩水的人群，河船的汽笛声远远传来，显得空旷。

洪申拿着一挪黄纸走在河滩的鹅卵石上。那是他和月滴最常来的地方，一起放风筝，一起吃棒冰，一起看夕阳。那些誓言，那些欢声笑语，那些所有甜美的往昔在今夜的薄雾中静静重演。

洪申在一块沙地上坐下，拿出打火机，将那些黄纸点燃，灰末漫天飞舞。洪申的长发也在风中飘扬，洪申不知道，月滴走了，谁还会为他洗头。月滴走了，她在天国会不会受欺负，没有哥哥谁来保护她。

洪申记得那时候他们都还小，有一次，他拿着十块钱跑到月滴面前。

"月滴，我带你去吃肯德基。"洪申高兴地说。

他牵着月滴去吃肯德基，就一个汉堡，月滴高兴地啃着，沙拉酱弄得满嘴都是。

"哥哥，好好吃，你吃一半吧。"月滴把剩下的半个汉堡递给洪申。

"我不饿，你吃吧。"洪申暗暗吞口水。

这时一个穿着破烂的小孩站到了他们的桌子边，死死地盯着月滴的汉堡。

"大哥哥，大姐姐，我已经很久没吃东西了，如果你们吃不下，给我吃吧。"那孩子怯弱地看着洪申和月滴。

"拿去吧。"月滴笑着看了一眼洪申，把汉堡递给了小孩，小孩用力地啃着，啃到了自己的手指头。

洪申无奈地笑。

"等哥哥以后有了钱，哥哥买十个汉堡，你吃五个，剩下的分给那些可怜的小孩。"

他们开心地笑着，走进了一条的小巷，这时八九个小流氓截住了路。

"你洪申今天敢在学校打我，还抢我十块钱，我今天就要你好死。"

"你自己德行烂，以为有几个钱就可以欺负人，该被我收拾。"

"好啊，告诉你，这些人我花足了钱，我要他们弄死你，他们就得弄！打死他。"小流氓一声令下，一群人一拥而上，洪申把月滴抱在角落，用身子护着她。拳脚像雨点般倾洒在洪申的身上，他一次次被打趴下，又一次次立起来。

"再打要出人命了。"

"洪申，以后乖点。"

那群人走远了。

"哥哥，以后我不吃肯德基了……"月滴哭着，紧紧地抱住洪申。

"不，以后哥哥会让你天天吃肯德基，哥哥会扛下观音路，扛下中区，没有人不知道洪申，没有人敢欺负你，哥哥一定会保护好你……

洪申想着，眼泪又簌簌地掉下来。

"月滴，是哥哥没有遵守诺言，没有保……"洪申将头埋在两膝间，咬住自己的胳膊，呜咽着，孤单的，像午夜流浪的魂灵。

"对不起。"这时候，一个人站在了洪申的身边。

洪申收拾一下情绪，停止哭泣，站了起来。

"你找死吗？"洪申转头看着来人。

"我不想解释什么，事情很明白，当时我没有能力阻止他。"

"你阻止他？这不是你求之不得的吗？"洪申冷笑。

"洪申。"那人点上一根烟，望向茫茫黑夜，"曾经的兄弟可以不了解，川三可以不了解，但你也不了解吗？我扮演这样的角色，只是想满足我爱的人而已！"

"严序？你爱他，还是你想夺走川三的一切？"

"我爱她，太爱她了，爱到我不惜……不惜改变自己的一切。"

"不惜背叛从小混到大的兄弟！"洪申愤怒地吼叫。

"我也是为了川三！严序根本就不可能和川三在一起！严序要吸毒你知道吗？严序有间歇性精神混乱你知道吗？对，严序是曾经爱过川三，川三也爱他，但命运不允许他们在一起！我真的要和兄弟抢！我他妈早抢了！"

风吹起青明的风帽，那刺眼的刀疤，那忧伤的眼神，还有恶魔的泪水。

"青明，你……"

"他们再待在一起，川三迟早会被严序给毁了，川三太正直太善良，他根本就不是出来混的料，这年头像我们出来混的，迟早会完蛋，能好好读书，怎么做人比做鬼好，川三我知道他有前途。我一个人完蛋就够了，好歹算是风光一阵，还能满足严序。但我不想川三，不想你们跟我走一样的路。洪申你那么拽，你杀过人吗？你知道杀人什么感觉吗？我天天做噩梦，一天疑神疑鬼……呵，洪申收手吧。"

洪申沉默了，他不知道自己活在一个什么样的人间。

"当时，我演那么多戏，和你们闹那么大，自己也被整得好惨，其实我比你们谁都难受，你们觉得自己是正义的，我是恶魔，但我不那样做，我怎么混，我怎么养活严序，我这辈子，也许是选错路了，只想下辈子能挽回一点。"

十八岁的少年，说着这样的话语，流露着这样的悲伤，几年的青春，他们人生最美好的时光，像一只断线的风筝，消失在大山的那头。

"做完这一次，我就收手，何去何从，只问天地。"

洪申说。

"好兄弟，讲义气，两肋插刀，在所不惜。"

青明苦笑着拍拍洪申的肩膀。

"申哥，我知道你决心已定，计划我已经想好了，这样至少能保住你的命。"

"好小子你……兄弟那边我会去帮你说的。"

"算了……报了仇，我们在哪里还不知道呢。"

又是一声河船汽笛的长鸣，天已是淡紫色了。

96

"计划很简单，但是要执行，就不能出现任何差错。"

清晨，码头旁卖早点的小摊刚刚开张，洪申和青明一人要了一杯新鲜的热豆浆暖胃。

"今天晚上，周敬本来约了个客户在三云宾馆谈生意，那个客户一直是我在打点，结果刚好那客户临时有事，托我转告周敬见面取消。"青明咬了一口热腾腾的包子。

"也就是说，我将成为那个客户，索命的客户。"

"对，房间，周敬的安全都是我负责的，他绝对想不到，但这只老狐狸疑心重，必然会随身携带一样东西。"

"什么东西？"

"枪！那就是让你我翻身的机会，后面的事情就全靠康狼大哥打点了。"

"杀老大可是江湖大忌，就算你陪我蹲监狱，出来也会被砍的。"洪申并不想青明为他的复仇把命也搭上。

"呵，洪申，是你报仇好不好？那刀子你捅好不好？不是我！我是无辜的！"

"什么意思？"洪申虽然聪明，但还是被青明弄蒙了。

"刀子你捅，你我的命就悬在你捅刀的时机！"

"青明，你真的厉害。"洪申举起豆浆，和青明碰杯。

洪申在中午的时候，进入了三云宾馆的401号房。他洗了一个热水澡，换上了一身新买的衣服，新买的NIKE鞋，他走到镜子面前仔细地刮胡子，梳理好长长的头发，将指甲剪干净。

要发生的事情在他的脑海中预演了千万遍，他擦拭着刀身，将每一个会发生的细节刻在心里。

他躺在床上开始回忆，回忆从开始到现在的种种，回忆自己走过的人

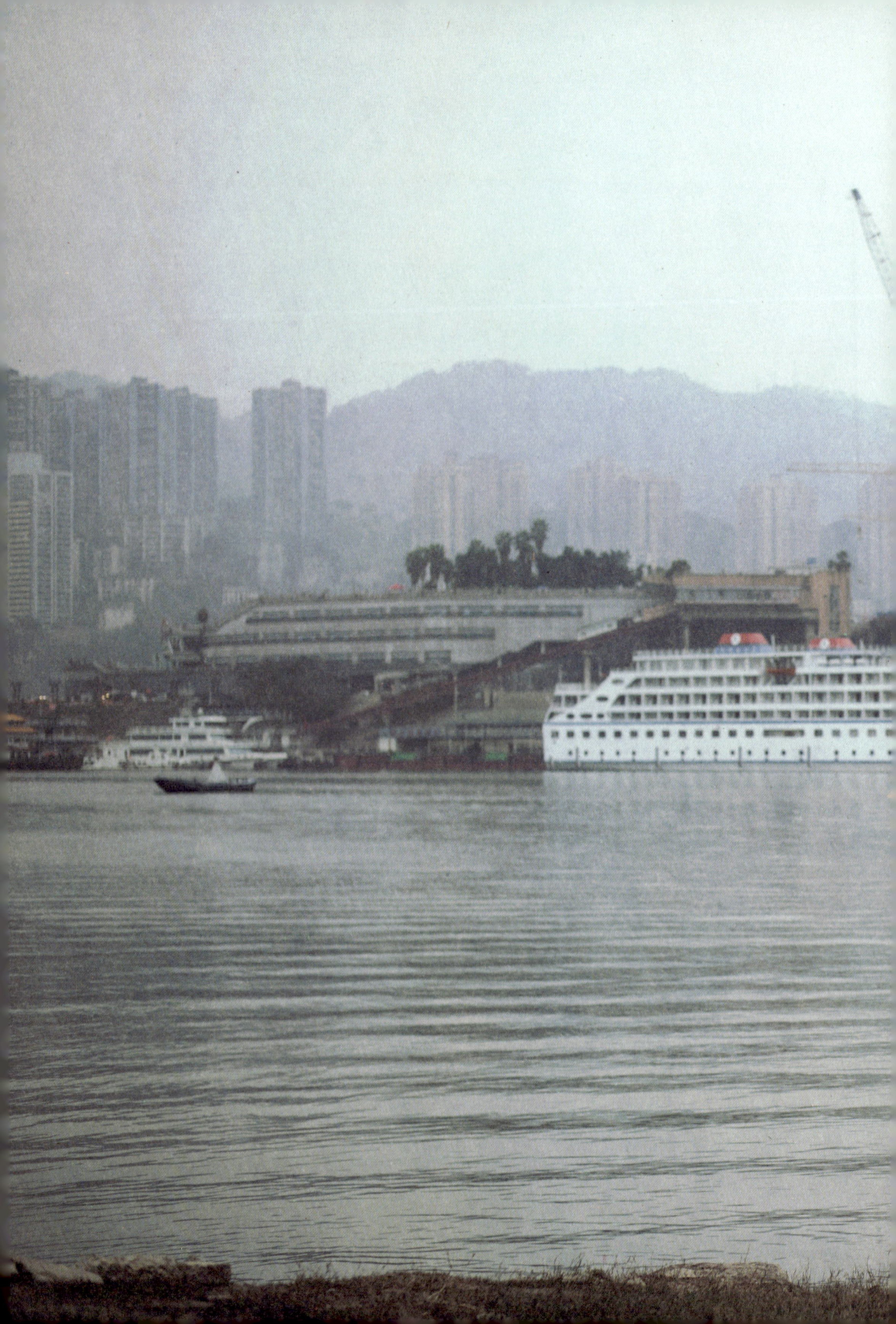

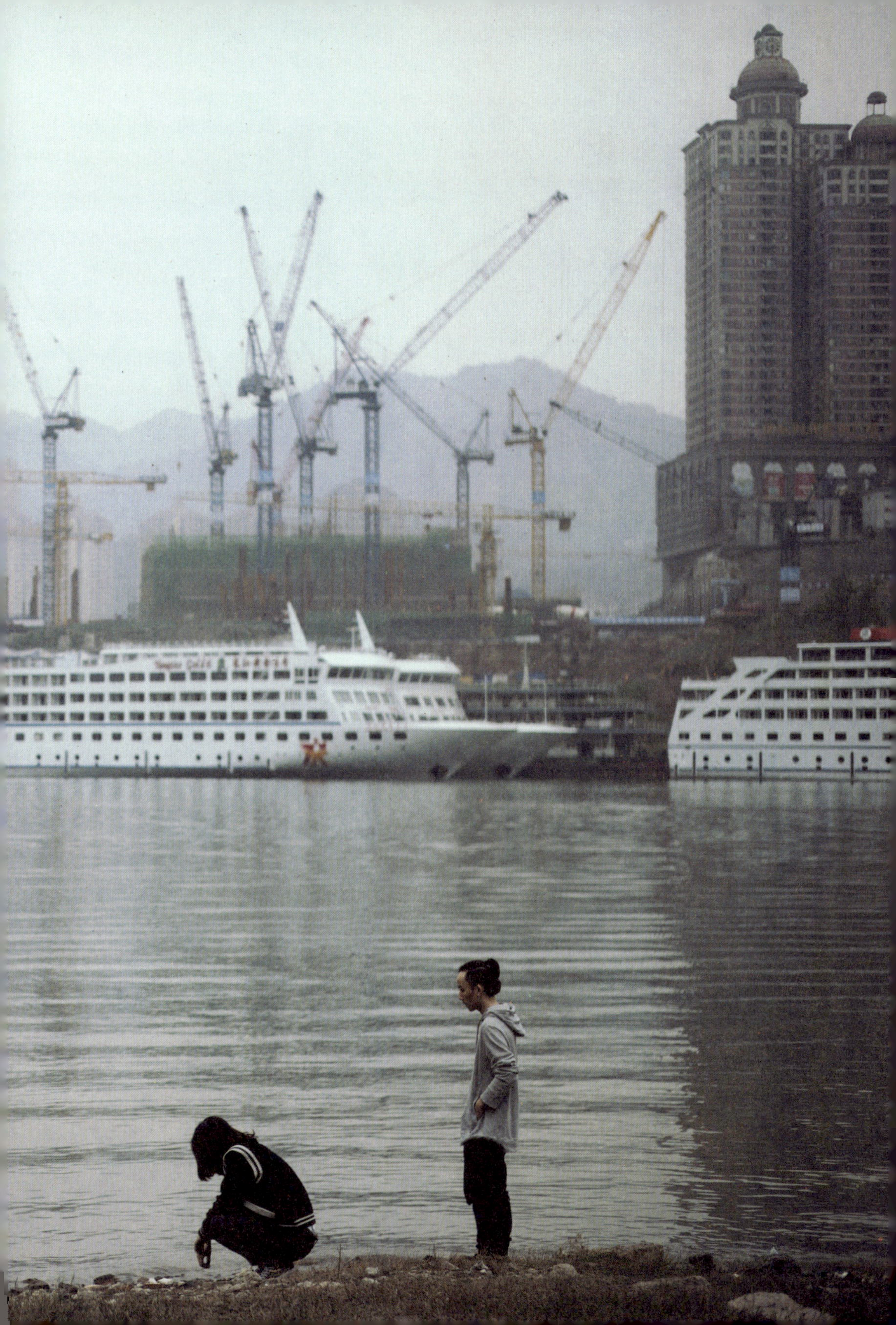

生路。月滴让他开始设想将来，又是月滴让他放弃一切，追寻自己对爱的诠释。

他看过千万遍《古惑仔》，他听过千万黑社会的故事，他亲身踏入过这暗流涌动的江湖，他知道，有仇必报。

坐在401房里，洪申闭上眼开始祈祷，他从没有祈祷过。但现在，他在为他在乎的人祈祷。他祈祷在狱中的野猴子不被人欺负，他祈祷川三能成为计算机专家，他祈祷蛮狗能在深圳好好生活，他祈祷影子能成为一流的发型设计师，他祈祷佳贤能考上大学，他祈祷寄希和小安能够无忧无虑地相爱，他祈祷月滴能在天堂幸福。

门铃在那一瞬间响起，他的右手紧紧握住刀把，一步步移到门边，他拉开门，看到的是那张惊讶得扭曲的脸，时间都被放慢了一般，洪申被周敬一脚踢得倒退一步，就在这一刹那，周敬拔出了他的左轮手枪转身瞄准青明，也就在这一刹那洪申的刀像奔出的狂蛇一般劈在了周敬的背上。

0.1秒后，枪声和青明痛苦的喊叫声同时响起，也就在这0.1秒后，洪申的尖刀从周敬的后背刺穿了他的心脏。

一切都静止了，什么都听不到，世界成为无声的世界，但仿佛又都在那一刻爆发了，心跳声、喘息声、呼救声、尖叫声，接踵而至的警笛声响成了一片汪洋大海。

97

2003年元旦刚过，公安机关开展了一次大规模的扫黑行动，一举捣毁了南区特大黑社会性质集团龙禾会，其名下的所有公司、娱乐场所，包括全市最大的黄赌毒基地龙禾山庄已被查封。这样的胜利无疑是公安机关在新春佳节即将到来之际给人民群众送上的最振奋人心的贺礼。这两天电视里反复播放有关打击龙禾会的报道……"据公安机关透露,牵扯入这桩特大案件的还有许多社会名流,他们必将被绳之以法……此案仍在进一步调查当中……"

那晚,周敬被洪申所杀,青明被周敬用枪击伤,据多方证词和公安机关的调查,洪申的确是在周敬拔枪危害当事人之一的张青明生命安全时,才做出的动作,属于防卫过当,鉴于又是未成年人,一切从轻发落,但最终洪申还是将在少管所度过三年的岁月。

青明已经脱离了生命危险,但他也是龙案的重要犯罪嫌疑人之一,如果他的种种罪名都成立,他将在高墙内度过他余下的青春年华。

洪叔带着几乎绝望的心情回到了中区,在所有月滴和洪申的朋友的帮助下办完了月滴的丧事,害怕触景伤情的他早早地又回到了乡下。

寄希爸爸又出差了,寄希干脆把东西都搬到了小安家,和小安住到一起。有时候她会梦到月滴,醒来她就躲在小安怀里哭,一个多月后寄希才恢复得差不多,小安为了照顾她,自己也瘦了一大圈。

我和阿函分手了,这一次我想真的该分手了,我一滴泪也没流,甚至不觉得很难过,就像预先排练过似的。

哪怕我还是不知道让我们分手的原因,或者说,是我并不想知道吧。

那天我正在玩电脑游戏,阿函突然打来电话。

"佳贤,我要去美国了。"

"没事,我下学期也不会读这个学校了。"我心中早已有了预感,我的未来和我的感情。

"呵呵,我很早就警告过你。"

"如果从没遇见你,也许会好一些。"

"那真是对不起呀!"

"上辈子我欠你的。"

"佳贤,我想我们还是分手吧。"

"嗯,但我想你知道,我很爱你,你是我第一个爱的人。"

"……对不起,但我也想你知道,和你在一起我很快乐,但我爱的是别人,我没有不离开你的理由。"

"我会一辈子记住你的。"

"我也会记住你的,佳贤。"

"还是朋友。"我竟然自己把这句废话说了出来。

"嗯。"

那是我最后一次听到她的声音,我很想用眼泪来记得她的声音的,但是我用的是鼻涕,2003年春节的前一天,我感冒了。

98

阿函的离开早已经不能激起我心中的波澜,因为我深深地体悟到这个世界的变化无常。月滴的去世,洪申的入狱,青明的本性让我发现自己再也看不明白这人间的变幻。

人活着,就像是在吃一个个大大的千层饼,你吃啊吃,不吃到最后永远都不知道包的是什么心。但自以为是的我们,咬了第一口就大声地说:"这饼是甜的!"其实我们真白痴,心是熏肉做的,我们根本就还没吃着。

"其实,再怎么是个千层饼,它也只是个饼。人生再怎么变幻莫测,它也只是活着。人这一辈子,只要怀一颗平常心,就什么都豁然开朗了。"

数年后,在丽江的一家小酒吧里,一个帅气的酒保这么对我说。

现在,就在我的正前方,一束漂亮的烟火照亮了天空,接着又一束,又一束,美得令我陶醉,我喝口啤酒看着拥挤却欢笑的人群微笑。

大年三十那天晚上的七点钟,川三、影子、寄希、小安和我并排站在护栏前,欣赏绚烂的烟火。

"哈哈，你小子啊，也有单身的时候。"

影子拿我开涮，我笑，经历了这么多，笑起来应该显得很成熟了吧。

"没关系，以前一年过一次情人节，现在一年少过一个情人节，多过四个光棍节。"

"四个？"小安就是反应迟钝。

"对呀，一月一号和十一号，十一月一号和十一号，笨蛋。"

"哈哈，好玩。"

"抱紧点儿，怕什么羞嘛。"影子涮完了我，紧接着涮寄希和小安，寄希留长头发了，像个女孩子了，我们都知道她是为了纪念月滴。

"一晃都好几年了，我们兄弟些，每年都来滨江路看烟火，今年竟然只有我们五个了。"川三吸口烟，说。

"哎，洪申也算命大了，他这回不死跟康狼没垮也有关系，但这次多亏青明那小子，不过千算万算，还是把自己算进去了。"影子说得川三没话好说，两个人就闷在那里抽烟。

"过完春节再出来？"我问。

"情人节？那是小两口的私人时间。"影子朝寄希和小安努努嘴。

"好吧，我妈妈爸爸把老人们都接到我们家团聚，我该回去吃团年饭了。"我把易拉罐丢进垃圾桶。

"嗯，我们回去吧，我想我妈已经在家等得不耐烦了。"小安对寄希说，他们一早商量好回小安家吃团年饭。

"我得赶去养老院陪奶奶了。"川三把烟掐灭。

"妈的，你们都走了！不行，我怎么办？"

"回家吧，小子。"我拍拍他的肩膀，向家的方向奔去。

99

铁门哐啷一声拉开，洪申穿着蓝白条纹服站在我面前。

"还好吗？"我问。

"你看我这发型还行吗？"

"行，到了夏天就可以体现出它的优势。"

"呵呵。"洪申和我都轻笑几声。

"他们还好吗？"洪申问。

"好啊，都好，蛮狗也有消息了，他在那边的一个改车厂工作，再加些杂工，过得挺好。"

"给我带什么好吃的了？"他笑，那眼神还是那么忧郁。

"吃得不好？"

"开玩笑的，挺好。"

"给你带这个了。"我从桌子底下取出那块画板递给他。

"月滴画的我……"洪申的眼睛一下湿润了，他忍着，没让眼泪掉下来。

"对，有空我就来看你……为她活下去，好好的。"我站起身，离开，我没来得及看清楚洪申的表情。但我想，那眼神，一定忧伤而倔强。

回家的路上，司机是个爱听老狼歌的人，别提有多破的音响里传出带着杂音的、温和的老狼的歌声：

把烟熄灭了吧，

对身体会好一点，

虽然这样很难度过想你的夜；

舍不得我们拥抱的照片，

却又不想让自己看见，

把它藏在相框的后面；

把窗户打开吧，
对心情会好一点，
这样我还能微笑着和你分别；
这是我最喜欢的唱片，
你说这只是一段音乐，
却会让我在以后想念；

说着付出生命的誓言，
回头看看繁华的世界，
爱你的每个瞬间像飞驰而过的地铁，

说过不会掉下的泪水，
现在沸腾着我的双眼，
爱你的虎口，
我脱离了危险。

我庆幸我坐在后排，没让司机看到我落下的眼泪。

100

  一年多了，我在新的环境里结识了新的朋友，有了新的方向。他们不曾了解我过去的故事，就像我也不了解他们的。我们如今紧张地学习、坦然地生活着，但这并不意味我们真的已经忘记了从前。
  有些人，有些事，是一辈子也忘不了的。
  就像现在，我站在月滴姑娘的墓前，和她说什么呢，除了说说洪申最近的状况，说说原来那些兄弟姐妹的祈祷，也只能聊聊过去了。

"月滴，洪申表现很棒，他就快出狱了，他没了以前那头长发，人看着很精神呢。"我将菊花靠在月滴的墓前，"下个月我还来，不过明年这个时候就不知道了呢，我会去哪里读书呢？呵呵，到那时候，洪申就可以常常来陪你了。"

顺路，我回了一趟X中，老大爷已经没在那里工作了，我想这样也好，免得他问起我洪申怎么样，我想过两天就开学了，又不知道有多少少年，在那天台上，看夕阳，看星星，感叹岁月蹉跎，感叹飞扬跋扈的青春。我不知道那些同学现在都怎么样了，那些老师是不是还在这里毫无追求的以在办公室打牌为乐，我只是在想，按这城市的发展速度，过两年连X中也找不到了。

我看还有时间，就去了W中，到食堂去坐了一阵，想起我和阿函一起在这里吃过饭的。踩着那条连接教学楼和宿舍楼的林荫道，看着空无一人，雨后干净的操场，也觉得多少有些遗憾。在教师宿舍楼下我碰到了秦老师买菜回来，本想避开他，但人都是有感情的动物，他曾经对我好，问个好也是应该的。

他看到了我，我们打了招呼。

"舒佳贤，换了新环境要有新面貌，也快是个大人了，该懂事了。"想不到他道别的赠言，和开学前对我的嘱咐都是一样。

"老师，我想问你个问题。"

"你说吧。"

"你真的相信我教唆他们抽烟吗？"

"很久以前的事了呀……说实话，我是不太相信的，后来我问了罗天，他说你很好，虽然要抽烟，但从来没有教唆他们抽，看到室友表情不对，也马上关上门出去……但是你也知道，有些东西，是我们都没办法改变的。"

"我懂，但已经很谢谢老师了。"我感激地点了一下头，走出W中大门，我不想再回头望一眼，我怕关不住回忆的匣子。

走到车站，忽然很想抽支烟，但还是吞了口唾沫，忍住了，我已经戒烟很长时间了。

在来来往往的人群中仿佛看到一个熟悉的身影，如果是她，我会冲上去拉住她吗，会抱紧她说我们再从头来过吗？

这个时候，我心中掠过一丝酸楚……

"我们这么多兄弟，就看你还读书，你认真点，好好考大学！"洪申曾经说。

"佳贤，看不出你考得还人模狗样的。"阿函曾经说。

冲着这两句话，好好努力吧。

"洪申，我们都要好好活着。"我心里默默想。

18路汽车售票员的喧叫声撕破我的思绪。

顿了片刻，我跳上那辆已经启动了的公共汽车。

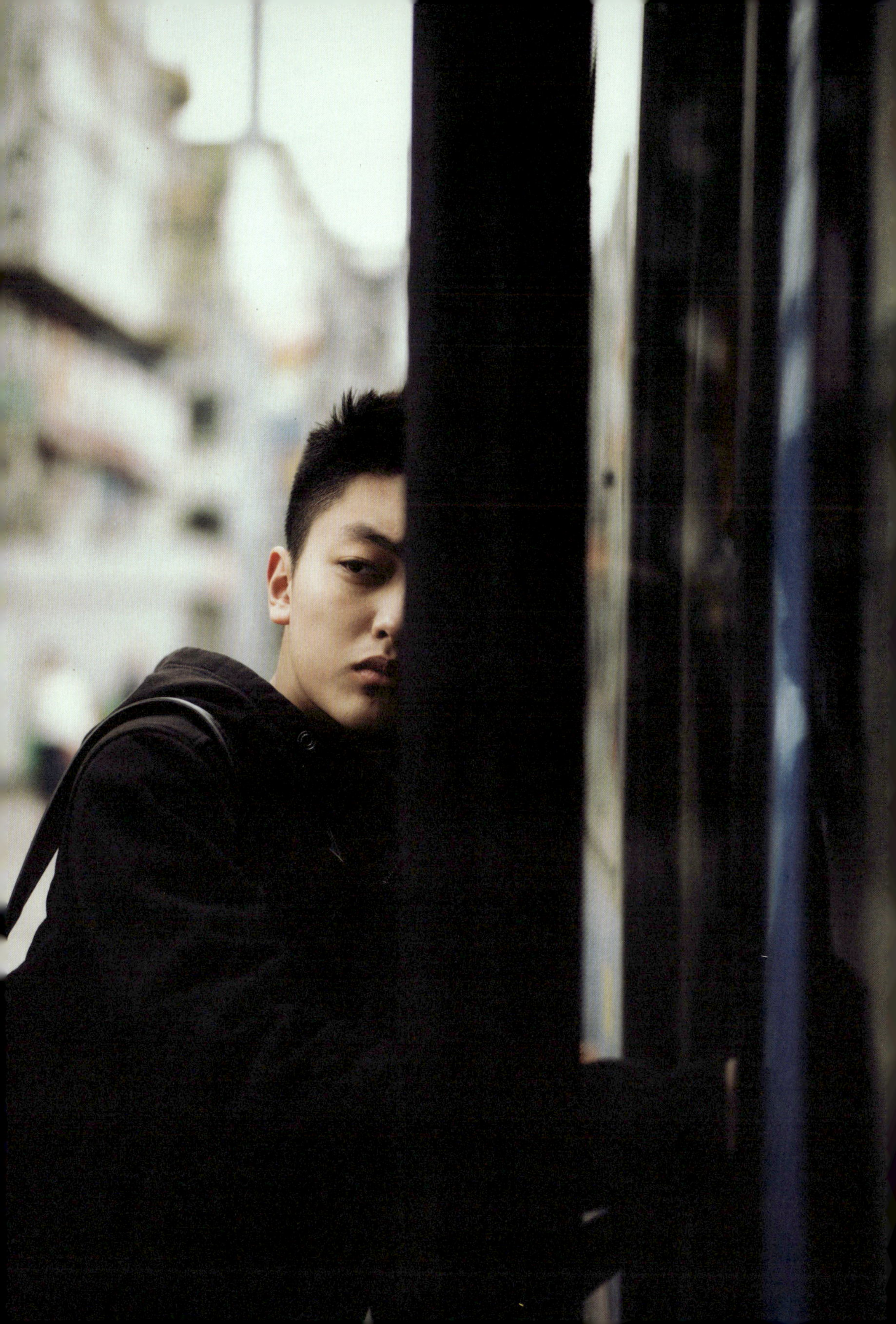

后记

关于"游离态"。我想,为数众多的青少年正处于这种思想状态之中,时而满怀希望与憧憬,时而又茫然、不知所措,梦想与现实的落差将最初建立的精神堡垒摧毁得一塌糊涂。家不应该是这个样子,校园不应该是这个样子,社会不应该是这个样子,命运更不应该是这个样子。在这个物质高度发展的过渡阶段,新生的思潮无形中左右着我们,什么是对,什么是错,什么该坚持,什么该放弃,什么是梦想,什么是现实?我们问自己,也问别人,谁也无法解答,或是无法给我们一个准确的满意的解答。我们就像孤立无援的求生者,漂流在精神与物质、梦想与现实汇成的汪洋大海之中。

关于边缘少年。这么一大群孩子,被家庭抛弃,被学校否定,被社会忽视,他们走在黑夜里,他们独自成长。人们,坐在电视机前,看着新闻里报道的那些误入歧途的少年,无不扼腕叹息,大家都叹息,大家都感到难过,难过之后,又会看到这样的节目。

家庭、学校与社会应该担负的责任在哪里?在冷漠的家门内,在厚厚的记过本里,在午夜萧瑟的街角,还是在那些边缘少年的眼泪中?

关于情感。我忘记了那是一堂什么课,那是一个让人心惊胆战的言论,老师说,人与人之间的关系就是利益关系。

而我觉得,这么想的人,是世界上最可悲的人。无论你受到了怎样的挫折,处在怎样的低谷,无论你怎样看透这个物质的世界,你都不能放弃对情感的信仰,物质是冰冷的,唯有情感才能温暖心灵,温暖这个社会。破除那些浮夸的虚假的,沉淀在我们四周的温暖,无论是亲情、友情、爱情,我们该当去体味,爱的力量。

关于命运。我们不停地探讨命运掌握在谁的手中,不停感叹命运中的幸与不幸,我们看到命运不为人所掌控的残酷与逆转,我们总是把命运看得太庞大,太难以承受。其实命运只是一个故事,一个为自己讲的故事,只要你感动了自己，你便是扼住了命运的咽喉。

关于长度。两年前，我初三毕业的时候开始构思写这篇关于边缘少年的东西，我打算写一万字。到我动笔开了头，我想我会写到二十万字。两年后的夏天，我结束了这篇小说，是十二万字。

小说如人，小说的长度并不等同于人的生命，而只是人的身高。小说的生命在于它带给了人们什么，它要告诉人们的是什么。

我想告诉人们的，就是一份责任，一份关于爱的责任。

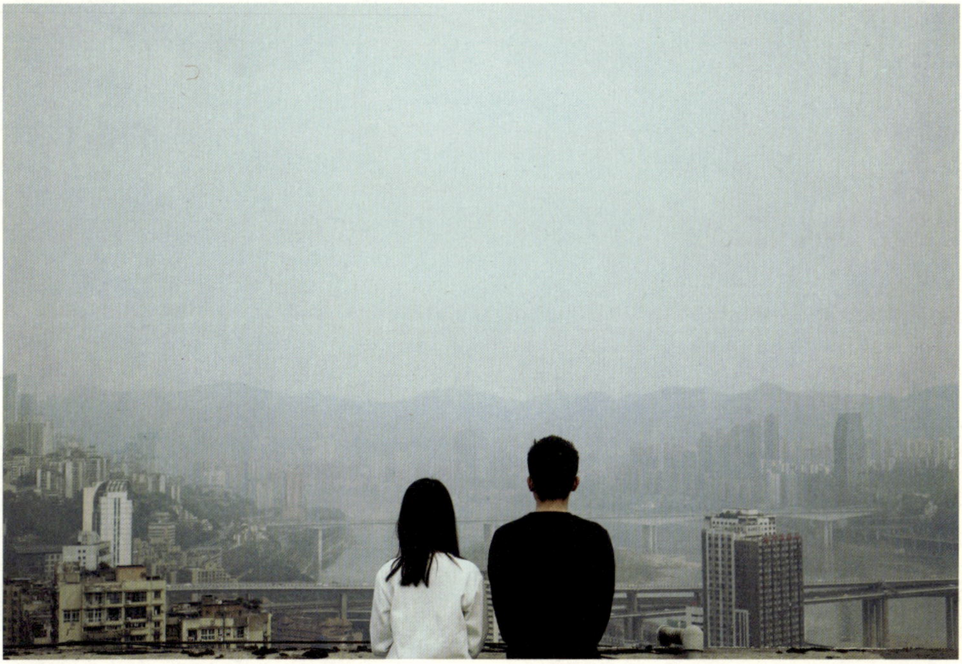

图书在版编目（CIP）数据

游离态辖区：十周年插图纪念版 / 刘辰希著；
卢根摄影. -- 重庆：重庆出版社，2016.7
ISBN 978-7-229-11644-6

Ⅰ.①游… Ⅱ.①刘… ②卢… Ⅲ.①长篇小说-中国-当代 Ⅳ.①I247.5

中国版本图书馆CIP数据核字(2016)第239164号

游离态辖区：十周年插图纪念版
YOU LI TAI XIAQU：SHI ZHOUNIAN CHATU JINIAN BAN
刘辰希　著　卢根　摄影

策 划 人：刘辰希
责任编辑：杨　帆　郭　宜
责任校对：何建云
装帧设计：胡靳一

重庆出版集团
重庆出版社　出版

重庆海涵方云文化创意设计工作室　出品
重庆市南岸区南滨路162号1幢　邮政编码：400061　http://www.cqph.com
重庆新金雅迪艺术印刷有限公司印制
重庆出版集团图书发行有限公司发行
E-MAIL：fxchu@cqph.com 邮购电话：023-61520646
重庆出版社天猫旗舰店
cqcbs.tmall.com
全国新华书店经销

开本：787mm×1092mm　1/16　印张：18.25
2016年10月第1版　2016年10月第1次印刷
ISBN 978-7-229-11644-6
定价：59.00元

如有印装质量问题，请向本集团图书发行有限公司调换：023-61520678
版权所有　侵权必究